Jane Leslie Conly

Forellensommer

Jane Leslie Conly
lebt in Baltimore, zusammen mit ihrem Mann Pete,
ihren Kindern Eliza und Will, zwei Hunden
und einem Kaninchen namens Jack.

Jane Leslie Conly

Forellensommer

Aus dem amerikanischen Englisch
von Hans-Georg Noack

Arena

Für Paul, Mischa und Sam
Mögen eure Tage voller Abenteuer
und Poesie sein

Die amerikanische Originalausgabe
erschien 1995 unter dem Titel »Trout Summer«
bei Henry Holt and Company, Inc., New York

In neuer Rechtschreibung

1. Auflage 1999

Aus dem amerikanischen Englisch übersetzt von Hans-Georg Noack
Einbandillustration: Dieter Wiesmüller
Gesamtherstellung: Westermann Druck Zwickau GmbH
ISBN 3-401-04737-X

EINS

Ich warte darauf, dass Cody wiederkommt. Er holt das Kanu, damit wir versuchen können das Leben dieses alten Mannes zu retten, der hier mit einer großen Blutlache um den Kopf zu meinen Füßen am Flussufer liegt. Sein Herz schlägt so rasend schnell, dass es jeden Augenblick aufhören kann. Wir glaubten zu wissen, wer er war, doch es zeigte sich, dass wir uns geirrt hatten, dass er ein elender verrückter Lügner ist, genau wie eine Menge anderer Leute, die wir kennen. Aber wir können doch nicht einfach zusehen, wie er verblutet, sagt Cody, also werden wir ihn mit dem Boot über die Stromschnellen bringen: Dog's Breath, Horseshoe, Deerfoot und Blindman's Fall, wo im vergangenen Frühjahr einer umgekommen ist. Wenn wir durchkommen, stoßen wir auf der anderen Seite auf die Sommerwohnungen. Irgendjemand wird da schon ein Telefon haben.

Ich wische dem alten Mann das Blut vom Kopf und spreche ein Gebet: Lieber Gott, wenn es dich überhaupt gibt, dann hilf uns, dass wir es den Fluss hinunter schaffen. Von jetzt an tu ich auch alles, was du willst. Und wenn du dann noch eine gute Tat übrig hast – kannst du dann vielleicht auch noch den alten Mann retten?

ZWEI

Das ist längst vorbei, aber es ist nicht der Anfang der Geschichte. Ich weiß nicht, ob ich mit dem Tag beginnen soll, an dem ich die alte Hütte gefunden habe, oder ob alles damals anfing, als Mama, Cody und ich nach Laglade gezogen sind, oder schon als Dad die neue Kellnerin im Gasthaus *Peter Pan* kennen gelernt hat, oder sogar noch früher. Vor zwölf Jahren vielleicht, als Cody geboren wurde oder als ich, Shana, vor dreizehn Jahren auf die Welt gekommen bin oder als Mama und Daddy sich auf dem Parkplatz am Supermarkt in Warrensburg in Virginia begegnet sind, wo er ein Netz Flussbarsche verkaufte, die er am Nachmittag im Castle River gefangen hatte. Am besten, ich mache, was Cody und ich immer tun, wenn wir heiß und verschwitzt am Flussufer stehen. Wir springen einfach hinein.

Wie würdest du dich wohl fühlen, wenn alle Mitglieder deiner Familie wie Würfel wären und jemand steckte euch alle in einen Würfelbecher, schüttelte euch kräftig durcheinander und stülpte dann plötzlich den Becher um? Beim ersten Mal würdet ihr vielleicht alle auf einem Haufen landen, aber der nächste Wurf würde den Daddy-Würfel für ein paar Monate vom Tisch fegen, der Wurf danach würde irgendeinen anderen ein für allemal aus dem Weg schaffen. Mit der Zeit würden es immer weniger Würfel und sie würden immer heftiger geschüttelt. Und wenn du gerade glaubst, du hättest dich daran gewöhnt, wirst du wieder hochgehoben und durch die Luft geschwenkt, und du stößt dich an Menschen, an Orten und Gefühlen, als wären sie einzig dazu da, dir weh zu tun. Wenn du das oft genug durchmachen müsstest, würde es dir vielleicht wie mir gehen: Du würdest von einer glücklichen, lächelnden Familie träumen, wie man sie im Fernsehen sieht; du würdest die Fetzen eines Familienfotos in den Händen halten, das du zerrissen hast, weil keine Familie mehr da ist.

Mein Daddy war eine Frohnatur. In unserem Haus in Laglade habe ich Bilder von ihm an der Wand meines Zimmers: Daddy auf Schlittschuhen, mit Cowboyhut und Stiefeln auf Mister Roys Pferd Dinah; Daddy, wie er mit den Stammkunden im *Peter Pan* Kaffee trinkt, wie er in seinem Buch über italienische Kunst liest. Dieses Bild war vergangenen Herbst in der Zeitung von Warrensburg in einem Artikel abgedruckt, der von den Männern handelte, die sich regelmäßig im *Peter Pan* trafen, um über Politik, Wetter, Kunstdünger und Fischköder zu reden. Der Artikel ließ durchblicken, dass Daddy mit seinem Interesse für Leonardo da Vinci und Raffael ein komischer Kauz sei. Aber wir waren sehr stolz auf das Bild. Es hing lange an der Küchenschranktür unseres früheren Hauses.

Bis Ostern hatte ich mein ganzes Leben in jenem Haus verbracht. Es gehörte dem Vater meiner Mama, der bei uns gewohnt hat, bis ich sieben war. Dann hat ihn der Krebs umgebracht. Das war so ein Durchschütteln mit dem Würfelbecher, das mich umgeworfen hat, weil jemand, den ich jeden einzelnen Tag meines Lebens geliebt habe, einfach so mit dem Krankenwagen fortgeschafft wurde und nicht mehr wiederkam.

Das Haus: Außen bestand es aus weißen Schindeln, die zu einer Farblosigkeit verblasst waren, wie es bei Schindeln meistens der Fall ist. Es hatte vorn eine große und hinten eine kleine Veranda und der Castle River floss ganz dicht am Ende des Grundstücks vorüber, sodass man jederzeit, bei Tag und bei Nacht, auf das Wasser sehen konnte. Die Zimmer waren klein: das Zimmer nach vorne raus mit einem alten schwarzen Ölofen und einer vergilbten Tapete; in der Küche stand immer noch die Handpumpe, obwohl es schon seit Mamas Teenagerzeit fließendes Wasser gab. Viele Fenster hatte das Haus und einen Gemüsegarten gleich dahinter. Man konnte zusehen, wie das Unkraut dort wucherte. Links lag Mamas und Daddys Schlafzimmer, in dem Daddys Notizbücher überall auf hölzernen Regalen herumlagen, die er selbst geschreinert hatte, und auf dem großen Eisenbett hüpften Cody und ich wild herum, wenn die Eltern ausgegangen waren. Großvaters Zimmer lag neben dem von Mama und Daddy. Als er gestorben war, stellte Daddy eine Bettcouch und den Fernseher hinein, weil der Ölofen im Wohnzimmer ziemlich stinken kann, wenn er frisch angeheizt wird. Oben unter der Dachschräge war mein kleines Zimmer, von dem aus ich den Fluss sehen konnte. Codys Zimmer lag nach vorn hinaus mit Blick auf die Fliederbüsche, die Straße und die Stadt.

Es ist schwer, den Ort zu verlassen, in dem man aufgewachsen ist. Menschen zu verlieren, das ist schon schlimm genug, obwohl man immer träumt – solange sie nicht tot sind wie Großvater –, dass sie eines Tages wiederkommen. Aber das Land zeigt einem all seine Geheimnisse, wenn man die Augen offen hält. Ich kannte damals – kenne wohl noch heute – jede kleinste Vertiefung im Boden auf dem Weg zum Fluss, jeden Graben, jede ausgewaschene Stelle, wo man sich als Kind zusammenrollen konnte, um sich zu verstecken, um zu lesen, zu spionieren oder sonst etwas. Ich kannte die Lichtungen inmitten der Brombeerbüsche, die Abstände zwischen den Bäumen, wo ich im Laufe der Jahre immer wieder versucht hatte Hochsitze oder Baumhäuser zu bauen. Ich wusste und weiß noch, wo die Quelle aufsteigt und wie der Boden in ihrer Nähe riecht. Ich habe noch den feuchten kühlen Geruch nasser Erde und feuchter Steine in der Nase. Ich habe auf dem Bauch gelegen und zugesehen, wie die Sonne auf dem Quellwasser funkelte, Mond und Sterne habe ich gesehen, als wäre die Quelle eine Schale, die sie auffing, und man konnte das Gesicht in das Dunkel neigen und Mond und Sterne trinken.

Aber am besten, besser noch als das Haus und das Land ringsum, kannte ich den Fluss. So beginnen meine Erinnerungen: Ich saß neben Daddy am Ufer, eine Bambusrute in der Hand, und er sagte zu mir: »Shana! Zieh jetzt!« Ich tat es und eine Forelle mit blaugoldenem Bauch zappelte, um wieder dorthin zu gelangen, woher sie gekommen war. Ich wollte sie nicht töten, also lief Daddy zum Haus und holte einen Eimer. Den füllten wir mit Wasser und trugen den Fisch nach Hause zu Großvater, Mama und Cody.

»Du hättest Shana nicht allein am Fluss lassen sollen, als du den Eimer geholt hast«, regte Mama sich auf. »Wenn sie nun hineingefallen wäre?«

»Sie ist aber nicht hineingefallen«, sagte Daddy. »Das habe ich schon vorher gewusst.«

»Ich will sie Fee nennen«, erklärte ich und wollte die Forelle über Nacht im Eimer lassen, aber alle sagten, dass sie dann sterben würde. Also brachten wir sie gemeinsam zum Fluss und ließen sie wieder schwimmen.

Ich habe natürlich nicht alle meine Fische wieder ausgesetzt, jedenfalls nicht, nachdem ich festgestellt hatte, wie gut sie schmeckten, wenn man sie in Maismehl wälzte und sie mit ein paar Eiern und Kartoffeln in der Pfanne briet. Ich muss die Familie sehr oft mit dieser Mahlzeit versorgt haben, denn nachdem ich Fee gefangen hatte, nahm mich Großvater fast täglich mit zum Fischen an den Fluss. Wir waren viel beisammen, er, Cody und ich, weil Mama damals schon ihre Stellung als Telefonistin hatte und Daddy entweder arbeitete, seinen Studien nachging oder nach Arbeit suchte. Ich lernte den Fluss zu allen Jahreszeiten und zu jeder Tageszeit kennen. Am Morgen, wenn der Nebel sich wie Zauberatem hob, am Mittag, wenn die Libellen summten und die Bisamratten ihre Wasserwege nahe am Ufer verließen, am Abend, wenn am jenseitigen Ufer die Hirsche aus dem Wald traten, um zu trinken, und uns Zweibeiner dabei aufmerksam beäugten, ehe sie sich umwandten und davonsprangen. Wenn es dunkel war, nahmen wir unsere Taschenlampen mit und versuchten auf dem Grund des Flusses Welse zu fangen. Das war Mamas Leibgericht, denn Wels ist zart und schmackhaft wie junges Hühnchen. Mit reifen Tomaten aus dem Garten und einem Glas Eistee serviert, ergibt er eine Mahlzeit, wie man sie im *Peter Pan* auch nicht besser bekommt.

Cody und ich haben sicher Hunderte von Fischen aus dem Castle River gezogen. Klumpfische und Flussbarsche, Rotaugen und Welse. Barsche fingen wir meistens mit Ködern, mit Würmern, mit Spinnködern und Plattfischen. Wir lernten sogar an den tiefen Stellen zu fischen, wo das Wasser selbst im Juli kalt bleibt, und an den kleinen Staudämmen aus Steinen und Weidenruten.

Wir fingen freilich nicht immer Fische. Manchmal hatten wir alles ganz genau so, wie wir es brauchten: gute Köder, einen ordentlichen Imbiss im Rucksack, ein paar alte Turnschuhe am Gürtel für den Fall, dass wir über den steinigen Grund waten mussten. Stunde um Stunde glaubten wir, unser Glück müsse sich in den nächsten Minuten oder gleich hinter der nächsten Flussbiegung einstellen. »Hinter dem Felsen da vorn«, sagte Cody dann, ohne allerdings hinzuzufügen, dass man schon ein Olympiaschwimmer sein musste, um diese Stelle zu erreichen. Cody kann schon genau die richtigen Flecke aussuchen, das muss man ihm lassen. Verrückt, wie er ist, würde er sogar sein Leben dafür riskieren, um diese Stellen zu erreichen.

Was Cody fehlte – damit waren wir wieder ein ausgeglichenes Team –, das war Geduld. Ein Knoten in seiner Angelschnur und schon fluchte er so laut los, dass man ihn bis zum anderen Flussufer hören konnte. Später tauchte er dann neben mir auf, Tränen der Verzweiflung in den Augen und die Angelrute in der Hand. Meistens kann ich verhedderte Angelschnüre wieder entwirren, aber manchmal ließ ich mir auch absichtlich viel Zeit dazu. »Lässt du mich heute Abend im Fernsehen angucken, was ich will?«, fragte ich ihn.

»Shana!«, rief er dann vorwurfsvoll. Er verschränkte die Arme vor der Brust, seine Augen wurden ganz dunkel und er starrte über das Wasser. Hin und wieder ergriff er meine Köder und rannte davon. Manchmal versprach er aber auch, was ich von ihm verlangte. Wenn seine Angel wieder in Ordnung war, stakste er davon, ohne sich zu bedanken. Aber sein Wort hielt er immer und manchmal fing er auch noch einen guten Fisch.

Den ließ er dann allerdings gleich wieder frei. Cody ist sehr weichherzig, auch wenn er sich alle Mühe gibt es zu verbergen. Wenn er meinte, dass der Fisch sowieso sterben würde, tat er ihn in den Eimer und sah ihn danach nicht mehr an. Er sagte, es mache ihn ganz krank, wenn der Fisch Schmerzen hätte und er genau wüsste, dass er selber daran schuld sei. Mich störte das nicht. Ich erklärte ihm, dass irgendjemand auch all das Fleisch getötet haben musste, das wir aßen. Das war ihm auch unangenehm und er sagte, wenn er einmal groß genug wäre, um sein eigenes Essen zu kochen, wollte er ganz bestimmt Vegetarier werden.

* * *

Der Fluss war nicht nur zum Fischen da. Cody und ich kannten wohl ein Dutzend Stellen, die uns besonders viel bedeuteten: Da war der Felsen, von dem wir sprangen und an dem uns die Strömung um die nächste Flussbiegung trug, während wir wieder auftauchten; die Stelle mit dem Sandstrand, eine andere, wo Platanen über das Wasser ragten, an denen wir das Schwingseil festbanden; die Stadtkinder kamen dann und schauten zu und fragten uns: »Darf ich es auch einmal versuchen?« Das war das Einzige, worum sie uns immer beneideten. Und wir machten es uns zu Nutze, wir ließen sie ihre Cola und ihre Kartoffelchips mit uns teilen, ehe wir hinaufkletterten und das Seil von den obersten Ästen losbanden. Obwohl die Stadtkinder ganz in der Nähe wohnten, kannten sie den Fluss nicht so gut wie wir. Man konnte von ihnen zum Beispiel hören: »Guck mal, diese rote Blüte! Ist die nicht schön?«

»Kardinalsblume«, flüsterte Cody mir zu oder »Glockenblume« oder »Wasserhyazinthe«. Großvater hatte uns alles über Bäume und Blumen beigebracht, genau wie er sie früher Mama erklärt hatte, als sie noch klein war.

Daddy liebte den Fluss auch. Er war auf der anderen Seite von Warrensburg mit Angeln, Eislaufen und Schwimmen aufgewachsen. Er war auf der örtlichen Highschool. Es hieß, er sei der klügste Bursche gewesen, den die Schule jemals gehabt hatte. Er hatte sogar die Prüfung für das Fernsehquiz »Ich habe eine Frage« geschafft und durfte mit dem Flugzeug zu einem Interview nach New York. Aber auf den Bildschirm haben sie ihn dann doch nicht gelassen, weil er zu schlechte Zähne hatte. Wenn er wirklich aufgetreten wäre, dann wäre er in dieser Show der jüngste Teilnehmer aller Zeiten gewesen.

Damals hat Dad sich auch schon für Kunst interessiert. Er belegte jeden Kurs, den es auf der Highschool gab. Aber er hatte nicht das Geld, um zum College zu gehen, deshalb musste er alles im Selbststudium lernen. Und das Eislaufen liebte er sehr. Er hatte sich sogar ein paar von den ausgefallenen Sprüngen beigebracht, die man immer im Fernsehen sieht. Und als ich geboren wurde, hat er mich nach seiner Lieblings-Eiskunstläuferin genannt: Shana LaPont. Bei den Weltmeisterschaften und den Olympischen Spielen hat er sie im Fernsehen gesehen, und als sie zu einem Schaulaufen nach Richmond gekommen ist, ist er hingefahren und mich hat er auch mitgenommen. Ich kann mich nicht daran erinnern, aber er behauptet, sie sei ganz begeistert von mir gewesen. Cody meint, dass sie bestimmt nur so getan hat, denn ich war kahlköpfig und fett. Aber wer weiß?

Als Cody geboren wurde, hatten sich Daddys Interessen gewandelt. Gemeinsam mit seinem Partner Mel übernahm er Langstreckentransporte. Sie hatten ausgemacht, dass sie in jeden einzelnen Staat der USA fahren wollten. Daddy hat überall Fotos gemacht. Ich saß gern neben ihm, um sie mir anzuschauen: die roten Strände von New Mexico, das Land um die Chesapeake Bay, die Ozarkwälder von Missouri. Er sagte, eines Tages wollte er sie alle zu einem Buch zusammenfassen und veröffentlichen. Als er durch Wyoming kam und zum ersten Mal ein Rodeo sah, hatte er schon zweiundzwanzig Staaten hinter sich. Cody hat er nach der Stadt benannt, in der das Rodeo veranstaltet wurde, und jahrelang danach war er ganz versessen darauf, sich ein Pferd anzuschaffen. Ich hoffte wie wild, dass es ihm gelingen würde, aber Mama dämpfte die Hoffnungen, indem sie sagte: »Wir können uns kaum das Auto leisten und noch viel weniger ein Pferd.«

»So viel kostet ein Pferd gar nicht. Wenn ich ein Stück Land hinter dem Haus einzäune, kann ein Pferd da bis Ende November grasen. Dann brauchen wir dort hinten schon nicht mehr zu mähen.«

»Und im Winter?« Mama lächelte zwar, aber sie sah doch sehr skeptisch aus.

»Ein Pferd braucht doch nicht viel, Liebling. Zwanzig, dreißig Ballen Heu. Die kriege ich von Roy Haines. Komm schon, wenn ich für ihn arbeite, dann verdiene ich die an einem Wochenende.«

»Ja, ja!«, schrie ich und rannte ganz benommen vor Freude im Kreis herum.

»Aber du hast doch schon einen Job«, wandte Mama ein.

»Davon habe ich die Nase voll, Dott«, sagte Daddy. »Dauernd bin ich fort von zu Hause, fort von dir und den Kindern. Das macht mich ganz krank vor Einsamkeit. Und es ist auch nicht mehr aufregend, die Romantik ist hin.« Er schwieg eine Weile. »Ich habe schon daran gedacht, mich um einen Job auf dem Viehmarkt in Hopewell zu bewerben. Und bis dahin arbeite ich eben in der Zementfabrik in Grove Hill, wenn es sein muss.«

Mama seufzte. »Charlie, dort werden doch Leute entlassen!«

»Es gibt auch andere Stellen. Mel und ich kommen auch nicht mehr so gut miteinander aus. Er trinkt viel. Und Cody ist schon fast drei Jahre alt und ich habe ihn nicht aufwachsen sehen. Ich möchte eine Zeit lang zu Hause bleiben.«

»Und ein Pferd haben!«, rief ich dazwischen.

Mama warf mir einen Blick zu, der »halt den Mund« bedeutete.

»Geld ist doch nicht alles«, sagte Daddy.

»Ich dachte, ihr wolltet eure fünfzig Staaten schaffen«, warf Mama ein. »Und jetzt fehlen euch nur noch neun, dann habt ihr das ganze Land.«

»Die laufen uns doch nicht weg. Wenn die Kinder erst groß sind, dann gehen wir auf eine Reise und besuchen sie alle.«

Er tat, was er wollte. Nicht etwa, dass Mama ihre Arbeit nicht mochte. Sie arbeitete jede Woche und jedes zweite Wochenende und sie wurde gut bezahlt. Freitags brachten wir ihren Scheck zur Bank und fuhren zum Supermarkt, und wenn einer von uns etwas Großes brauchte, ein paar Schuhe zum Beispiel oder einen Mantel, kauften wir es gleich, solange Mama ihr Geld noch auf dem Konto hatte. Großvaters Rente sorgte für das Heizöl oder Hausreparaturen, wenn er einmal etwas nicht selbst tun konnte. Daddys Geld wurde für Notfälle oder besondere Anlässe wie Geburtstage und Weihnachten zurückgelegt . Daddy liebte Feste und Feiertage. Er sorgte immer dafür, dass unter dem Tannenbaum jedes Mal ein Haufen Geschenke lag. Ich erinnere mich noch an das Jahr, in dem ich fünf wurde. Ich kam die Treppe herunter und alles war rosa: die Puppenstube und der Schneeanzug, die Plüschtiere und ein nagelneues rosa Zweirad. An diesem Tag muss ich das glücklichste Kind auf der ganzen Welt gewesen sein.

Für die besten Zeiten war Cody allerdings zu spät auf die Welt gekommen. Er war gerade erst sechs geworden, als Großvater starb. Einen Monat später fing sein erstes Schuljahr an. Nachmittags musste er zur alten Frau Reese gehen, die sich um ihn kümmerte. Mama machte sich Sorgen um Cody und überhaupt um uns alle. Daddy war viel unterwegs und suchte Arbeit. Oft rief er an und sagte, dass er am Montag zu Hause sein würde, aber irgendetwas kam meistens dazwischen und oft genug schaffte er es nicht einmal vor dem Wochenende. Ich konnte nicht aufhören von Großvater zu sprechen. Warum war er gestorben? Woher war der Krebs gekommen? Warum hatten die Ärzte keine Pillen, die ihn gesund machen konnten?

Cody war das genaue Gegenteil. Wenn er nicht in der Schule war, dann stand er am Fenster und starrte hinaus. Ich versuchte ihm zu erklären, was die Erwachsenen mir gesagt hatten: Großvater sei für immer fortgegangen und lebe jetzt irgendwo im Himmel. Cody sah mich an, als hätte ich den Verstand verloren. »Der Himmel ist für die Vögel da«, sagte er.

»Großvater kommt nicht wieder«, sagte ich noch einmal.

»Kommt er doch«, behauptete Cody.

Vielleicht hat Cody damals seine Geduld aufgebraucht. Denn er stand fast ein Jahr lang am Fenster und wartete, ehe er endlich aufgab. Inzwischen war er zu einem unruhigen, zappligen Kind geworden, dem das Stillsitzen schwer fiel und dem es kaum gelang, in der Schule einen Streit zu vermeiden. Selbst zu Hause, wenn er sich hingesetzt hatte, um fernzusehen oder zu lesen, rutschte er unaufhörlich hin und her, als wäre etwas in ihm, was ihn nicht zur Ruhe kommen ließ.

Aber Freunde hatte Cody immer. Jungen, die über seine Prahlereien lachten und ihm aus dem Busfenster nachwinkten. Ich war eine Einzelgängerin. Das lag nicht daran, dass ich die anderen Kinder nicht mochte. Mir fiel einfach nichts ein, was ich sagen konnte. Und je mehr ich es versuchte, desto mehr verstummte ich, bis ich nach einer Weile die Versuche ganz und gar aufgab.

Das Leben in den Büchern, die ich las, war viel einfacher. Ich sprach mit Nancy Trew über ihr neuestes Geheimnis, ich ritt auf Misty und Seastar durch die Dünen von Chincothgoe. Manchmal las ich Cody die Geschichten vor, damit wir sie nachspielen konnten. Als er älter wurde, ließ er sich sehr gern etwas vorlesen, besonders Bücher über Tiere wie die *Wundersame Reise* und *Rascal, der Waschbär*.

Daddy hatte inzwischen einen Job in der Sägemühle in Lantis angenommen. Die Arbeit dort konnte er zwar nicht ausstehen, aber Mama meinte, bei der wachsenden Arbeitslosigkeit solle er froh sein, dass er die Stelle bekommen habe. Auf die Dauer gesehen war es vielleicht der beständigste Job, den er je hatte, weil nämlich Onkel Mike auch dort arbeitete und versuchte Daddy bei der Stange zu halten. Sie gewöhnten sich an, auf dem Weg zur Arbeit eine Pause bei Kaffee und Kuchen im *Peter Pan* einzulegen. Alle mochten Onkel Mike. Er war groß und laut und lustig. Die Kellnerinnen beeilten sich, seine Tasse zu füllen und ihm das größte Stück Kuchen zu geben. Im

Vergleich zu ihm war Daddy eher still. Ich habe mich oft gefragt, wer es wohl gewesen sein mochte, der eines Tages sagte: »Charlie, das ist Paula Preston. Sie ist Kunststudentin an der Universität und will erst einmal etwas Geld verdienen, weil sie gern nach Europa fahren möchte.«

»Europa!«, hat Onkel Mike wahrscheinlich gebrüllt. »Wozu denn das?«

Vielleicht war sie zu schüchtern, um ihm zu antworten. Vielleicht hat Daddy sie später noch mal leise gefragt und sie hat ihm von Michelangelo erzählt, von Leonardo, von Giotto und Raffael. Genau weiß ich nur, dass Daddy in jenem Sommer anfing mich jeden Samstagmorgen zum Frühstück ins *Peter Pan* mitzunehmen. Er sagte, es sollte ein Ausgleich für die Dienstagabende sein, wenn er mit Cody zum Baseball ging. Dabei hatte ich gar nichts dagegen, wenn Cody einmal außer Haus war. Dann konnte ich wenigstens meine Fernsehsendungen aussuchen und in Ruhe lesen. Manchmal redeten Mama und ich miteinander. Sie erzählte mir von ihren Arbeitskolleginnen, die dauernd an irgendwelchen Wettbewerben und Preisausschreiben teilnahmen.

»Warum versuchst du das nicht auch einmal?«, fragte ich. »Vielleicht gewinnen wir ein neues Auto oder eine Reise nach Hawaii und es kostet doch bloß eine Briefmarke.«

Sie schüttelte den Kopf und ihr Haar löste sich aus dem straffen Knoten, den sie jeden Morgen hochsteckte. »Ich weiß, dass ich nicht gewinnen würde.«

»Wieso nicht?«

»Ich habe in meinem ganzen Leben nichts gewonnen,

Shana. Für alles, was ich habe, musste ich schwer arbeiten.« Sie lächelte. »Dich und Cody natürlich ausgenommen.«

»Je öfter du nicht gewinnst, desto größer werden die Chancen, dass es beim nächsten Mal klappt!«

»Auf das Glück kann man sich nicht verlassen.«

»Ich wünsche mir aber Ferien auf Hawaii . . .«

»Dein Bastrock bleibt vorerst noch eingemottet. Wenn du Glück hast, schaffe ich es bis Weihnachten.« Mama strich mir das glatte braune Haar aus dem Gesicht. Ich kuschelte mich in die Kissen auf dem alten Sofa, die blaue Decke um die Schultern gezogen. Das leise Summen des Fernsehers ließ mich eindösen.

Die Kellnerin im *Peter Pan* hatte blaue Augen, und wenn sie einen ansah, dann merkte man, dass sie einen wirklich anschaute. Ich wurde rot, als Daddy ihr erzählte, dass ich nach einer Eiskunstläuferin benannt worden sei, aber sie lachte so nett darüber, dass der peinliche Augenblick schnell vorüberging.

»Du solltest etwas essen, Schätzchen«, sagte sie, als wollte sie meine mageren Arme und Beine voll stopfen. »Wie wär's mit einem Stapel Eierkuchen?«

Ich nickte, aber als sie mit dem Teller kam, war ich noch immer so durcheinander, dass mir das Schlucken schwer fiel.

»Paula arbeitet nur für kurze Zeit im *Peter Pan*«, erklärte mir Daddy auf dem Heimweg. »Sie spart für einen Besuch der Sixtinischen Kapelle.«

»Was ist denn das?«

»Eine Kirche in Rom, in Italien. An der Decke und an den Wänden darin sind einige der größten Kunstwerke der Welt zu sehen.«

»Ich glaube, davon habe ich schon einmal etwas gehört.«

Daddy nickte, als wäre er ganz sicher, dass ich davon schon gehört haben müsste. »Paula hat mir ein paar Bilder gezeigt, die sie in ihrer Handtasche hat. Einfach atemberaubend!«

»Wenn sie sich das Geld für die Reise im *Peter Pan* verdienen will, wird sie wohl ganz schön lange brauchen«, sagte ich.

Daddy sah mich überrascht an. »Du klingst genau wie deine Mama!«

Während des nächsten Monats konnte Daddy gar nicht aufhören von Italien zu reden und von den Künstlern, die dort im fünfzehnten Jahrhundert gelebt hatten. Er nahm sich sogar einen Tag frei und ging in die Bücherei, um einen ganzen Stapel Bücher über die Kunst der Renaissance auszusuchen. Er blätterte sie morgens immer durch, ehe Onkel Mike kam, um ihn abzuholen. Er zeigte uns die Bilder und Skulpturen, die ihm am besten gefielen. Das ging Cody auf die Nerven. Er verdrehte die Augen, wenn Daddy gerade nicht hersah, und einmal, unten am Fluss, sagte er: »Ist dir eigentlich klar, dass wir nach Daddys Steckenpferden benannt worden sind?« Ehe ich noch antworten konnte, fügte er hinzu: »Wenn Mama jetzt ein Kind bekäme, würde er das Baby wahrscheinlich Leonardo nennen.«

»Cody, du weißt doch genau, dass Mama und Daddy nicht noch mehr Kinder wollen!«

Er sah überrascht aus. »Warum denn nicht?«

Darüber musste ich erst nachdenken. Ich hatte von ihnen noch niemals ein Wort gehört, das beweisen konnte, dass ich mit meiner Annahme Recht hatte. »Sie sind zu alt. Sie küssen sich ja kaum noch. Und außerdem können wir uns nicht noch ein Kind leisten.«

»Das könnten wir schon, wenn sie es wollten. In diesem Monat hat Daddy keine einzige Woche voll gearbeitet. Er bleibt zu Hause und schreibt in seine blöden Hefte.«

»Die sind nicht blöd.«

»Sind sie doch, Shana! Die Leute, die Daddy da studiert, sind schon seit ein paar hundert Jahren tot. Die sind doch heute gar nicht mehr wichtig.«

»Für ihn sind sie es eben doch!«

»Er müsste sich mal den Kopf untersuchen lassen!«

»Cody, du bist gemein!«

Er hob seine schmächtigen Schultern. »Na und?«

Als uns Daddy aber kurz vor Ostern verließ, war Cody ebenso bestürzt wie Mama und ich. Der Zettel, den wir im Briefkasten fanden, gab uns keine nähere Erklärung. Ich las die Sätze immer wieder durch, als wären sie Teile eines Puzzles, die einen Sinn ergeben würden, wenn man sie nur richtig zusammensetzte: ». . . tut mir Leid, dass ich euch enttäusche . . . Zeit, um meinem Studium nachzugehen und um herauszufinden, wer ich eigentlich bin . . . weiß, dass ich euch im Stich gelassen habe . . .«

»Da steht gar nicht, wohin er gegangen ist und wann er wiederkommt«, sagte ich zu Cody.

Er schüttelte den Kopf. »Er stellt uns einfach ab wie eine langweilige Fernsehsendung.«

»Das darfst du nicht sagen! Wir müssen Onkel Mike anrufen.«

»Das hat Mama schon getan.«

»Und was hat er gesagt?«

»Er war schockiert.«

»Es kann einfach nicht wahr sein«, sagte ich und las die wenigen Zeilen noch einmal durch.

»Es ist aber wahr!« Cody klang ungerührt, aber ich wusste genau, dass es auch ihm weh tat.

»Daddy ist auch früher schon weggegangen«, sagte ich endlich. »Als er Lastwagen gefahren ist oder wenn er Arbeit gesucht hat. Aber er ist immer wiedergekommen. So wird es diesmal auch sein. Das ist alles eine Frage der Zeit.«

DREI

Jeder in Warrensburg hatte von Daddys Verschwinden gehört. Nirgends konnten wir hingehen, ohne dass man uns fragte, wie es uns wohl ginge oder ob wir etwas brauchten. Paare hatten sich auch schon früher getrennt und manche waren wieder zusammengekommen, aber niemals, ehe die Stadt ausreichend Gelegenheit gehabt hatte, ihre Probleme gründlich durchzuhecheln. Jetzt konnte man gar nicht genug daran tun, unseren Daddy schlecht zu machen.

»Ich habe gleich gewusst, dass es für Charlie schwer werden würde, als er die Gelegenheit verpasst hatte, ein Fernsehstar zu werden«, sagte Mrs. Martin, während sie unser Brot in eine Papiertüte schob. »Aber ich hätte niemals gedacht, dass er dir und deinen Kindern je so etwas antun würde. Das hast du wahrhaftig nicht verdient. Das Haus kommt doch von deinem eigenen Vater, nicht wahr, Dott? Charlie brauchte keinen Cent dafür zu bezahlen.«

»Mein Vater hat uns das Haus angeboten«, antwortete Mama. »Er wollte nicht gern allein wohnen.«

»Charlie hat sich immer eingebildet, er wäre besser als wir alle«, tadelte Mrs. Martin.

»Darum habe ich ihn ja geheiratet«, gab Mama zurück, bezahlte das Brot und ließ die Ladentür hinter sich zufallen.

Als Mama von einem Umzug zu reden begann, kam es uns überhaupt nicht in den Sinn, dass es auf Dauer sein sollte. Ich glaube, wir haben gemeint, wir würden irgendwo hingehen, bis sich der allgemeine Klatsch gelegt hatte und wir uns ein wenig zurechtfinden konnten. Noch nie waren wir irgendwo gewesen, abgesehen vom Camping in den Nationalparks, und so war der Gedanke für uns verlockend, einen anderen Staat kennen zu lernen: ein kleiner Ferienaufenthalt, bis Daddy vernünftig würde und wieder zu uns käme. Dann würden wir gemeinsam nach Warrensburg zurückkehren, über die Hauptstraße schlendern und zu Kaffee und Kuchen im *Peter Pan* einkehren.

Aber Cody wollte nicht fort. Er erklärte Mama: »Baseball fängt bald an und ich soll in diesem Jahr als Pitcher spielen.«

»Baseball gibt es überall, Cody.«

»Aber ich kenne die Schlagleute nicht. Im vergangenen Jahr habe ich unsere hier genau beobachtet, wie sie ausholen und wie ich den Ball fangen muss.«

»Vielleicht solltest du noch eine Weile warten, Dott«, sagte Onkel Mike. »Gib den Kindern eine Chance sich an die neue Lage zu gewöhnen, bevor sie schon wieder mit einer Veränderung fertig werden müssen.«

Mama schüttelte den Kopf. »Diese Stadt hält mich viel zu sehr fest. Schon als kleines Kind wollte ich gern einmal etwas anderes kennen lernen. In all seinen Reisejahren hat Charlie gesagt, wir würden umziehen. Ich sollte hier die Stellung halten, bis er alles vorbereitet hätte. Abends haben wir beisammen gesessen und uns seine Fotos angesehen: Florida wäre doch schön, irgendwo zwischen dem Golf und dem Ozean, aber nichts reiche an die Rocky Mountains heran . . .« Mamas Stimme klang erschöpft.

»Und wohin wollt ihr jetzt gehen?«

»Die Telefongesellschaft kann mich versetzen. Es gibt eine Lohnerhöhung, wenn man in ein Großstadtgebiet geht, und in einem der Vororte, wo man Telefonistinnen braucht, gibt es preiswerte Stadtwohnungen. Unser Haus hier kann ich inzwischen vermieten, dann habe ich eine zusätzliche Einnahme.«

»Unser Haus vermieten!« Ich riss die Augen auf, doch Mama blieb ruhig.

»Wir wollen doch nicht, dass es leer steht und verkommt, Shana.«

»Es gibt schlimmere Orte als Warrensburg«, sagte Onkel Mike.

»Wir kommen ja wieder her«, antwortete Mama.

Ich war noch ganz benommen, als ich Laglade in Maryland zum ersten Mal sah. Es sah aus wie ein Foto aus einer Illustrierten. Reihe um Reihe pastellfarbener Häuser, hübsch und sauber, die Rasenflächen ordentlich geschnitten und alle fünf Meter entlang der weißen Gehwege kleine Bäumchen. Die Verwalterin, die uns die Tür aufschloss und uns ins Haus ließ, schien zu vermuten, dass wir vom Land kamen, denn sie zeigte uns den Geschirrspüler und die gläsernen Schiebetüren und die kleine hintere Veranda, die sie »Balkon« nannte. »Der Pool öffnet am 1. Juni«, sagte sie, »und es gibt drei Einkaufszentren im Umkreis von zehn Fahrminuten. King's Crossing hat einen großen Baumarkt und in Havilland gibt es auch zwei Lebensmittelgeschäfte.«

»Jetzt packen wir erst einmal aus und kaufen ein«, sagte Mama aufgeräumt, »und morgen früh melden wir euch in der Schule an.«

Cody hasste Laglade vom ersten Augenblick an. So wütend, wie er damals war, hätte er wahrscheinlich auch jeden anderen Ort der Welt gehasst. Aber seine Klagen waren berechtigt. Laglade war nicht für Menschen, sondern für Autos geplant. Die Bürgersteige endeten gleich am letzten Wohnhaus und darauf folgte ein Gewirr von Schnellstraßen. Cody konnte nicht einmal ein Baseballfeld zu Fuß erreichen. Die Kids waren auch anders. Alle hatten sie Nintendo und Skateboards waren ihnen weit wichtiger als Baseball. Sie trugen teure Basketballschuhe und Shorts und ihr Haar war modisch geschnitten. Sie waren nicht etwa gemein zu uns, sie beachteten uns gar nicht. Cody machte sich selbst zum Clown, bloß um ihre Aufmerksamkeit zu erregen. Er lieh sich ein Skateboard und rollte damit eine Abflussrinne aus Beton hinunter, bis er stürzte und mit vier Stichen über dem Auge geflickt werden musste. Auf dem Pausenhof löste er eine Rauferei aus und er weigerte sich seine Hausaufgaben zu machen, weil Mathe hier anders unterrichtet wurde, als er es gelernt hatte. Mama versuchte alles, vom Gut-Zureden bis zum

Brüllen. Ihr blieb kaum genug Zeit, um sich zu erkundigen, wie es denn bei mir liefe.

Ich bin nicht ganz sicher, ob ich ihr hätte antworten können. Ich war von den letzten Ereignissen völlig verwirrt. War Laglade hässlich oder schön? Gefiel es mir, in einem Haus zu wohnen, das wie ein Illustriertenfoto aussah? Welches Mädchen in der Schule las, schwamm und fischte so gern wie ich? Einige lachten über meinen Akzent, aber es gab auch andere, die sie dann sofort zum Schweigen brachten. Die Schüler gaben auch nicht einfach Antworten wieder, die sie aus den Büchern gelernt hatten, sondern sie drückten ihre eigenen Gedanken aus. Ein Mädchen, Loreen hieß es, schrieb so gute Gedichte, dass der Lehrer sie der Klasse vorlas. Meine Art zu Schreiben gefiel Mr. Thomas auch.

»Du hast Talent, Shana«, sagte er. »Das solltest du in den Sommerferien ein wenig pflegen und dich vielleicht auch an ein paar Gedichten versuchen. Wenn du zur Highschool gehst, zeigst du sie dann Mrs. Kless. Sie unterrichtet kreatives Schreiben. Eigentlich muss man schon in der Mittelstufe sein, um zu ihrem Kurs zugelassen zu werden, aber sie macht Ausnahmen. Ich werde ihr deinen Namen nennen, wenn ich ihr das nächste Mal begegne.« Er lächelte. Seine Augen waren blau, nicht braun, aber sie konnten ebenso zwinkern wie Daddys Augen.

Ich träumte von Daddy. Ich träumte, er wäre plötzlich wieder da, käme durch die Tür und hätte beide Arme voller rosafarbener Päckchen. Strahlend erklärte er, dass er seine Studien jetzt abgeschlossen habe. Er hatte auch ein paar kleine Bilder für die kalten weißen Wände mitgebracht. Eine Frau in einer Muschel. Ihr rotes Haar wehte über ihre weißen Brüste. Ein alter Mann, der einen Dorn aus einer Löwenpranke zog; ein König, der von seinem Hofstaat umgeben war, das ganze Bild in einem samtenen Dunkelrot ... Ich wachte auf, die Bilder noch frisch im Kopf, und ich begriff, dass Daddy nicht da war, dass die Bilder zu denen gehört hatten, die er mir beim Frühstück in Warrensburg gezeigt hatte. Wenn ich mir die Bilder vielleicht genauer angesehen hätte? Wenn ich aufgeblieben wäre, um mir die Kunstsendungen im Fernsehen anzusehen, damit Daddy jemand gehabt hätte, mit dem er über seine Interessen reden konnte?

Ich wartete auf einen Brief. Auf dem Heimweg von der Schule bummelte ich, um dem Briefträger mehr Zeit zu lassen, aus der Tiefe seiner Tasche den Brief mit der Nachsendeanschrift hervorzugraben. Die Post sah ich aber immer erst dann durch, wenn ich ins Haus gegangen war und mir etwas zu essen gemacht hatte. Dann schaute ich die Umschläge einen nach dem anderen an, und gleich noch einmal, wenn der erwartete Brief nicht dabei war.

»Was suchst du denn?«, fragte Cody eines Nachmittags, während er mich dabei beobachtet hatte.

»Das geht dich nichts an.«

»Ich möchte gern wissen, wie die Cubs gespielt haben«, sagte Cody. So hieß sein Basketballteam in Warrensburg.

»Onkel Mike könnte das herausfinden.«

»Möglich.« Er hielt den Kopf gesenkt und ich konnte seine Augen nicht sehen.

»Warum hast du dich denn nicht hier für die Mannschaft angemeldet?«

Er hob die Schultern. »Ich komme mit den Kids nicht zurecht.«

»Vielleicht würde sich das ändern, wenn du etwas gemeinsam mit ihnen tätest.«

»Glaube ich nicht.« Cody schwieg ein Weilchen, als überlegte er, ob er mir den nächsten Satz wirklich sagen sollte: »Ich habe beschlossen, dass ich Menschen nicht mehr leiden kann.«

»Oh, vielen Dank!«

Plötzlich lächelte er. Codys Lächeln kann ein ganzes Zimmer hell aufleuchten lassen. »Du und Mama, ihr seid schon in Ordnung und Onkel Mike auch.«

»Und deine Freunde zu Hause?«

»Die haben genauso über uns geredet wie alle anderen. Ich hab's selber gehört.«

»Hier reden sie nicht über uns. Keiner kennt uns.«

»Aber sie sind eingebildet und dumm sind sie auch. Sie wissen noch nicht einmal, dass ihr Wasser schlecht schmeckt und die Luft hier stinkt.«

»Ich hoffe, du hast es ihnen nicht gesagt.«

»Doch, das habe ich!«

»Cody!« Ich schüttelte missbilligend den Kopf, weil ich mich dazu verpflichtet fühlte, nicht etwa, weil ich nicht mit ihm einverstanden gewesen wäre.

Das einzig Gute an Laglade war Mamas Job. Irgendwie war sie in ein Büro mit lauter netten Menschen geraten. Einige davon hatten selbst Trennungen und Scheidungen hinter sich und schienen mitzufühlen, obwohl sie uns kaum kannten. Barb, deren Kinder schon zur Highschool gingen, schickte mir einen Koffer voller Kleidungsstücke, wie die Kids sie hier trugen. Cody schickte sie das alte Skateboard und den Helm ihres Sohnes. Und Mama erzählte sie von einem Grundstück, das ihrem Onkel gehörte und an einem Fluss im Süden von Pennsylvania lag. Sie und ihre Kinder waren oft zum Campen dorthin gefahren, wenn sie Weite und Ruhe brauchten. »Barb hat ihren Onkel gefragt«, erzählte uns Mama, »und der hat gesagt, wir könnten gerne hinfahren. Es ist nur eine Stunde entfernt. Wir könnten diesen Samstag hin.«

»Wir gehen fischen«, sagte ich zu Cody.

»Und woher kriegen wir die Würmer?«

»Du kannst ja schon mal hinter dem Haus danach graben«, schlug ich vor.

Er schüttelte den Kopf. »Da draußen habe ich schon herumgekratzt, als ich vorgehabt habe ein paar Tomaten zu pflanzen. Da ist aber weiter nichts als künstlicher Dreck.«

»Künstlichen Dreck gibt es gar nicht.«

»Und ob es den gibt! Sie verkaufen ihn sogar im Supermarkt.«

»Lügner!«

»Gleich hinter der Reihe mit den Weihnachtsbäumen aus Plastik!«

Er musste über seinen eigenen dummen Witz lachen, aber er holte die Angelruten hervor und so wussten wir, dass er mitfahren wollte.

Der Fluss hieß Leanna. Sobald wir die Autostraße verlassen hatten, lieferte die Karte nur noch sehr dürftige Auskünfte. Wir bogen in einen Weg ein und holperten über tiefe Wurzeln. Nach einer Meile endete auch dieser Weg und ging über in einen Pfad, der nach links durch die Wälder führte. Ich sah frisches Laub an den Eichen und Pappeln, aber die meisten Bäume waren Nadelbäume mit langen hängenden Ästen. Sie warfen Schatten auf den Pfad und machten ihn dunkel und moosig. Der Pfad beschrieb eine weite Biegung und führte dann steil abwärts. Die Ausläufer von gezackten Felsen reichten bis dicht an unseren Weg heran. In der Schlucht unter uns hörte ich den Fluss, dann sah ich durch die Zweige hindurch Wasser. Ich ließ meinen Rucksack fallen und rutschte den Rest der Strecke bis ans Ufer hinunter. Cody stolperte mir nach. Die Bäume standen jetzt lichter und endlich erreichten wir eine flache Felsenplatte und waren ringsum von Sonnenschein umgeben.

Die Leanna war schmal, nicht einmal zwanzig Meter breit, und so klar, dass man an den meisten Stellen bis auf den Grund sehen konnte. Sie war von Geröll durchzogen, das das Wasser in Kanäle und Becken teilte. Die Strömung war stark und an den tiefsten Stellen wirkte das Wasser schwarz, während es an den flachen Stellen golden und rosa über die Steine plätscherte.

Wie schön der Anblick auch war – ich war enttäuscht. »Das ist ja eher ein Bach als ein Fluss.«

»So wie der Castle River ist er nicht, das ist mal sicher.« Cody stand mit eingestemmten Armen da und sein Blick schätzte Tiefe und Strömung, aber er schüttelte den Kopf.

»Die meisten unserer Köder werden uns hier nicht viel helfen«, sagte er.

»Warum nicht?«

»Die Strömung ist ziemlich stark und an den breiteren Stellen ist das Wasser nicht besonders tief. Da werden die Köder weggerissen, ehe die Fische beißen können.«

»Vielleicht hat der Fluss ja auch bessere Stellen.«

Cody nickte. Sein Gesicht wirkte entspannt, als wäre er wieder in seinem Element. Ich betrachtete ihn aufmerksam und merkte, dass vor allem sein Zorn von ihm abgefallen waren. Ob er wohl Daddy vermisste? Wünschte er ihn zurück?

»Kommt, holt das Gepäck!«, rief Mama. »Ich kann nicht alles alleine tragen.«

Wir stiegen hinauf, um ihr zu helfen. Auch sie war überrascht, wie schmal die Leanna war. »Aber der Fluss ist schön! Und die vielen Bäume! Mir war bisher überhaupt nicht klar, wie sehr ich das Grün vermisst habe.«

Wir fanden einen flachen Felsvorsprung für unsere Ausrüstung und versahen unsere Angelhaken mit Ködern. Ich verwendete einen Wurm (Cody hatte Recht gehabt, wir mussten sie kaufen), er versuchte es mit einem Blinker, einem kleinen silbernen Metallköder mit zwei Haken an der unteren Seite. Er ging stromaufwärts, ich abwärts.

Ja, gut, es war anders als am Castle River. Am Ufer lagen große Steinbrocken und gleich dahinter folgte ein schmaler Weg den Windungen des Flusses. Kleine graue Vögel mit schwarzen Köpfen sangen mir von den Kieferzweigen herab etwas zu. Zu Hause wären es Drosseln gewesen.

Ich fand eine passende Stelle und warf meine Angel aus. Der kleine rote Schwimmer wiegte sich ein paar Minuten und trieb dann mit der Strömung. Plötzlich verschwand er. Ich riss an der Angel, doch es war nichts am anderen Ende. »Schon verhakt?« Ich habe die Gewohnheit, beim Angeln mit mir selber zu reden. Ich zerrte an der Schnur, ging ein Stück flussabwärts, versuchte es noch einmal. Der Haken löste sich. Dann verstellte ich die Tiefe des Schwimmers ein wenig und unternahm einen neuen Versuch. Diesmal blieb der Haken über dem Grund. Ich konnte ihm nachschauen und sah den Wurm dicht über dem steinigen Flussbett zappeln. Ich wartete.

Der Augenblick, wenn der Fisch anbeißt, ist natürlich der beste. Es kommt immer überraschend. Das Herz klopft schneller, die Hand zuckt blitzschnell zur Kurbel. Ist es ein großer? Der größte vielleicht? Man muss die Schnur straff halten, während man darauf wartet, dass der Fisch an die Oberfläche kommt. Manche Barsche springen, aber andere, sogar ziemlich große, sind eher träge und ganz leicht in das Netz zu bekommen. Ich summte leise eine kleine Melodie, warf noch einmal aus, wechselte den Köder. Nach einiger Zeit zog der Duft von Holzfeuer über den Fluss und mein Magen knurrte. Ich sammelte mein Angelzeug ein und lief zu Mama zurück.

Sie hatte auf einem flachen Stein eine Feuerstelle angelegt. Bratwürste brutzelten an irgendwelchen grünen Spießen, die sie aus Zweigen zugeschnitten hatte. Daneben stand eine Büchse Bohnen. Ich wollte gerade nach Cody rufen, als er auch schon weiter oben am Fluss auftauchte.

»Ich habe eine Überraschung!«

»Was?«

»Das sage ich nicht!«

»Nun komm schon, Cody!«

Er wehrte mit einer Handbewegung ab, als wäre es weiter nichts, aber ich sah ihm an, wie aufgeregt er war. »Ich zeige es euch nach dem Essen!«

Wir brauchten nicht lange, um mit den Würstchen fertig zu werden. Mama scharrte die Glut auseinander und goss Wasser über die restliche Kohle, dann gingen wir den Fluss hinauf.

Ich wusste nicht, was uns erwartete, und Cody gab keinerlei Hinweise. Neben uns plätscherte der Fluss über Steine und Felsen. Wir kamen um eine Biegung, an der sich das linke Ufer weit und steil erhob. In der feuchten Erde am Ufer sah ich Spuren von Waschbären und deutliche Fährten von Rotwild. Cody führte uns hinauf und über einen Pfad, der nach Kiefernnadeln roch. Dann deutete er triumphierend nach vorn. »Seht mal dort!«

Die Blockhütte lag zwischen Bäumen verborgen und hob sich von einer dunklen Felswand ab. Sie sah aus wie eines der Häuschen, die Kinder aus Bauklötzen bauen, nur dass die Baumstämme dieser Hütte dunkler waren, fast schwarz, und dass an einer Seite ein steinerner Schornstein stand. Die Tür hing etwas schief in ihren Angeln, aber Cody stieß sie auf und winkte uns herein, als ob ihm das Haus gehörte. »Padamm!«

Ich konnte sofort erkennen, dass diese Hütte einmal sehr hübsch gewesen sein musste. Der große Raum hatte zwei Fenster zum Fluss hinaus, aber die Scheiben fehlten und die hölzernen Fensterrahmen rochen verrottet. An einer Wand waren Regale angebracht, in der Mitte stand ein alter Tisch mit Bänken, die grün angeschimmelt waren. An der anderen Wand nahm ein Kamin den meisten Platz ein. Auf einem breiten Sims stand das Unterteil einer Petroleumlampe.

»Es geht noch weiter!«, rief Cody.

Er führte uns durch eine Art Durchgang in einen kleinen dunklen Raum, an dessen Wänden Betten mit Sprungfedermatratzen angebracht waren. Das einzige Fenster gab den Blick auf das felsige Ufer frei.

Cody zeigte uns noch einen weiteren Durchgang, der aus dem Hauptraum führte, das musste wohl die Speisekammer gewesen sein, denn der kleine Raum war mit Regalen und Schubfächern ausgestattet. Aus einem Fenster schaute man auf Bäume und eine Kiste mit verrotteten Holzscheiten stand auch noch da. Eine zweite Tür führte ins Freie, aber die war fest verschlossen. »Ihr müsst aus der Haustür und um das Haus herumgehen«, erklärte Cody und wir folgten ihm bereitwillig.

Hinter der Hütte war ein Brunnen, daneben stand ein angeschlagener Emailleeimer zum Wasserschöpfen. An einem Nagel am nächsten Baum hing ein Metallbecher. Großvater hatte an unserem Brunnen zu Hause auch einen Becher aufgehängt. »Auf diese Weise zeigt man Fremden, dass das Wasser gut ist«, hatte er erklärt und hin und wieder hatten wir tatsächlich beobachtet, dass jemand stehen blieb, den Becher nahm und trank. Auch ich griff jetzt danach, aber Mama hinderte mich daran. »Wir sind

Eindringlinge, Shana, und wir wissen überhaupt nichts über diese Hütte.«

»Nur dass sie nicht mehr benutzt wird«, wandte Cody ein. »Du siehst ja, wie sehr der Brunnen zugewachsen ist.«

Damit hatte er Recht. Er war voller fauler Blätter. Cody rollte die Ärmel auf und fischte das Laub heraus. Dann schöpfte er mit gewölbten Händen Wasser aus dem Brunnen und warf es in die Luft. Die Tropfen fingen das Sonnenlicht ein und funkelten wie Diamanten. Das ist wie ein Zauber, dachte ich und schaute mich suchend um, ob es noch mehr davon gab, aber da war nur die Rückwand der Hütte und ein Stückchen entfernt ein hölzernes Klohäuschen.

Wir wollten gerade wieder gehen, als zweierlei geschah. Erstens kam Cody mit etwas derart Unglaublichem daher, dass ich sofort dachte, es könnte tatsächlich wahr werden. »Hier werden wir in diesem Sommer wohnen!«, sagte er.

Mama starrte ihn an, als hätte er den Verstand verloren. Sie fing sofort an, all das zu sagen, was Erwachsene eben so sagen: Wir wüssten doch gar nicht, wem die Hütte gehörte, und sie sei auch baufällig und das Dach sei bestimmt undicht und alles, was wir besäßen, sei in der Wohnung in der Stadt und es gäbe nicht einmal eine richtige Straße hierher. Ich wartete geduldig, bis sie fertig war, damit ich vielleicht auch ein Wort einwerfen konnte. Und in diesem Augenblick erschien die Katze.

VIER

Mein Großvater glaubte an Geister. Er glaubte, dass sie unter Wasser bei den Fischen lebten, in der Luft und auch in den tiefen Brunnen unserer Seele. »In der Nacht, wenn du schläfst, steigen sie auf und erzählen dir all ihre Geheimnisse«, sagte er. »Wenn du genau hinhörst, kannst du sie verstehen.«

»Sehen sie ganz weiß aus, wie Gespenster?«, fragte ich ihn.

»Man kann nie wissen, welche Gestalt sie annehmen.« Er saß da, die Arme über dem dicken Bauch verschränkt, und schaute zum Fluss hinunter. »Aber sie sind da. Wenn du sie am wenigsten erwartest, kommen sie zu dir.«

Ich fragte Mama danach. Sie flüsterte, Großvater sei eben alt und alte Leute würden manchmal gern glauben, dass das Leben niemals ein Ende hätte. »Darum bilden sie sich Dinge ein, die sie in diesem Glauben bestärken«, sagte sie. »Du solltest darüber nicht mit ihm streiten.«

Ich erzählte Großvater, was sie gesagt hatte. Er schüttelte den Kopf. »Ich weiß, dass ich sterben werde, Shana«, sagte er. »Und ich habe nicht gesagt, dass ich an Gespenster glaube.«

»Und du wirst auch nicht sterben«, versicherte ich und hielt seine Hand ganz fest.

Später habe ich das mit den Geistern fast vergessen. Ich war viel zu sehr damit beschäftigt, zu spielen, zu lesen, zu fischen und ihn zu vergessen. Der Friedhof lag zu weit entfernt, um ohne Auto hinzukommen, deshalb richtete ich unten am Fluss eine kleine Gedenkstätte ein – nur ein Brett, auf das ich mit Markierstift seinen Namen geschrieben hatte, und im Kreis darum ein paar schöne Steine. Erzählt habe ich keinem davon, aber ich ging manchmal hin, um mit Großvater zu reden. Ich fragte ihn, wie es ihm gehe und wie es im Himmel sei. Er hat niemals geantwortet und mit der Zeit ging ich immer seltener dorthin. Bevor wir nach Laglade zogen, ging ich noch einmal nach der Stelle schauen. Ich musste Unkraut und Schlingpflanzen weghacken, ehe ich sie entdeckte. Das Brett war fast verrottet, aber der Steinkreis war noch da. Ich setzte mich und erzählte Großvater, was Daddy getan hatte. Ich erzählte ihm, dass wir jetzt sein Haus verlassen würden und dass es ein Gefühl sei, als würde alles Gute, was wir einmal besessen hatten, verfaulen und zerfallen wie der alte Tabakschuppen hinter dem Haus, der eines Tages völlig eingestürzt war. Rechts hörte ich das Murmeln des Flusses. Ich wartete ab, ob Großvater zu mir sprechen würde. Aber falls er es tat, konnte ich jedenfalls nicht hören, was er sagte. Ich kam mir vor wie ein Buch mit leeren Seiten, die darauf warteten, dass jemand anders meine Geschichte auf sie schrieb.

Cody dagegen fühlte sich in allem völlig sicher. Für ihn stand fest, dass Daddy uns verraten hatte, und falls er doch wiederkäme, wollte Cody ihn nicht sehen. Für Cody war es eine unumstößliche Tatsache, dass Laglade der schlimmste Ort auf Erden war, dass kein Mensch es verdient habe, dort leben zu müssen, dass nur Idioten sich freiwillig dafür entscheiden könnten.

Und ebenso sicher war er, dass diese Hütte genau der Ort war, an dem wir leben mussten: keine Menschen, keine Straßen, nur wir und der Fluss.

Und die Katze, die gerade aus einem Steinhaufen aufgetaucht war, als wir gehen wollten. Es war ein alter, gelbbrauner Kater mit einem riesigen Kopf und einem zerzausten Fell voller Narben. Er war mager, aber stolz. Er zögerte keinen Augenblick, sondern sprang mühelos in den leeren Fensterrahmen, blieb dort sitzen und schaute hinaus, als wollte er fragen: Habe ich euch hereingebeten? Er ließ sich von mir den Kopf streicheln, bevor er sich zurückzog, sich wieder setzte und uns aus großen gelben Augen anblickte.

»Wir können ihn doch nicht einfach hier zurücklassen«, sagte ich.

»Mitnehmen können wir ihn auch nicht. Im Mietvertrag steht: Keine Haustiere!« Mama klang sehr entschlossen, doch sie wirkte besorgt. »Was glaubt ihr, woher ist er gekommen?«

»Wer weiß?« Cody kniete nieder und streckte eine Hand aus. »Aber er ist allein, das sieht man doch!«

»Hier können wir ihn nicht lassen«, erklärte ich noch einmal. »Hier verhungert er.«

»Bisher ist er jedenfalls noch nicht verhungert. Wahrscheinlich fängt er Mäuse in der Hütte.«

Völlig unerwartet brach ich in Tränen aus. Ich konnte einfach nicht fort von ihm.

»Wir lassen ihm etwas Futter da«, sagte Mama. »Cody, lauf zu dem Felsen zurück und schau in meinem Gepäck nach. Da müssen noch Würstchen sein und ein paar Käsescheiben. Sobald wir wieder zu Hause sind, werde ich Barb fragen, ob sie weiß, wem diese Hütte gehört und ob das auch die Besitzer der Katze sind.«

Der Besitzer der Hütte war George Cosgrove, Barbs Onkel, aber von einer Katze wusste er nichts. Die Hütte könnten wir gern haben, sagte er, wenn wir dafür die notwendigen Reparaturen übernähmen. Er und seine Frau waren in ein Altenheim gezogen, aber sie hatten es nicht über sich gebracht, das Grundstück am Fluss zu verkaufen, weil sie dort in jüngeren Jahren schöne Zeiten erlebt hatten. Mama konnte es kaum glauben, als Barb es ihr erzählte.

»Willst du mit deinen Kindern die Hütte nicht übernehmen?«, fragte sie.

»Nein, meine Kinder würden ungern ihren Freundeskreis verlassen«, antwortete Barb. »Seitdem sie an der Highschool sind, haben sie fast jeden Samstag Verabredungen oder Partys.«

Anders als wir, dachte ich, als Mama es mir erzählte. Ich versuchte immer noch mir darüber klar zu werden, ob ich wirklich etwas mit dieser halb zerfallenen Hütte zu tun haben wollte. Aber Warrensburg war sechs Stunden entfernt und Onkel Mike hatte in seiner kleinen Wohnung kein Gästezimmer. Was sollte ich in Laglade anfangen, wenn die Ferien kamen? Jeden Tag auf Post warten? Fernsehen? Ins Schwimmbad gehen? Die Vorstellung, dass die anderen Mädchen mich bleich und dürr im Badeanzug sehen könnten, ließ mich schaudern. Vielleicht war ich dann mit Cody in den Wäldern immer noch besser aufgehoben.

Und dann war da ja auch noch die Katze – unsere Katze, wie ich sie in Gedanken nannte. Ich machte mir Sorgen um den Kater, seitdem wir ihn verlassen hatten. Ob er gefressen hatte, was wir für ihn auf dem Felsen zurückgelassen hatten? Erwartete er unsere Rückkehr?

Für das, was er sich wünschte, verlangte Mama einiges von Cody. Bevor er auch nur an die Hütte denken konnte, musste er während der letzten beiden Schulwochen jeden Abend zeigen, dass er seine Hausaufgaben ordentlich gemacht hatte. Es durften auch keine Beschwerden von seinem Lehrer kommen. Aber nicht nur das. Er musste auch wenigstens einen Freund zum Essen zu uns einladen. Cody ging in seiner Klasse von einer Bank zur anderen, bis endlich ein Mädchen ja sagte. Den ganzen Abend erzählte sie davon, dass sie bei der Eröffnung des Einkaufszentrums Hillcrest den Star von irgendeiner blöden Krankenhausserie kennen gelernt hatte. Cody schwindelte drauflos. »Ich kaufe auch besonders gern im Hillcrest!«, behauptete er. Als das Mädchen wieder fort war, ging ihm Mama dafür beinahe an die Gurgel.

Am Wochenende setzten wir uns zusammen und sprachen darüber, welche Probleme Codys Idee mit sich brachte. Wir fanden eine etwas kürzere Fahrstrecke, aber Mama musste morgens und abends immer noch eine Stunde Fahrzeit rechnen und bis zur Hütte noch eine halbe Meile zu Fuß gehen. In der Nähe gab es ein Haus, bei dem sie den Wagen parken konnte. Die Besitzerin, Mrs. Brown, versprach, dass wir in Notfällen ihr Telefon benutzen dürften. Trotzdem hatte Mama immer noch ein ungutes Gefühl. »Und wenn sich nun einer von euch verletzt?«, fragte sie. »Der müsste dann ganz allein warten, während der andere zum Telefon laufen würde. Vielleicht müsste er stundenlang dort allein liegen!«

»Das war zu Hause auch nicht anders«, wandte Cody ein. «Wenn wir zum Fischen gegangen sind, waren wir auch den ganzen Tag unterwegs. Manchmal waren wir meilenweit von irgendeinem Haus entfernt.«

»Das stimmt.« Mama nickte. »Aber diese Gegend ist uns völlig fremd. Es könnte dort Gefahren geben, von denen wir gar nichts ahnen!«

»Zum Beispiel? Tiger? Treibsand?« Cody grinste.

Mama wandte sich an mich. »Was meinst du dazu, Shana?«

Ich war stolz darauf, dass sie mich nach meiner Meinung fragte, und gab mir Mühe möglichst logisch und erwachsen zu klingen.

»Den ganzen Sommer hier zu verbringen, das wäre ziemlich langweilig. Du bist den ganzen Tag fort und ohne Auto kann man nicht viel anfangen. Ich nehme an, wir würden einfach im Haus bleiben und fernsehen.«

»Manche Sendungen sind so gewalttätig«, seufzte Mama. »Da wärt ihr dort draußen vielleicht immer noch besser aufgehoben.«

»Wir sind auch bestimmt vorsichtig. Wirklich vorsichtig!«, drängte Cody. »Ich tue nichts, ohne vorher Shana zu fragen!«

Mama antwortete nicht darauf, aber sie sah mich sehr ernst an. »Das wäre eine große Verantwortung.«

»Ich glaube, das kann ich schaffen. Ich muss auch einiges für die Schule tun. Mr. Thomas hat mir geraten ein Tagebuch zu führen und er hat uns auch eine Leseliste für den Sommer gegeben. Ich könnte am Morgen lernen und nach dem Mittagessen mit Cody fischen gehen.«

»Aber du musst immer ganz genau wissen, wo Cody gerade steckt«, sagte Mama. »Und beide müsst ihr immer rechtzeitig zurück sein, um das Abendessen vorzubereiten. Bei der langen Fahrt kann ich nicht vor sechs Uhr dort sein.«

Cody wusste, dass er schon fast gewonnen hatte. »Du kriegst das beste Essen, das du jemals gegessen hast – gebratenes Hähnchen und Schinken und sogar Brokkoli, wenn du unbedingt willst.«

Mama lächelte, aber sie schaute immer noch mich an. Cody stieß mich unter dem Tisch mit dem Fuß an. Ich warf ihm einen Blick zu, der so viel sagen sollte wie: Das kriegst du wieder! Aber zu Mama sagte ich: »Es wird schon alles klappen. Wir kommen bestimmt gut zurecht.«

»Ich verlasse mich auf dich, Shana!«

Ich nickte, als wäre da nichts weiter dabei.

Später am Abend sagte sie uns, dass sie einverstanden sei. Inzwischen hatte sie ein paar Regeln aufgeschrieben: Niemals allein schwimmen gehen; immer dem anderen sagen, wohin man geht und wann man wiederkommt; um fünf

Uhr in der Hütte sein, um das Essen vorzubereiten. Das Wasser aus dem Brunnen sollten wir immer erst abkochen, bis die Testergebnisse vom staatlichen Gesundheitsamt zurück wären, wohin Mama eine Probe schicken wollte. Eine Woche später betrachtete ich das beladene Auto, das wir so nahe bei der Hütte parkten, wie wir nur herankommen konnten.

»Brauchen wir wirklich so viel Plastikfolie?« Cody hievte eine dicke Rolle auf die Schulter. »Hast du an den Tacker gedacht? Und an meine Milky Ways?«

Mama schulterte einen Besen und einen Sack Kartoffeln. »Um Himmels willen, Cody, sei endlich mal still!« Dann warf sie mir einen vorwurfsvollen Blick zu. »Etwas mehr als deine Bibliotheksbücher musst du schon tragen, Shana!«

»Tu ich ja!« Ich nahm einen Einkaufsbeutel mit Lebensmitteln und zusammengerolltes Bettzeug. Die Mengen, die aus dem Auto quollen, schienen immer größer zu werden. »Da müssen wir aber oft hin- und hergehen!«

»Was hast du denn erwartet? Du hast doch dauernd noch etwas dazugepackt.«

»Ach, halt doch den Mund, Cody!« Ich machte mich auf den Weg. Dieser Pfad führte aus einer anderen Richtung zur Hütte und lief etwas weniger steil durch die Schlucht. Als ich das Wasser glitzern sah, stellte ich mir die Karte vor und wusste, dass ich nach rechts abbiegen musste. Der Weg war überwuchert von Unkraut. Ich schlug es mit der Tragetasche nieder und fragte mich, wieso ich mich auf all das eingelassen hatte. Ich wechselte meine Bücher auf den anderen Arm und sah das Hüttendach unter mir, kletterte abwärts und kam vor der Hütte raus. Die Tür stand weit auf und ich bemerkte, dass aus der schiefen Regenrinne eine lange Schlingpflanze wuchs. Säuberlich stapelte ich meine Fracht auf dem Vorplatz und rief dann nach dem Kater. Ich rief gleich noch mal, aber er kam nicht.

Mama und ich gingen an den Hausputz, während Cody unsere Sachen holte. Mit dem Fußboden fingen wir an, und nachdem wir ihn von Blättern und Zweigen befreit hatten, bürsteten wir Decken und Wände ab und wischten Spinnennetze samt Spinnen und sogar ein Vogelnest herunter. Ich schrubbte die Regale und den Tisch mit Essig und Wasser und Mama schnitt säuberliche Vierecke aus durchsichtiger Plastikfolie als Ersatz für die fehlenden Fensterscheiben. Die oberen Ränder tackerten wir fest, unten verwendeten wir nur Klebeband, damit man die Fenster bei heißem Wetter aufrollen konnte. Dann zeigte mir Mama, wie Fliegengitter zurechtgeschnitten werden, die wir außen an die Fensterrahmen tackerten. Ich entzündete im Kamin ein kleines Feuer, um die Feuchtigkeit zu vertreiben, aber Mama meinte, solange das Dach nicht geflickt wäre, würde der dumpfe Geruch bleiben, und sie hatte im Auto nicht mehr genug Platz gehabt, um auch noch einen Eimer Teer mitzubringen.

Was wir mitgebracht hatten, war jetzt draußen aufgestapelt. Cody und ich fingen mit dem Einräumen an: Decken und Kissen ins Hinterzimmer; Petroleumlampen, eine für den Kaminsims, die andere für das Schlafzimmer. Unser Propangaskocher kam auf das breiteste Regalbrett, gleich neben eine Wasserschüssel und einen Eimer. Wir schlugen Nägel ein, um unsere gusseiserne Bratpfanne und zwei Kochtöpfe aufzuhängen, einen großen und einen kleinen; Essgeschirr, Zündhölzer und ein Kofferradio stellten wir direkt neben den Herd. Für Codys und meine Habseligkeiten hatten wir zwei Obstkisten mitgebracht und für jeden von uns eine Taschenlampe.

Die Speisekammer besprühten wir gegen Ungeziefer und säuberten sie dann gründlich, bevor wir die Lebensmittel einräumten. Mama hatte Brot, Erdnussbutter und Honig mitgebracht, Müsli und Milchpulver, Orangen und Reis, gebackene Bohnen und Salzstangen. Wir hatten Büchsen mit Suppen, Keksen, Wiener Würstchen und Rindergulasch. Wenn sie von der Arbeit kam, wollte Mama frisches Fleisch, Käse und dergleichen einkaufen, weil wir hier keine Möglichkeit zum Kühlen hatten. Ein halbes Dutzend Eier und ein Stück Butter konnten wir in der kleinen Steinnische neben der Quelle aufbewahren.

Ich hängte mein Nachthemd an einen Nagel neben meinem Bett und ordnete meine Bücher auf der Obstkiste, die ich am Abend zuvor blau angestrichen hatte. Auf seine Kiste legte Cody sein Taschenmesser, einen Kompass, einen Stapel Comics und eine Rolle Bindfaden. Mutter wollte auf einer Campingliege im großen Raum schlafen. Dafür hatte sie einen Bindfaden über eine Ecke gespannt und einen Vorhang darüber gehängt, um ein wenig abgeschlossen zu sein.

»Shana! Hier sind winzige Mäuse!« Cody hatte sie in einem Nest aus Sägemehl unter dem Dachgesims gefunden. Ihre rosigen kleinen Körper zuckten und zitterten hilflos. Er trug sie hinaus und setzte sie in einen Spalt zwischen Steinen. »Hast du den Kater gesehen?«, fragte er besorgt.

»Ich hab ihn gerufen, aber er ist nicht gekommen.«

»Hoffentlich findet er diese kleinen Kerlchen nicht.«

»Hoffentlich bleiben diese kleinen Kerlchen weg von unseren Lebensmitteln.«

»Für die Sachen, die nicht sowieso in Büchsen sind, gibt es ja schließlich Metallschachteln, oder?«

»Das wird hier wie beim Camping, meinst du nicht auch?«

»Es wird phantastisch!«, sagte Cody.

Es war schon fast an der Zeit das Abendessen vorzubereiten. Wir gingen durch das Haus und begutachteten unsere Arbeit. Mama breitete eine hübsche Decke über den Tisch. Zusammen mit dem Vorhang vor ihrer Schlafecke brachte das ein wenig Farbe in den Raum. Die Laterne am Kamin, die Töpfe an der Wand schufen Gemütlichkeit, obwohl es außer den Bänken nichts gab, worauf man sich setzen konnte. Die Speisekammer mit ihren Konservendosen und Blechschachteln war ordentlich, und wenn das Schlafzimmer auch ein wenig klein war, so war es doch viel aufgeräumter als Codys oder mein Zimmer jemals gewesen waren. Wir stellten eine Liste der Dinge zusammen, die wir vergessen hatten: noch ein Wassereimer, Abdichtmasse, um die Löcher und Ritzen zwischen den Balken auszufüllen, Ersatzbatterien für die Taschenlampen. Weil heute Samstag war, wollte Mama das Abendessen machen. »Warum geht ihr nicht noch ein bisschen raus, um den Staub abzuschütteln?«, schlug sie vor.

Wir gingen zum Fluss hinunter. Das Licht war diesmal

anders, weil es Abend wurde. Das Wasser glänzte. Schaumflocken glitten wie kleine Boote über winzige Stromschnellen. Cody legte sich auf den Bauch, warf Stöckchen in die Strömung und schaute ihrem Schwanken und Tauchen zu. Nach einiger Zeit richtete er sich auf und sah mich an. »Das ist das erste gute Ereignis, seitdem Daddy fortgegangen ist«, sagte er.

»Das findest du vielleicht!«, sagte ich, obwohl ich auch glücklich war – zum Teil wegen der Hütte, zum Teil aber auch aus einem anderen Grund, den niemand außer mir kannte.

»Ich möchte dauernd hier wohnen.«

Ich lachte und freute mich über seine gute Laune. Aber ich durfte es nicht dabei lassen.

»Du kannst nicht ewig so leben, nur weil du dich vor den Leuten versteckst«, sagte ich.

»Ich kann mein Leben so leben, wie ich es will!«

»Wenn du einmal erwachsen bist, vielleicht . . . aber du brauchst doch einen Beruf, oder?«

»Unsinn! Ich kann fischen und jagen, und für das Gemüse habe ich einen Garten. Einen Apfelbaum werde ich auch pflanzen, dann kann ich mir Apfelmus kochen.« Cody leckte sich die Lippen.

»Ich glaube, ich werde Schriftstellerin«, sagte ich. »Dann kann ich leben, wo ich will. Sogar in Europa, falls ich das möchte.«

»Europa!« Codys Mund sah aus, als hätte er in einen sauren Apfel gebissen. Ich wusste, dass er an Daddy dachte.

»Nach allem, was man so hört, kann es drüben in Europa sehr nett sein«, sagte ich. »Vielleicht sogar schöner als hier.«

»Nie! In Europa wimmelt es ja von Menschen!«

»Und von Museen, Schlössern und Kathedralen.«

»Ein Fluss ist besser«, behauptete Cody.

Eine Weile blieben wir sitzen und ruhten uns aus. Ich wartete darauf, dass Mama uns rief, und endlich tat sie das auch.

Wir kletterten die Wand der Schlucht hinauf, sehr vorsichtig, weil es hier keinen Weg gab. Mama hatte Gulasch gewärmt und in der Pfanne flaches, rundes Brot gebacken. Der Tisch war mit unseren Metalltellern und dem Campingbesteck gedeckt. Obwohl es draußen noch hell war, herrschte in der Hütte dämmriges Licht. Deshalb zündete Cody die Petroleumlampe an und stellte sie auf den Tisch. Mama sprach ein Tischgebet und ich bewegte die Lippen zu ihren Worten.

»Der Kater ist nicht wiedergekommen«, sagte Cody plötzlich.

»Wahrscheinlich ist er ein Streuner«, sagte Mama. »Oder er hat eine ganz bestimmte Runde, die er immer abläuft. Und ich wette, das hier ist einer seiner Rastplätze.«

Wir stellten Wasser auf und spülten das Geschirr. Dann setzte ich mich an den Tisch und las beim Lampenlicht, während Cody Radio hörte. Ich goss mir aus dem Eimer Wasser ein und wusch mir Hände und Gesicht. Danach ging ich hinaus, um das gebrauchte Wasser auszuschütten, und entdeckte, dass der Himmel über dem Fluss voller funkelnder Sterne war. Als ich im Bett lag, war ich glücklich. Cody hatte genau das herausgesucht, was für uns das

Beste war. Und in der Tasche meiner Jeans steckte etwas, das ich aus dem Briefkasten in Laglade gefischt hatte, ehe sonst jemand es entdeckt hatte: ein Brief von Daddy!

FÜNF

Ich las den Brief, als ich allein am Fluss saß. Ehe ich ihn öffnete, untersuchte ich sorgfältig den Umschlag und schrieb mir die Anschrift auf: 229 W. 79th Street, App. 21 B, New York, N.Y. Der Brief war nach Warrensburg geschickt worden. Die Posthalterin, Mrs. Grubb, hatte unsere neue Anschrift auf die rechte Seite des Umschlags gleich unter meinem Namen geschrieben: Shana Allen. Daddy hatte mir geschrieben, das wusste ich, denn ich allein wartete ja so ungeduldig auf seinen Brief und ich allein wusste genau, dass er wiederkommen würde.

Liebe Shana, fing der Brief an. *Was habe ich für einen herrlichen Tag verbracht! Ich fing mit dem Metropolitan-Museum an, das nur fünfzehn Minuten zu Fuß von meiner Wohnung entfernt liegt. Da saß ich dann vor einem Raffael-Meisterwerk und ließ die reichen Farben und die komplexen Themen dieses wunderbaren Gemäldes auf mich wirken. Später ging ich ins Frick-Museum, in dem es auch einige Gemälde aus der Renaissance zu sehen gibt. Es ist wunderbar, die Kunstwerke in Wirklichkeit zu betrachten und nicht nur die Drucke, die ich in den Büchern aus der Bibliothek gesehen habe. Man kann sich fast*

vorstellen, dass der Künstler mit dem Pinsel in der Hand vor einem steht!
Shana, wie geht es dir und Cody und Dott? Wie kommt ihr zurecht? Ich denke die ganze Zeit an euch und wünsche mir, ihr könntet hier bei mir sein. Meine Wohnung besteht aus einem einzigen Zimmer, das ich umsonst bewohne, weil ich dafür nebenbei den Nachtwächter spiele.
Ich schreibe dir bald wieder.

In Liebe und mit vielen Küssen
Daddy

Ich las den Brief ein Dutzend Mal und wünschte mir nur, dass er etwas länger gewesen wäre! Es gab eine Million Fragen, die ich gern gestellt hätte: Wie sieht deine Wohnung aus? Wie bist du zu diesem Job gekommen? Wo kaufst du deine Lebensmittel? Wann kommst du nach Hause? Ich betastete den einzigen Briefbogen. Warum hatte Daddy nicht seine Telefonnummer angegeben? Dann hätte ich irgendwo Kleingeld aufgetrieben und wäre zu einer Telefonzelle gelaufen. Aber vielleicht hatte er ja auch kein Geld für ein Telefon . . . Ich beschloss ihm zu schreiben.

Mein Brief beschäftigte mich fast den ganzen Montag. Aus irgendeinem Grund wollte ich nicht, dass Cody etwas davon wusste und auch nichts von Daddys Brief. Noch nicht. Das bedeutete, dass ich beide immer verstecken musste, wenn Cody in die Nähe kam. Ich musste mir auch eine Ausrede dafür einfallen lassen, dass ich nichts von dem tat, was er mir vorschlug: fischen gehen, ein bisschen durch die Gegend laufen, nach dem Kater suchen. Schließlich sagte ich ihm, ich hätte Kopfschmerzen und wollte gern allein sein. Er schaute mich an, als ob er mir nicht glaubte, aber er ging allein los, um den Fluss ein Stück stromauf zu erkunden.

Den Brief an meinen Daddy schrieb ich viermal. Am Ende lautete er so:

Lieber Daddy,
es war toll, einen Brief von dir zu bekommen!
Mama, Cody und ich sind umgezogen! Wir wohnen jetzt hauptsächlich in einer Stadt, die Laglade heißt. Unsere Adresse ist 209 Hamlin Way. Laglade 21236. Unsere Telefonnummer ist 301-555-6742.
Obwohl wir umgezogen sind, bleiben wir den Sommer über nicht in der Stadt, weil es Cody dort nicht gefällt. Deshalb leben wir jetzt in einer Hütte in Pennsylvania am Fluss Leanna. Wir haben hier keinen Strom, kein fließendes Wasser, kein Telefon, deshalb ist es beinah wie Camping. Es würde dir bestimmt gefallen. Der Fluss ist sehr schön und alles ringsherum ist grün.
Bitte schreib mir: Wie bist du nach New York gekommen? Wie ist es dort? Hast du außer deinem Nachtwächteramt auch noch einen anderen Job? Hast du ein Telefon?
Daddy, ich freue mich, dass du die Kunstwerke aus der Zeit der Renaissance sehen kannst. Aber Cody und ich, wir vermissen dich sehr.
Deine dich liebende Tochter
Shana

Ich las meinen Brief noch einmal und faltete ihn zusammen. Einen Umschlag mit einer Marke darauf hatte ich in eines meiner Bücher gelegt. Am Wochenende, wenn wir zum Einkaufen gingen, wollte ich den Brief einwerfen. Ich trug den Brief zur Hütte hinauf und versteckte ihn in dem Buch. Cody hatte Wasser abgekocht und eine Limonade gemacht. Ich trank ein Glas und mir war unbehaglich. Warum wollte ich nicht, dass Mama oder Cody weder Daddys noch meinen Brief sahen? Log ich, um ein Geheimnis daraus zu machen? Warum hatte ich Daddy nicht die wichtigste von allen Fragen gestellt?

»Shana, komm schnell!« Codys Stimme war fast ein Kreischen. Ich rannte aus der Tür. Er stand mit hochgereckten Armen ein Stück weiter oben auf dem Weg. Unter ihm auf einem Stein neben dem Fluss stand ein alter Mann in Uniform. Ich brauchte einen Augenblick, bevor ich den Revolver in seiner rechten Hand entdeckte.

»Halt!«, rief ich.

Der Mann hob den Blick, schien zu erschrecken und ließ den Revolver fallen. Das Ding schlug auf den Fels und rutschte irgendwo zwischen die Ufersteine. Der alte Mann bückte sich fluchend, um danach zu suchen. Cody kraxelte den Hang herauf, packte mich und zog mich zur Hütte.

»Er ist verrückt, Shana! Lauf weg!«

Ich drehte mich um, doch als ich hinunterblickte und den alten Mann sah, der auf allen Vieren kroch und den Boden abtastete, hatte ich den Eindruck, dass er kaum noch genug Kraft hatte, um den Kopf auf den Schultern zu halten. Mitten in seinem dünnen weißen Haar war ein kahler rosiger Fleck.

»Shana, komm!« Cody zerrte mich am Arm.

»Warte mal!«

Der alte Mann hob den Blick und sah, dass ich ihn beobachtete.

»Komm lieber herunter und hilf mir, Mädchen!«, bellte er. »Dieser Revolver ist dreiundachtzig Dollar wert, und wenn ich ihn verliere, dann ist das deine Schuld!«

»Das ist nicht meine Schuld! Sie haben damit auf meinen Bruder gezielt!«

»Das war bloß, weil er hier nichts zu suchen hat und du auch nicht. Ich gebe euch genau eine Stunde, damit ihr von dem Grundstück verschwindet, bevor ich euch wegen unerlaubten Betretens festnehme!«

»Wir betreten hier nichts unerlaubt. Wir sind mit Erlaubnis des Besitzers hier.«

»Was für ein Besitzer?«

»Mr. George Cosgrove.«

Der alte Mann kam mühsam auf die Füße. Er hatte die leeren Hände zusammengeballt, als bereite er sich auf einen Kampf vor. »George Cosgrove hat gar nicht das Recht, irgendeinem zu erlauben, den Fluss hier zu verschmutzen oder irgendwo in seiner Nähe zu zelten oder in dieser alten Hütte zu übernachten. Das hätte er euch von Anfang an sagen sollen.«

»Warum?«

»Was meinst du mit warum? Weißt du denn überhaupt nichts?«

»Ich habe dir ja gleich gesagt, er ist verrückt«, murmelte Cody hinter mir.

»Warum?«, wiederholte ich.

»Weil das hier ein Forellenfluss ist und das Land ringsum unter Staatsschutz steht. Man darf hier nicht spazieren gehen oder zelten, man darf hier überhaupt nichts.«

»Sie meinen, niemand darf hier an den Fluss kommen?«

»Genau.« Der alte Mann nickte, als hätte ich endlich eine Spur von Verstand gezeigt. »Niemand!«

»Und Sie?«

Er brauste gleich noch einmal auf und seine Brust schwoll, als hätte er etwas Großes verschluckt.

»Ich bin der Aufseher, verstehst du, der Ranger! Ich sorge dafür, dass jeder das Gesetz achtet.«

»Ich wette aber, Sie sind nicht damit beauftragt, Ihre Waffe auf Menschen zu richten.«

Er wurde rot. »Dieser Bengel da ist ein ungezogener Junge. Ich habe ihm gesagt, dass er stehen bleiben soll, und er ist einfach weitergelaufen.«

»Der ist überhaupt nicht ungezogen. Er hat es bloß nicht gewusst.«

»Jetzt weiß er ja Bescheid.« Er verschränkte die Arme. Ich sah die Buchstaben über seiner linken Hemdtasche, aber er stand zu weit entfernt. Ich konnte sie nicht erkennen. »Komm gefälligst und hilf mir meinen Revolver suchen!«, rief er.

»Das tue ich nicht! Sie hätten Cody oder mich verletzen können.«

»Hätte ich nicht. Der Revolver ist ja nicht einmal geladen.«

»Dann sollten Sie auch nicht so damit zielen!«

»Du solltest mir lieber helfen. Wenn du das nicht tust, dann muss ich euch festnehmen lassen.«

»Weswegen denn?«

Er schwieg ein Weilchen, als hätte ich ihn ertappt. Dann leckte er sich die Lippen. »Wegen Ungehorsam, wegen Widerstand! Und nicht nur das, ich werde auch euren Eltern sagen, dass ihr hier wart.«

»Bloß nicht Mama«, wisperte Cody. »Sie lässt uns bestimmt nicht hier bleiben, wenn sie das erfährt.«

»Wie wollen Sie es ihnen denn sagen?«

»Was meinst du wohl, wie? Ich komm zu euch rauf.« Er deutete auf die Hütte.

»Sie sind jetzt gar nicht hier.«

»Dann eben später.«

»Und wenn ich den Revolver finde, dann sagen Sie nichts?«

Er zögerte und dachte darüber nach. »Nein.«

»In Ordnung. Aber zielen Sie bloß nicht wieder auf uns, weder auf Cody noch auf mich, noch auf sonst irgendjemand.«

Er murmelte etwas, das ich nicht verstehen konnte.

»Du bleibst hier«, sagte ich zu Cody und rutschte den Hang hinunter, bis ich nur noch wenige Meter von dem Mann entfernt war. Aus der Nähe erkannte ich, dass er älter war, als ich geglaubt hatte. Seine Augen waren glasig und die Haut hing ihm in schlaffen Falten über den Hals wie bei einer alten Bulldogge. Sein Hemd war abgewetzt und so ausgewaschen, dass es schwierig war, die Schrift zu lesen: Pa . F sch ucht.

»Da drüben«, brummte er.

Während er mir zusah, durchsuchte ich das niedrige Buschwerk in der Nähe des Felsens. Ich brauchte keine dreißig Sekunden, um den schwarzen Lauf der Waffe zu sehen. Ich hob sie auf und streckte sie ihm auf Armeslänge entgegen.

»Du hast sie gefunden«, knurrte er. Dann steckte er den Revolver in die Hosentasche und sah mich unfreundlich an. »Ich werde deinen Eltern nichts erzählen, aber ich muss Anzeige erstatten«, sagte er.

»Anzeige?«

»Wegen Gesetzesübertretung; und die Anzeige schicke ich dann an die Bundesregierung.«

»Aber wir haben doch gar nichts Böses getan!«

»Ihr hättet wissen müssen, dass ihr nicht in dieser Hütte wohnen dürft. Klos sind in der Nähe dieses Flusses nicht zugelassen. Sie verschmutzen das Wasser.«

Ich stand mit offenem Munde da. »Was sollen wir tun?«

»Verschwindet jedenfalls.« Er wandte sich um und hinkte davon.

Ich zerrte Cody förmlich in die Hütte. Dann drückte ich ihn auf die Bank und schrie ihn an: »Du erzählst mir jetzt sofort alles, was passiert ist! Was hast du bloß angestellt, um ihn so böse zu machen?«

»Shana . . .« Codys Gesicht war ganz weiß und er sah so aus, als wäre er den Tränen nahe. »Es ist nicht meine Schuld.«

»Erzähl mir alles, bevor Mama kommt!«

Er seufzte und fing an.

»Weil du gar nichts machen wolltest, habe ich mir gedacht, ich gehe ein Stück den Fluss hinauf, um eine gute Stelle zum Fischen zu suchen. Ungefähr nach einer Meile habe ich ein paar schöne tiefe Stellen entdeckt. Ich habe das Gestrüpp ringsum ein bisschen gerodet, damit wir besser hinkommen können. Ein Stück weiter oben bin ich auf eine Klippe mit einer kleinen Höhle gestoßen. Ich habe ein paar Knochen und Fellreste gefunden und gedacht, dass dort vielleicht eine Wildkatze haust. Und dann habe ich gemeint, ich hätte sie gehört. Ich bin auf die Klippe gestiegen und am Rand entlanggelaufen. Ich habe genau gehört, dass irgendetwas ein Stück flussaufwärts geschrien hat. Und dann fiel mir der Kater ein!«

Cody schüttelte unglücklich den Kopf. »Ich bin durch den Fluss auf die andere Seite gelaufen. Gleich hinter der Biegung habe ich ein Kanu entdeckt, das jemand in die Büsche gezogen hatte. Ich dachte, es wäre vielleicht bei Hochwasser heruntergetrieben. Du weißt doch, das ist zu Hause oft genug passiert, wenn das Wasser gestiegen war.«

Ich nickte.

»Ich habe es dann eben umgedreht, obwohl ich die Katze nicht vergessen hatte. Ich wollte nur erst mal das Kanu untersuchen. Und dann hat jemand gerufen. Ich bin aufgestanden und habe gewartet, um alles erklären zu können, aber dann kam dieser alte Kerl durch die Bäume und hat geschrien: ›Du Dieb!‹« Er wollte überhaupt nicht mehr aufhören. Schließlich bin ich einfach weggelaufen. Ich dachte, ich würde ihn in ein paar Minuten abhängen, weil er doch so alt ist.«

»Du hättest gar nicht erst weglaufen sollen«, sagte ich. »Darum hat er erst geglaubt, du hättest was ausgefressen.«

»Ausgefressen? Was denn? Weil ich sein Boot angefasst

hab?« Cody zuckte die Achseln und fuhr fort: »Jedenfalls bin ich dann ganz eilig zurückgelaufen und wollte dir von der Katze erzählen. Ich war nur noch knapp hundert Meter von hier weg, als er im Boot um die Biegung kam. Kaum hatte er mich gesehen, ist er an Land gekommen und hat seinen Revolver gezogen. Darum hab ich geschrien.«

Ich betrachtete Cody prüfend, um zu sehen, ob er mich belog, aber er zuckte mit keiner Wimper und wurde auch nicht rot. Stattdessen stöhnte er und vergrub das Gesicht in den Händen.

»Ich habe gehört, was er zu dir gesagt hat, Shana. Was sollen wir denn jetzt bloß machen?«

»Ich weiß nicht. Fang du mit dem Abendessen an, während ich nachdenke.«

Ich versuchte mir über alles klar zu werden. Der alte Mann hatte eine Waffe und wahrscheinlich auch irgendwo Munition dazu, wo immer er auch leben mochte. Es erschien mir logisch, dass ein Ranger auch eine Waffe hatte. Man konnte ja niemals wissen, wann man auf ein krankes Tier stieß, das von seinem Elend erlöst werden musste. Aber jedenfalls durften Ranger ihre Waffen nicht auf Menschen richten, vor allen Dingen nicht auf Kinder. Hatte Cody denn wirklich etwas so Schlimmes getan?

»Was machst du denn zum Abendessen?«, fragte ich ihn, um den Wirbel der Gedanken in meinem Kopf erst einmal zur Ruhe kommen zu lassen.

»Würstchen und Kartoffeln. Eine Büchse Apfelkompott ist auch noch da. Das wird Mama doch mögen, nicht wahr, Shana?«

»Mama«, murmelte ich und nickte Cody zu. Er hatte mir draußen auf dem Abhang zugeflüstert, dass sie uns niemals bleiben lassen würde. Richtig – Eltern würden ihren Kindern nie erlauben in der Nähe eines Wahnsinnigen zu bleiben. Bestimmt mussten wir gleich in die Stadt zurück. Ein schrecklicher Gedanke – für mich genauso wie für Cody. Aber wenn wir blieben und auf Cody würde geschossen, dann wäre das meine Schuld . . .

»Shana, Mama wird gleich hier sein.« Ich verstand, was Cody eigentlich fragen wollte, aber ich konnte ihm nicht antworten. Noch nicht.

»Hast du schon den Tisch gedeckt?«

Er nickte und sein kleines Gesicht zuckte vor Nervosität. Es würde ihm wehtun, wenn er zurück müsste, aber es war vielleicht sein Tod, wenn wir hier blieben.

»Hast du dich entschlossen?«, fragte er.

»Noch nicht.«

»Wenn du es ihr nicht erzählst, gehe ich nie mehr dorthinauf, das schwöre ich dir.«

»Aber er weiß, dass wir hier sind, Cody.«

»Er ist alt. Vielleicht vergisst er es wieder.«

Wir hörten Schritte vor der Hütte. Die Tür wurde geöffnet und Mama trat ein.

SECHS

Das Abendessen verlief sehr still. Wir fragten Mama, wie ihr Tag gewesen sei, bevor sie uns etwas fragen konnte, und füllten die Zwischenräume mit allerlei Geschwätz. Doch als sie den Teller zurückschob und fragte: »Und was habt ihr heute gemacht?«, wusste ich nicht, was ich sagen sollte.

Aber Cody wusste es. Er erzählte ihr von seinem Spaziergang, und zwar so ausführlich, als wäre er den ganzen Tag unterwegs gewesen, aber das Katzengeschrei und den alten Mann ließ er weg. Als er fertig war, starrte ich ihn erstaunt an. Ich hatte gar nicht gewusst, dass er ein so perfekter Lügner war.

»Und du, Shana?«

Ich holte tief Luft, denn meine Geschichte musste nicht nur den Ranger aussparen, sondern auch Daddys Brief und meinen Brief an ihn. »Ich habe fast den ganzen Tag gelesen«, murmelte ich. »Das Buch war so gut, dass ich gar nicht aufhören konnte.«

»Was für ein Buch war denn das?«, fragte Cody sehr misstrauisch, als ob er ahnte, dass ich auch vor ihm etwas zu verbergen hatte.

»Ein ziemlich spannender Roman«, funkelte ich ihn an, *»Kathi packt aus* heißt er.«

»Ich glaube, davon habe ich schon gehört«, sagte Cody.

»Ich spüle das Geschirr«, murmelte ich, stand auf und ging.

Den nächsten Tag verbrachten wir hauptsächlich bei der Hütte. Ich half Cody auf das Dach hinaufzuklettern, wo er herumstocherte, um die undichten Stellen zu finden. Die Metalleinfassung am Schornstein sei rostig, rief er herunter. »Soll ich sie lieber wegreißen?«

»Aber doch nicht, solange wir nicht wissen, womit wir ihn reparieren sollen!«

»Die Teerpappe ist ja auch ganz durchgewetzt, Shana. Wenn man mit dem Auge ganz nahe herangeht, kann man ins Schlafzimmer gucken.«

»Mama hat schon gesagt, dass sie versuchen will ein bisschen Teerpappe im Baumarkt zu kaufen.«

»Erinnerst du dich noch, wie Mama und Daddy damals zu Hause das Dach ausgebessert haben? Meine Schuhe waren ganz voll Teer und ich konnte ihn nicht wieder richtig abkriegen.«

»Ja, weil du den Fuß in den Eimer gesteckt hast.«

»Ja.« Cody grinste von oben auf mich herunter. »Ich weiß nicht, wie alt ich damals war, aber ich erinnere mich noch, dass ich mich gefragt habe: Soll ich? Und bevor ich noch zu Ende denken konnte, hatte ich es auch schon getan.«

»Du wolltest es ja gar nicht zu Ende denken.«

»Wenn man zu viel denkt, verpasst man den ganzen Spaß.«

»Ja, Cody – wie gestern zum Beispiel.«

Sein Gesicht spannte sich. »Was hättest du denn getan?«

»Ich wäre stehen geblieben und hätte ihm erklärt, dass ich seinem Boot nichts tun wollte.«

»Dann hätte er mich wahrscheinlich auf der Stelle erschossen. Der einzige Grund, warum er nicht auf mich geschossen hat, war doch, dass es einen Zeugen gab.«

»Da bin ich mir nicht so sicher. Er hat doch gesagt, dass der Revolver gar nicht geladen war.«

Cody rutschte bis an den Rand des Daches, drehte sich um und hing mit den Händen am Dachsims. Dann ließ er sich fallen. »Vielleicht war sie geladen, vielleicht auch nicht. Aber ich gehe da oben nicht noch einmal hin, das kann ich dir sagen.«

»Gut!« Wenigstens diesmal hatte Cody seine Lektion anscheinend gelernt.

Wir legten vor der Hütte eine Feuerstelle an und brieten Würstchen zum Mittagessen. Ungefähr fünf Meter von der Hütte entfernt gab es eine ebene, glatte Stelle und dort bauten wir die Feuerstelle. Während wir Steine dafür sammelten, fand Cody zwei Salamander. Einen mit einem blauen Streifen und einen anderen mit einem goldfarbenen Leib und schwarzen Flecken. Wir legten ein paar feuchte Blätter in die Wasserschüssel und die Salamander schlüpften gleich darunter und wollten nicht wieder hervorkommen. Wir nannten sie Shy und Spot. Cody war so sehr damit beschäftigt, mit ihnen zu spielen, dass er mir nicht beim Geschirrspülen half. Und als ich ihm sagte, nach dem Abendessen sei er damit an der Reihe, tat er so, als sei er taub.

Später, als hätte jemand zugehört, während Cody auf dem Dach war, grollte Donner. Wir ließen die Plastikbahnen vor den Fenstern herab, klebten sie fest und hofften, dass sich die dunklen Wolken da oben bald verzögen. Plötzlich blies heftiger Wind durch die Schlucht und trieb Staub und Steine vor sich her. Im Dämmerlicht schwankten die Kiefern und Schierlingstannen bedrohlich und Blitze zuckten am Himmel über dem Fluss. Die Hütte auf ihrem Sockel aus Erde und Steinen wirkte plötzlich ganz winzig und schutzlos. Ich entzündete die Lampe und nahm ein Buch von der Obstkiste neben meinem Bett. Cody schaltete das Radio ein, aber es gab nur fauchende und knatternde Geräusche von sich.

»Der Regen kommt«, sagte er vom Fenster her. »Guck, Shana!«

Den Fluss entlang drang eine Regenfront vorwärts wie eine stumm marschierende Armee. Als sie uns fast erreicht hatte, packte der Sturm die Hütte. Die Fensterverkleidungen blähten sich, rissen dann los und Regen prasselte herein. »Schnell! Mehr Klebeband!«, schrie Cody.

»Wo ist es?«

»Dort habe ich es hingelegt!« Er deutete auf den Kaminsims.

»Wenn du es da hingelegt hättest, dann würde es dort liegen!«

»Beeil dich, Shana!« Cody versuchte die Plastikbahnen festzuhalten. Ich fand das Klebeband auf dem Tisch, aber inzwischen war der Fensterrahmen so nass, dass darauf kein Band mehr hielt. Wir konnten nur noch dastehen und zusehen, wie der Regen hereindrang.

»Ach du Schreck – das Dach!« Das Wasser musste sich dort angesammelt haben, bevor sich die Schleusen geöffnet hatten. Jetzt strömte es an der Wand neben dem Kamin herunter. Im Schlafzimmer sprudelte es an zwei Stellen wie aus Wasserhähnen hervor. Wir stellten einen Eimer und einen Topf darunter. »Jedenfalls hat es die Betten nicht erwischt«, sagte ich.

»Noch nicht.« Cody suchte mit den Blicken die Decke nach weiteren tropfenden Stellen ab.

»Der Topf ist voll.«

»Kipp ihn in die Schüssel.«

»Geht nicht. Da sind doch die Salamander drin.«

Er verzog das Gesicht. »Der vordere Raum steht unter Wasser. Da kannst du ihn ruhig hinleeren.«

»Vielleicht kippe ich das Wasser lieber über dich!«

Er grinste. »Wenn du schon davon redest – gegen eine Dusche hätte ich eigentlich gar nichts einzuwenden.«

»Cody!«

Aber er streifte schon seine Kleider ab. Eine Sekunde später lief er in der Unterhose in das große Zimmer, ein Stück Seife in der Hand. Ich schleppte ihm das Wasser nach und sah ihm zu, wie er sich neben dem offenen Fenster einseifte. »La ... di ... da ...« Cody fing an zu singen. Er hob die Hände über den Kopf und drehte sich im Kreis wie eine Ballerina. »Los, triff mich, Shana!«, rief er.

Ich zielte mit dem Wassertopf genau auf seine knochige Brust. Platsch! Er schrie auf. Ich lief in den Schlafraum und holte den Eimer.

»Diesmal mein Hinterteil!«, schrie Cody und drehte

sich um. Ich zielte und goss los. Platsch! Cody kreischte. Er schlug im Sprung die Fersen aneinander und krähte wie ein Hahn. Der Regen klatschte durch das Fenster und irgendwo flussaufwärts grollte der Donner.

Eine gute halbe Stunde regnete es. Als das Unwetter dann nachließ, versuchten Cody und ich aufzuwischen. Der Hüttenboden sah aus wie ein See und wir beide waren klitschnass.

Dann fing Cody so stark an zu zittern, dass ihm die Zähne klapperten. Ich riet ihm ins Bett zu gehen, bis ich ein Feuer angezündet hatte. Das Holz war nass und wollte nicht brennen, aber dann erinnerte ich mich an die trockenen Zweige im Holzkasten in der Speisekammer. Es gelang mir, ein paar Borkenstücke und Zweige abzureißen, und ich brachte sie wirklich zum Brennen. Das trockene Holz flammte sofort hell auf, aber als ich feuchtes Holz darauf legte, zischte und dampfte es. Als das Feuer endlich brannte, war ich nicht mehr in der Stimmung es mit dem nassen Fußboden aufzunehmen. Außerdem hatten wir ja Mama versprochen das Abendessen zu machen.

»Cody, komm helfen!«, rief ich.

»Mir ist so kalt.«

»Dann komm her und wärm dich auf.«

Das tat er. Die Decke hatte er wie einen Bademantel um sich gezogen. Ich schob eine Bank an den Kamin und er streckte die nackten Beine zum Feuer hin. Ich holte den Besen und versuchte die Pfützen aus der Tür zu fegen. So konnte ich zwar das meiste Wasser loswerden, aber den Rest musste ich dann noch mit unseren Handtüchern aufnehmen, während Cody mir zuschaute.

»Und wenn ich nun auch ein Handtuch zum Abtrocknen brauche?«, fragte er.

»Daran hättest du denken sollen, bevor du dich ausgezogen hast.«

»Ich kann ja nicht an alles auf einmal denken«, klagte er.

Ich fühlte, dass mein Gesicht rot wurde. Als Cody noch klein war, habe ich ihn immer verhauen und er hat zurückgeschlagen, aber seit ein paar Jahren schon taten wir das nicht mehr. Stattdessen warf ich den Besen zu Boden. »Jetzt könntest du wirklich endlich anfangen zu helfen!«, schrie ich ihn an. »Was meinst du eigentlich, wer ich bin? Deine Dienerin?«

Er grinste. »Dienerinnen schimpfen nicht!«

»Cody! Hör endlich auf Witze zu machen und hilf mir lieber!«

»Und wenn nicht?«

Die Worte kamen heraus, bevor ich darüber nachgedacht hatte. »Dann erzähle ich Mama alles von gestern!«

Er richtete sich entrüstet auf. »Das solltest du lieber nicht tun! Schließlich hast du selber ja auch gelogen!«

»Ja, um dich zu decken!«

»Stimmt gar nicht. Du hast gesagt, du hättest den ganzen Tag gelesen.«

»Ja und?«, gab ich zurück. »Ich habe unten am Fluss gesessen und geschrieben. Ich habe dir doch erzählt, dass ich Schriftstellerin werden will, erinnerst du dich?«

»Warum hast du dann gelogen?«

»Ich schreibe ein Gedicht für Mama und will, dass es eine Überraschung wird.«

Cody starrte mürrisch vor sich hin. »Das hast du dir nur gerade eben ausgedacht.«

Ich verschränkte die Arme vor der Brust und starrte ihn an. »Das musst du mir erst einmal beweisen.«

Wir bereiteten das Abendessen zusammen vor. Cody tat, was ich ihm sagte, aber mit einer ziemlich finsteren Miene. Als Mama dann nach Hause kam, war er plötzlich nett und zuckersüß. Er zeigte ihr Spot und Shy und beschrieb das Unwetter, beschrieb ihr die schadhaften Stellen im Dach und erzählte, wie wir sie flicken könnten. Sie hatte überhaupt keine Vorstellung davon, wie schlimm alles wirklich gewesen war, und wir waren nicht daran interessiert, es ihr allzu genau zu erklären.

Schon deswegen nicht, weil sich in den letzten Tagen irgendetwas zwischen uns dreien verändert hatte. Cody und ich hatten in der Sache mit dem Ranger gelogen, damit wir in der Hütte bleiben durften. Was uns künftig erwartete, mussten wir allein durchstehen, und der Ausgang der ganzen Sache, ob nun gut oder schlecht, lag allein bei uns.

Am nächsten Morgen versuchte ich tatsächlich ein Gedicht zu schreiben. Ich nahm meinen Bleistift, ein Heft und einen Gedichtband mit hinab zum Fluss, setzte mich und durchblätterte die Seiten, um eine Anregung zu finden. In meiner Englischklasse in Laglade hatte Katherine mir gesagt, ihre Gedichte fielen ihr ein wie Lieder. Aber mein Kopf fühlte sich völlig leer an und war so trocken wie ein Herbstblatt.

»Shana?« Cody stand auf dem kleinen Felsvorsprung über mir. »Möchtest du fischen gehen?«

»Ich schreibe«, log ich.

»Und wie wär's ein bisschen später?«

»Warum gehst du nicht allein?«

»Könnte ich ja . . . Es ist ja nur . . . Ich dachte, du wolltest vielleicht auch gern.«

Du hast Angst vor dem Ranger, dachte ich, aber ich sprach es nicht aus. »Ich rufe dich, wenn ich fertig bin.«

»Gut! Ich hol unsere Ausrüstung.«

Sobald mir der Gedanke ans Fischen im Kopf saß, ließ er sich nicht mehr vertreiben, und das unbeschriebene Papier vor mir kam mir allmählich vor, als hätte es mir der Wind nur zufällig zugetrieben. Immerhin brachte ich mich dazu, gute zehn Minuten abzuwarten und mich am Bleistift festzuhalten, um zu sehen, ob er vielleicht plötzlich lebendig würde. Er wurde es nicht. Ich trottete zur Hütte hinauf und räumte meine Sachen weg. Cody hatte Sandwiches zubereitet: Erdnussbutter auf Weißbrot. Wir packten sie mit ein paar Orangen in einen Plastikbeutel und brachen auf. Ich wollte zum Fluss hinunter, Cody sagte nein: »Die besten Stellen sind stromaufwärts.«

»Bist du verrückt? Dort hast du doch das Boot gesehen!«

Er schüttelte den Kopf. »Das Kanu lag über eine halbe Meile von der Stelle entfernt, zu der ich will. Und es gibt auch viele Möglichkeiten sich zu verstecken, wenn wir ihn kommen hören.«

Mit dem Angeln hatte er Recht gehabt. Es gab tiefe klare Stellen. Wir fingen zehn Meter voneinander entfernt an, ich an einem Ufer, er am anderen. Wir warfen unsere

Köder aus und ließen die Schwimmer treiben, so weit die Strömung sie mitnahm. Ich versuchte es mit einem Hahnenschwanz, dann wechselte ich auf einen Haken Größe fünf mit einem Wurm daran. Darauf biss schnell etwas an und gleich darauf zog ich einen winzigen Schildfisch aus dem Wasser.

»Kroppzeug!«, rief Cody vom anderen Ufer. Er kann diese Schildfische nicht ausstehen. Ich nahm meinen Fang vom Haken und warf ihn ins Wasser zurück.

Cody meinte, dass wir wahrscheinlich irgendetwas falsch machten. Wir setzten uns ans Ufer und aßen unsere Sandwiches, während wir miteinander redeten. »Ich glaube, es liegt an den Ködern«, sagte er. »Wir sind daran gewöhnt, damit in langsameren Gewässern zu angeln, wie zu Hause zum Beispiel.«

»Großvater hätte das gewusst ... Ich wette, er hat Forellen gefangen.«

Cody schüttelte den Kopf. »Ich habe auf den alten Fotos nachgesehen, aber ich habe ihn immer nur mit Welsen oder Barschen gesehen.«

»Die Fotoschachtel ...« Ich erinnerte mich an den alten Schuhkarton, in dem wir die Familienfotos aufbewahrten. Das letzte Mal hatte ich sie in Warrensburg gesehen. Der Karton stand damals auf dem Regal neben Daddys Notizbüchern. Geburtstage, Weihnachtsfeste, Fische vom Preisangeln, Sonnenuntergänge, die ersten Frühlingsblumen, Großvater, als er schon krank war – alles war in dieser Schachtel zu finden. »Wo ist der Karton jetzt?«, fragte ich Cody.

»Unter meinem Bett.«

»Du hast ihn mit hergeschmuggelt?«

»Ich habe ihn nicht geschmuggelt, ich habe ihn mitgebracht.«

»Wieso?«

Er sah verlegen aus. »Weil ich mir gerne die Bilder anschaue.«

»Ist Daddys Foto mit dem Cowboyhut und den Stiefeln auch darin? Du weißt schon, das Bild, das Mel beim Rodeo aufgenommen hat?«

Cody nickte.

»Das Bild habe ich immer gern gemocht.«

Ich saß da und betrachtete die Kruste meines Sandwiches. Irgendetwas in mir tat weh und ich versuchte es zu lindern.

»Du vermisst Daddy auch, nicht wahr Cody?«

»Ich glaube schon – ich weiß nicht richtig. Warum fragst du so was Blödes?«

»Weil ich nachgedacht habe.«

»Worüber?«

»Mama mag ihren neuen Job wirklich und sie verdient mehr Geld als früher damit. Ich fürchte, sie wird nicht wieder nach Warrensburg zurückwollen, falls Daddy heimkommt.«

Cody starrte mich an, als hätte er über dieses Thema noch niemals nachgedacht. »Sie hat gesagt, das Haus in der Stadt wäre viel leichter sauber zu halten«, räumte er ein.

»Und sie wird außerdem für eine Beförderung ausgebildet. Wenn sie befördert wird, dann wird sie Abteilungsleiterin. Ich hab gehört, wie sie es Onkel Mike am Telefon erzählt hat.«

»Auch Abteilungsleiter können versetzt werden.«

»Aber nicht nach Warrensburg. Erinnerst du dich an den alten Mister Weiß? Er ist dort schon seit ewigen Zeiten der Chef.«

»Darüber muss ich nachdenken.« Cody seufzte, rutschte unruhig hin und her und wandte sich dann wieder mir zu. »Weißt du was, Shana? Ich höre immer wieder diesen Kater.«

»Jetzt?«

Er schüttelte verlegen den Kopf. »Nein, nur in meinem Kopf. Es klingt so schmerzlich.«

»Kommt gar nicht in Frage ...«

»Ich hab einen Plan«, fuhr Cody fort. »Sobald wir dem Kanu nahe kommen, bleiben wir am anderen Ufer und gehen in einem weiten Bogen, bis wir ein Stück stromaufwärts sind. Wenn wir nichts hören, dann kehren wir sofort wieder um. Der Kater ist jetzt vielleicht längst verschwunden, so wie er uns verlassen hat. Aber ich möchte gern sicher sein.«

»Du weißt doch gar nicht, ob das unser Kater ist, Cody. Du weißt nicht einmal genau, ob es ein Kater war, was du gehört hast.«

»Es kann ja nichts Schlimmes passieren«, sagte Cody. »Ich schwör's dir.«

Wir versteckten unsere Angelausrüstung hinter einem Stamm und gingen stromaufwärts. Cody deutete auf die Höhle, die er früher schon gefunden hatte. Ein Stück weiter sahen wir das Metall eines Kanus schimmern. Wir kauerten uns zusammen und lauschten: Nichts. Daraufhin schlichen wir zurück, wie Cody es geplant hatte, und beschrieben einen weiten Halbkreis durch die Wälder.

Die Stelle, an der wir wieder herauskamen, war ganz anders als weiter abwärts. Der Fluss war breiter und ruhiger. An seinen Ufern wuchsen Birken. Ein ganzes Stück weiter erhob sich grün und grau die Wand der Schlucht. Wir hörten nur das leise Plätschern des Wassers zwischen flachen Ufern.

»Kehren wir lieber um«, wisperte Cody. Und das taten wir dann auch. Als wir schon tief im Wald waren, glaubte ich immer noch den metallischen Glanz am anderen Ufer zu sehen.

Wir hatten die Höhle gerade wieder erreicht, als der Kater laut schrie. Ich wollte gern so tun, als hätte ich nichts gehört, aber dann schrie er wieder, ein wehklagendes, schmerzliches Geräusch, das von der anderen Seite des Flusses kam. Wir gingen noch ein Stück flussabwärts, dann nach Norden, duckten uns tief und bahnten uns einen Weg durch breitblättrigen Rhododendron, wie Mama die Pflanzen nannte. Dann kauerten wir uns unter einen überhängenden Felsen. »Ich bin gleich wieder da«, sagte Cody.

»Warte!«

Er war schon verschwunden. Die Katze stimmte wieder ein langes, dünnes Klagen an.

»Cody!«, flüsterte ich.

Sein Gesicht erschien in einem Lichtfleck vor dem Felsen. »Ich weiß, woher das Geräusch kommt. Rund zwanzig Meter hinter dem Kanu ist eine Klippe. Dort ist er.«

»Dann erwischt uns der Ranger, Cody.« Mein Herz klopfte heftig.

»Ich muss ihn finden!«, sagte Cody.

»Dann komme ich mit.«

Wir planten unseren Weg – vom Felsen zu einer Baumgruppe, dann wieder zu ein paar großen Steinen neben der Klippe – und krochen einer nach dem anderen los. Cody voran, wobei wir so dicht wie möglich am Boden blieben. Außer dem Kanu gab es keinerlei Anzeichen dafür, dass Menschen in der Nähe waren. Ich glaubte schon, es würde alles gut gehen. Der Kater schrie wieder irgendwo, ziemlich nah, rechts von uns.

Wir mussten zwischen Klippe und Fluss eine Lichtung überqueren. Diesmal liefen wir gemeinsam weiter, immer noch in gebückter Haltung, und hofften, die Katze würde wieder schreien und uns damit den Weg zeigen. Dann sahen wir uns entlang der Klippenwand und in den hohen Gräsern und dem üppigen Unkraut um. Eine Reihe Zedern versperrte den Blick nach rechts. Wir rannten unter die tief herabhängenden Äste des nächststehenden Baumes. Auf der anderen Seite, fast völlig zwischen den Bäumen versteckt, stand eine kleine Hütte.

»Das ist seine«, murmelte Cody. Seine Stimme klang raschelnd wie trockene Blätter.

»Vielleicht ist er nicht da.«

Und wieder schrie die Katze. Wir lagen auf den Bäuchen und krochen durch das hohe Gras. Die Baumstämme standen wie ein Zaun zwischen uns und der Hütte. Wir sahen den Platz dahinter. Einen Garten mit Blumen und mit einem Vogelhaus. Zwei Paddel lehnten an einem Holzschuppen. Daneben Werkzeug und eine Rolle Maschendraht. Ein Pumpenschwengel ragte aus einer von

Beton eingefassten Zisterne. Ein umgestülpter Eimer lag daneben am Boden.

Die Katze schrie. Wir krochen weiter an der Reihe der Bäume entlang, bis wir hinter den Schuppen schauen konnten, und dort war er, unser Kater, seinen großen rötlichen Kopf uns zugewandt.

Er saß in einem Metallkäfig und an der Tür hing ein Schloss.

SIEBEN

Als er uns sah, presste sich der Kater an die Rückwand seines Käfigs. Cody zerrte an dem Vorhängeschloss, aber es ließ sich nicht öffnen.

Ich schaute zur Hütte hinüber. Hatte sich dort nicht etwas hinter den Fensterscheiben bewegt?

»Futter und Wasser hat er«, sagte ich unsicher. »Und der Käfig ist nicht gesetzwidrig.«

»Aber das ist nicht sein Kater.« Cody war immer noch mit dem Schloss beschäftigt.

»Woher willst du das wissen?«

Er reckte die Schultern, als bereite er sich auf einen Kampf vor. »Ich weiß es eben.«

Ich schaute noch immer zum Fenster. »Beeil dich, Cody!«

»Ich schaffe es nicht. Wir müssen den Schlüssel finden.«

»Soll ich vielleicht an die Tür klopfen und danach fragen? Was soll ich sagen? Diesmal sind wir hier, um Ihren Kater zu stehlen?«

Darauf antwortete Cody nicht. Er sprach zu dem Kater, um ihn zu beruhigen. Durch die Käfigstäbe streichelte er ihm den Kopf.

»Nun komm schon!« Ich deutete zu der Baumreihe

hinüber. »Wir verstecken uns dort und denken nach, was wir tun können.«

Unser Plan sah so aus: Ich wollte an die Tür klopfen, wir hätten einen Kater gehört und unserer sei verschwunden. Wenn der alte Mann daraufhin böse wurde, wollte ich die Hände heben und davongehen. Wenn er nicht zu Hause war, würde ich nachsehen, ob die Hüttentür geschlossen war oder nicht. Vielleicht hing der Schlüssel zum Vorhängeschloss ja gleich hinter der Tür. Den würden wir uns dann »borgen«, den Kater befreien und ihn mit flussabwärts nehmen. Solange wir den Schlüssel nicht behielten, war uns nicht zu beweisen, dass wir irgendetwas Böses getan hätten.

»Und wenn wir ihn nicht finden können?« Cody dachte laut nach. »Oder wenn der Mann uns erwischt?«

»Peng!«, sagte ich und reckte den Zeigefinger, als wäre er ein Revolver. Keiner von uns lachte. »Hast du vielleicht eine andere Idee?«

Cody schüttelte den Kopf.

»Also gehe ich. Du kannst von hier aus zugucken.«

Die Hütte war kleiner, aber hübscher als unsere, mit großen Fenstern und einer breiten vorderen Veranda. Ich schaute hinein und sah, dass im großen Zimmer ein dickbäuchiger Kanonenofen stand, ein Stuhl, ein Tisch und ein Bett. An der hinteren Wand stand auf einem Küchentisch ein Blumentopf mit roten Geranien. Daneben waren Bücher und Zeitungen aufgestapelt, dann folgte eine ganze Sammlung von schmutzigen Tellern und Tassen. Aber es schien kein Mensch zu Hause zu sein. Ich klopfte trotzdem, um ganz sicher zu gehen. Dann versuchte ich die Tür und sie öffnete sich, als hätte sie nur auf mich gewartet.

Ich wollte nicht hineingehen und weiß nicht, warum ich es trotzdem tat, denn für gewöhnlich tue ich nichts Verrücktes. Mein ganzes Leben habe ich immer allen Regeln gehorcht. Und das ist gegen das Gesetz, flüsterte irgendeine Stimme in meinem Kopf. Nirgends hing ein Schlüssel an der Wand. Jedenfalls nicht in der Nähe der Tür. Ich ging vorsichtig weiter zum hinteren Teil der Hütte. Dort war ein Bad und, genau wie bei uns, eine Speisekammer. Der Hauptraum war L-förmig und enthielt ein Spülbecken aus Emaille und einen Geschirrschrank. Die Wände aus Baumstämmen waren mit Flusskarten und Bildern von Fischen bedeckt. Alle waren ziemlich vergilbt und mit Notizen beschrieben. In einer Ecke standen eine Angelrute und ein Paar hohe Fischerstiefel.

»Beeil dich!«, rief Cody von draußen.

»Kommt er?«

»Nein, noch nicht . . .«

Und dann sah ich an einem Nagel im Rahmen der Hintertür einen Schlüssel hängen. Bitte, lass es den richtigen sein, betete ich und lief damit hinaus, wobei ich beinahe über einen weiteren Blumentopf stolperte, der mitten auf den Stufen stand. Der Schlüssel passte. Ich öffnete den Käfig. Cody nahm die Katze heraus. »Lauf!«, sagte ich. »Wir treffen uns in unserer Hütte.« Er lief sofort los. Die Vorderpfoten des Katers lagen ihm um den Hals wie die Arme eines Babys.

Ich brachte den Schlüssel zurück und vergewisserte

mich, dass die Türen geschlossen waren. Ehe ich ging, schaute ich durch das Vorderfenster. Die Hütte mit ihrem Durcheinander von Tellern, Karten und Blumentöpfen zog mich wie ein Magnet an; aber diesmal siegte meine Vernunft und ich rannte los, auf den Fluss zu. Das Kanu war noch dort, wo wir es verlassen hatten, an Land gezogen und an einen eisernen Poller angekettet. Ich folgte einem Pfad, der flussabwärts führte, und hatte es so eilig, dass ich den Mann fast umrannte. Der Ranger hatte mich nicht kommen hören. Er kauerte am Ufer und hielt ein Plastikrohr in beiden Händen. Ich konnte mich nicht entscheiden, ob ich umkehren oder mit ihm reden sollte. Dann hob er den Blick und sah mich.

»71 Grad, Verunreinigungen gering«, sagte er, als wären wir Freunde. »Ich hätte es nach dem Regen am Mittwoch schlimmer erwartet. Wahrscheinlich war die Tiefdruckzone doch nicht so groß, wie sie es im Radio gesagt haben.«

Er schrieb etwas in ein Notizbuch, dann sah er mich genauer an und schien zu begreifen, wer ich war, denn sein Gesicht rötete sich.

»Was hast du hier zu suchen?«

»Ich gehe spazieren.«

»Spazieren! Hier kannst du nicht einfach spazieren gehen. Das ist privater Besitz!«

»Ich habe aber nirgends ein Schild gesehen.«

»Ja und? Ich habe es dir doch kürzlich erst gesagt. Dieses Land steht unter Bundesschutz!«

»Ich habe ja nichts Böses getan.«

Er kam langsam auf die Beine und funkelte mich an.

»Du scheinst mich nicht richtig zu verstehen. Hier hat kein Mensch etwas zu suchen!«

»Sie sind doch auch ein Mensch.« Ich weiß nicht, warum ich das sagte, es rutschte mir einfach so heraus.

Er blieb stehen, als hätte ich ihn erwischt. »Ich . . . ich bin der Ranger!«

»Wie heißen Sie denn?«

»Das brauche ich dir nicht zu sagen.« Er schien verlegen zu sein und wurde wieder rot. »Ich bin mit einem Sonderauftrag hier. Als Forellenexperte.«

Ich atmete tief durch. »Ich heiße Shana Allen.«

»Also, hör zu! Das ist ja nicht persönlich gemeint. Aber die Regierung will nicht, dass diese Fische hier gestört werden. Sie sollen sich an die Umgebung gewöhnen und das klappt bis jetzt ganz gut. Komm mit, und ich zeige dir die Setzlinge.« Er packte meinen Ärmel, als wäre ich ein kleines Kind.

»Lassen Sie mich los!«

»Komm mit! So etwas bekommst du nur einmal im Leben zu sehen.«

»Aber Sie haben doch gesagt . . .«

»Sie sind in dem Becken dort hinter dem Felsen. Siehst du, wie das Wasser gegen die Strömung fließt? Wir nennen das einen Wirbel.« Er zog mich weiter und stützte sich gleichzeitig auf meine Schulter.

Als ich sah, wie schwer er hinkte, verlor ich meine Furcht.

»Das weiß ich schon. Ich habe mein halbes Leben mit Angeln verbracht.«

Er sah mich scharf an. »Wo?«

»In Virginia. Am Castle River.«

Er schüttelte den Kopf, als sei der Castle River nicht von Bedeutung. Dann kauerte er sich nieder und klopfte auf den Boden neben sich. »Hier.«

»Ich will nicht.«

»Dann wirst du auch nichts sehen«, sagte er unwirsch. Er zog einen Plastikbeutel aus der Tasche seiner Uniform, schüttete etwas in seine Handfläche und warf es auf die Oberfläche des Wassers. Sofort sprangen drei winzige Fische hoch. Dann wandte er sich mir zu. »Was habe ich dir gesagt?«

Ich nickte, aber er nahm wohl an, dass ich nicht wusste, was es für Fische waren, denn er fuhr fort: »Setzlinge – zwei braune und ein Regenbogen.«

»Was haben Sie ihnen zugeworfen?«

»Larven von Wasserflöhen. Die züchte ich für sie. In einer Regentonne neben meinem Haus. Sie sind ganz versessen darauf.«

»Sind die auch als Köder geeignet?«

»Ich züchte Forellen, ich bringe sie nicht um!«

Ich dachte an die Angelrute in der Ecke seiner Hütte, aber ich erwähnte sie selbstverständlich nicht. Er fuhr fort: »Das ist ein sehr wichtiger Auftrag, den ich hier zu erfüllen habe, und du darfst meine Arbeit keinem Menschen gegenüber erwähnen, verstehst du?«

Ich nickte. Den nächsten Satz sagte ich wahrscheinlich nur, um ihm den Wind aus den Segeln zu nehmen. »Wir haben unseren Kater geholt!«

»Welchen Kater?«

»Felix.« Der Name fiel mir gerade ein, als hätte ich ihn

schon die ganze Zeit gekannt. »Unser alter orangefarbener Kater.«

Er starrte mich an. Irgendetwas flackerte in seinen wässrigen blauen Augen und ich dachte: Er ist damit beschäftigt, sich ein Bild von mir zu machen. Dann brüllte er mich an: »In der Nähe des Flusses sind keine Katzen erlaubt! Wenn ihr diese Katze nicht einsperrt, dann werde ich Anzeige erstatten!«

Ich trat einen Schritt zurück.

»Ich habe dir die Setzlinge gezeigt. Du weißt also, was auf dem Spiel steht.«

»Felix mag keine Fische«, log ich.

»In meinem Hof nistet ein Hüttensänger. Die sind fast ausgestorben, genau wie die Forellen, und ich habe die Genehmigung, alles zu tun, was ich für richtig halte, um sie zu schützen. Und ich habe eine Waffe!«

Ich ließ ihn schimpfend zurück, kletterte ein Stück den Hang hinauf und setzte mich ein Weilchen, um zu sehen, ob ich ihn irgendwie verstehen könnte. Ich beobachtete, wie er am Ufer auf und ab ging und immer noch murrte und schimpfte. Dann verschwand er den Pfad hinauf. Ich wollte gerade gehen, als er in seinem Kanu zurückkam. Er wendete es so, dass es stromaufwärts gerichtet war, dann ließ er es von einer Seite des Flusses zur anderen gleiten. Manchmal wurde er auch ein wenig zurückgetrieben und richtete den Bug des Bootes erneut in die Strömung. Dort stand er dann ganz still und ließ das Wasser rund um sich schäumen. Dann steuerte er das Kanu mit einer schnellen Paddelbewegung seitwärts und schoss in die kleine Bucht unterhalb der Felsen. Er stieg aus, zog ein weiteres Plastikrohr aus der Tasche und tauchte es in den Fluss. Schließlich warf er erneut Larven aus und schrieb auf, was sich abspielte. Endlich paddelte er in die Strömung zurück und drehte das Boot so, dass es abwärts getrieben wurde. Bevor er verschwand, hob er noch einmal den Blick, als wüsste er ganz genau, wo ich war.

Der Kater war unter Codys Bett gekrochen und wollte nicht herauskommen. Cody hatte ihm eine Büchse Thunfisch zugeschoben, aber vielleicht hatte Felix gehört, was ich dem Ranger erzählt hatte, denn er rührte den Fisch nicht an. Vielmehr fauchte er, als wollte er uns klarmachen, dass wir das eigentlich besser wissen müssten.

»Felix?« Cody runzelte die Stirn. »Ist das nicht der Kater aus Onkel Mikes Cartoons?«

Onkel Mike guckte sich jeden Samstagmorgen alte Zeichentrickfilme an. Er hatte mir auch Felix' Themenlied beigebracht, als ich noch klein war. Ich sang es Cody vor. Er nickte. »Ich kann mich gut daran erinnern.«

»Felix?« Ich streckte meine Hand aus und Cody schlug ein. Wir machten uns keine Gedanken, was Mama dazu sagen würde. Wir wussten, dass sie uns erlauben würde Felix in der Hütte zu behalten, und unsere Pläne reichten ohnehin nicht über das Sommerende hinaus. Ich erzählte Cody, dass ich dem Ranger begegnet war und was er gesagt hatte. »Danach ist er im Kanu wiedergekommen. Ich habe noch nie jemand gesehen, der so mit einem Boot umgehen kann wie er. Er ist noch besser als Eddie Brent.«

»Besser als Eddie?« Cody glaubte mir nicht. Das sah ich ihm an. Eddie war ein Junge aus Warrensburg, der

Floßfahrer im Cheat River Canyon geworden war. Jedes Jahr kommt dort jemand in den Stromschnellen um. Cody schüttelte den Kopf. »Du spinnst ja, Sha.«

»Tu ich nicht. Er kann sein Boot auf einem Pfennigstück wenden und das sogar mitten in der Strömung.«

Cody wechselte das Thema. »Warum hast du ihm das mit dem Kater erzählt?«

»Ich habe nicht richtig darüber nachgedacht. Ich glaube, ich wollte ihm eins auswischen. Er ist so . . . so überheblich.«

»Er hat aber nicht behauptet, dass Felix ihm gehört, oder?«

»Nein. Er scheint sich eher einzubilden, dass er alles tun darf, was er will.«

»Er tut ganz so, als ob der Fluss ihm gehört«, sagte Cody.

Mama erzählten wir, dass wir den Kater im Wald gefunden hätten – Lüge Nummer wer weiß wie viel von unserer Seite. Sie lächelte nur kurz, rief ein paarmal nach dem Kater und achtete nicht weiter auf unsere Geschichte, weil sie auch eine Neuigkeit hatte. Das Datum für ihr Buchhaltungsexamen, das sie ablegen musste, um befördert zu werden, war festgelegt worden. »Es ist am zwölften August«, sagte sie und streichelte Felix. »Bis dahin muss ich noch eine Menge lernen.« Sie war schockiert, wie dünn Felix war. »Am Wochenende bringen wir ihn zum Tierarzt«, sagte sie. Was im Herbst sein würde, erwähnte sie überhaupt nicht.

ACHT

Am Samstag fuhren wir nach Laglade und nahmen Felix in einem Pappkarton mit. Mama und Cody brachten ihn zum Tierarzt, während ich mich in der Stadtwohnung langweilte, Fernsehen guckte und die Post durchsah. Von Daddy war nichts dabei, aber von der Highschool war eine Kursliste gekommen. Dort hätte ich im kommenden September anfangen können. Ich blätterte sie durch und dachte, dass ich bis dahin längst wieder in Warrensburg sein würde. Trotzdem fiel mir auf, was für eine gute Auswahl sie anzubieten hatten: nicht nur Kreatives Schreiben, sondern auch Fotografie, Ökologie, Geistesgeschichte und einen ganzen Kurs über Shakespeares Stücke. Während Warrensburg nur Latein und Spanisch anbot, gab es in Laglade noch Französisch, Russisch und Japanisch. Im Junior- oder im Seniorjahr konnte man auch ins Ausland gehen oder man konnte alle Kurse für Fortgeschrittene belegen, wenn der Notendurchschnitt dafür gut genug war. Das sparte Geld für den Fall, dass man ins College gehen wollte, was die meisten nach der Highschool vorhatten – vierundachtzig Prozent, hieß es in dem Begleitbrief. Sie hatten Berater, die einem helfen konnten, Stipendien zu bekommen. Ich nahm mir vor einmal nachzufragen, ob die Highschool in Warrensburg so etwas auch anbot.

Später ging ich ein Stück spazieren und warf meinen Brief an Daddy ein. In Laglade war es heiß, wegen dem vielen Asphalt. Die Autoabgase standen in der Luft, dass man das Gefühl hatte zu ersticken. Ich hörte die Kinder im Schwimmbad schreien, das doch eine gute Meile entfernt lag. Ich ging an dem Maschendrahtzaun entlang und bemerkte ein paar Mädchen in meinem Alter. Genau wie ich es erwartet hatte, hatten sie schon richtige Figuren und Badeanzüge, die davon nichts versteckten. Sie lasen Magazine und schwatzten miteinander, während eine Horde kleiner Jungen herumlief und sich mit Handtüchern prügelte. Niemand erkannte mich und darüber war ich froh.

Ich ging nach Hause, stellte die Klimaanlage an und schenkte mir einen Eistee ein. Die Füße auf dem polierten Kaffeetisch, fühlte ich mich, als wäre ich der Gast im Hause. Dann läutete das Telefon. Ich erwartete, dass jemand falsch gewählt hätte, aber stattdessen dröhnte Onkel Mike in mein Ohr: »Shana, hast du schon Fische gefangen?«

»Nur einen ganz winzigen.«

»Nanu? Ich dachte, ihr beiden würdet ein bisschen mehr zu Stande bringen.«

»Der Fluss ist ganz anders.« Onkel Mike brachte mich ohne große Mühe zum Lächeln. »Er ist schmal und felsig und es gibt sogar Forellen darin.«

»Du lässt dich doch wohl nicht von Forellen austricksen, wie?«

»Hoffentlich nicht.«

»Wo ist deine Mama? Sie hat gesagt, sie sei heute da.«

»Sie und Cody bringen unseren Kater zum Tierarzt.« Ich erzählte ihm unsere Geschichte mit Felix.

»Mädchen, du erzählst mir doch ein Märchen!«, sagte er, als ich fertig war.

Ich wurde ganz rot. »Nein, das tue ich nicht!«

»Hör zu, sag Dott, dass sie mich anrufen soll. In Ordnung, meine Süße? Und, Shana . . .«

»Was?«

»Die anderen Mädchen fragen dauernd nach dir. Und ich vermisse euch Kinder auch. Ich hab euch nämlich lieb.«

Meine Augen wurden feucht. Dagegen konnte ich nichts tun. Mama und Cody kamen gerade nach Hause, als ich den Hörer auflegte. Cody steckte voller Neuigkeiten über den Kater.

»Felix hat Narben von ganz vielen Kämpfen. Sogar der Tierarzt sagt, dass er ein ziemlich gemeiner Kater sein muss.«

»Wieso?«

»Er hat versucht ihn zu kratzen. Ich musste Felix festhalten.«

»Wenn ich dabei gewesen wäre, hätte er stillgehalten«, sagte ich, um Cody zu ärgern.

»Nein, mich mag er lieber. Er ist mein Freund.« Cody rollte den Kater auf den Rücken und kraulte ihm den Bauch. Felix packte seinen Arm, aber die Krallen waren eingezogen.

»Onkel Mike hat angerufen.« Ich erzählte ihnen unser ganzes Gespräch und Mama rief ihn dann gleich zurück.

Cody und ich spielten mit Felix. Wenn man einen Faden

über den Boden zog, dann versteckte er sich und sprang plötzlich hervor. Im Hintergrund sagte Mama: »Ich habe nichts gehört.« Und etwas später: »Wirklich?« Ich wusste, dass Mike sie gefragt hatte, wann wir ihn besuchen würden, aber Mama sagte nichts darüber. »Komm doch mal zu uns, ich mache nächste Woche oder so ein Grillfest für alle Mitarbeiter im Büro. Komm doch dazu. Sie würden dich sicher gern kennen lernen.« Mama lachte. »Steig einfach ein und hier wieder aus. Und wenn du dem Lastwagen nicht traust, dann hole ich dich auch an der Omnibusstation ab.«

»Kommt er?«, fragte ich, als sie aufgelegt hatte. Sie verzog das Gesicht.

»Er hat mehr Entschuldigungen als ein Hund Flöhe.«

»Mir fehlt er«, sagte ich plötzlich. »Und Daddy auch.«

»Ach, Shana!« Mama legte die Arme um mich.

»Warum kann nicht alles wieder werden, wie es war?«

Mama schüttelte den Kopf, als wüsste sie es nicht, aber als sie mich losließ, war ihr Gesicht so gespannt wie eine Maske.

Auf der Rückfahrt zur Hütte hielten wir an und kauften Vorräte ein: Lebensmittel, Kehlblech, Teer, Nägel und ein paar Springkrautpflanzen, die wir vor der Hüttentür einsetzen wollten. Ich holte mir zwei Taschenbücher. *Bleakhaus* von Dickens und *Die Bäume und Blumen von Pennsylvania.* Cody holte sich *Forellenfischen* und *Rascal*, das er eigentlich schon kannte.

Es dämmerte bereits, als wir ankamen. Mama kochte Spagetti, während Cody ein paar Mal hin- und herlaufen musste, um alles vom Auto zur Hütte zu schaffen. Ich zündete die Petroleumlampe an und stellte sie auf den Tisch. Felix strich Mama um die Beine und miaute. »Er ist hungrig«, sagte ich. Aber als ich ihm Katzenfutter auf den Boden stellte, schaute er weg.

»Er wartet auf Cody, nehme ich an«, sagte Mama.

»Das ist unfair. Wie kommt es, dass er Cody am liebsten mag?«

Sie zuckte die Achseln. »Liebe hat nichts mit Fairness zu tun.«

»Wie meinst du das?«, fragte ich, aber sie schüttelte nur den Kopf und antwortete nicht.

Den Sonntag verbrachten wir zusammen – nur wir drei. Am Morgen arbeiteten wir: Mama schnitt das Kehlblech zu, Cody nagelte es fest und beide strichen Teer um die Kanten und über die Ränder der Teerpappe, wo das Wasser durch das Dach gekommen war. Cody säuberte die Regenrinnen, während Mama und ich aus einem Stück Holz ein Futterhäuschen für Vögel bauten und es so aufhängten, dass Felix es nicht erreichen konnte.

Später lag ich draußen am Fluss auf den Steinen und las. Mama arbeitete noch. Sie mag das, glaube ich: Zu Hause setzte sie sich kaum jemals hin, außer am Abend. Als ich wieder zur Hütte kam, sah ich, dass das Blumengärtchen mit schönen Steinen ausgelegt war und das Haus nach sauren Gurken roch. Mama hatte die Lauge dafür schon vorbereitet. Am nächsten Abend wollte sie Gurken mitbringen. Großvater hatte auch immer Gurken eingelegt. Wir Kinder gingen jeden Tag mit ihm in den Keller, um nachzuschauen, wie sie gediehen. Manchmal fügte er ein wenig Peperoni oder Dill dazu, ganz wie wir es ihm vorschlugen. Wenn er endlich den Krug heraufbrachte, gab es ein ganz besonderes Essen. Schinken und Kartoffelsalat und selbst gemachtes Käsegebäck und so viel Gurken, wie man nur essen konnte. Was übrig geblieben war, wurde eingelegt für den Winter, aber dann waren sie niemals mehr ganz so gut. Ob Daddy die sauren Gurken wohl vermisste?

An diesem Abend deckte ich den Tisch und zündete die Lampe an. Wir aßen Makkaroni mit geriebenem Käse und Tomaten. Cody verachtet alle Tomaten, die er nicht selbst gezogen hat. Aber die hier, die von Farmern an der Landstraße kamen, waren fast so gut wie seine eigenen. Danach gab es einen Apfelkuchen von demselben Verkaufsstand. Den verputzten wir und stritten noch um die letzten Krümel. Mamas Gesicht wirkte im Lampenlicht sehr weich und schön, fand ich plötzlich. Wie hatte sie wohl mit dreizehn ausgesehen? Ich wollte sie gern fragen, aber es war sicherer, sich im Augenblick zurückzuhalten und die Vergangenheit ebenso wie den kommenden Herbst irgendwo in der Schwebe zu lassen.

Am Montagmorgen drängte mich Cody, mit ihm fischen zu gehen. Er hatte in seinem Forellenbuch gelesen, dass Würmer und Mais gute Köder seien, und es war ihm gelungen, unter den Steinen, die zum Fundament der Hütte gehörten, ein paar rote Würmer zu finden. Er hatte die Größe seines Angelhakens verändert. Er war jetzt viel kleiner, als wir es gewöhnt waren. In dem Buch hieß es, Forellen seien viel schlauer als normale Fische. Das bezweifelte ich, aber Cody wurde ungeduldig, als ich darüber reden wollte. »Kommst du nun oder nicht?«

»Nein, ich will erst noch etwas anderes tun.«

Er verzog das Gesicht.

»Komm dem Ranger nicht zu nahe«, sagte ich.

Ich las ein Weilchen und fing dann mit meinem Tagebuch an. Ich beschrieb die Leanna und ihre Ufer, nannte einige der Bäume und zeichnete Skizzen von denen, die ich im Naturführer nicht finden konnte. Es gab ja auch Vögel, die ich nie zuvor gesehen hatte, und ich nahm mir fest vor, im Laufe des Sommers ihre Namen kennen zu lernen. Dann erzählte ich, wie wir hierher geraten waren. Über Daddy zu schreiben war schwierig, aber später fühlte ich mich erleichtert, als hätte ich die Gelegenheit gehabt, mit einem guten Freund zu reden.

Danach sammelte ich Himbeeren auf der anderen Seite des Flusses. Ich pflückte, so viel ich konnte, und watete dann durch die Strömung zurück. Cody kam mit einer großen Neuigkeit nach Hause: Er hatte zwei ziemlich große Schwarzbarsche gefangen. Er hatte sie wieder freigelassen, aber es machte mich trotzdem ganz nervös: »Der Ranger meint, dass diese Fische ihm gehören«, sagte ich.

»Ich bin ziemlich weit den Fluss hinuntergegangen. So weit kommt er nicht.«

»Woher willst du das wissen?«

»Wir würden ihn doch an der Hütte vorbeipaddeln sehen.«

Ich nickte, aber ich hatte doch das Gefühl, dass Cody Ärger kriegen würde.

Die Woche und das Wochenende flogen nur so vorüber. Eines Tages folgte ich Felix durch das Rhododendrondickicht am Ufer. Ich kam an eine verborgene Stelle, die einfach vollkommen war, wenn man in Ruhe lesen oder schreiben wollte. Wo die Büsche endeten, bildete ein überhängender Stein eine kleine Höhle mit sandigem Boden. An sonnigen Tagen konnte ich auf dem Felsen draußen sitzen und die Beine ins Wasser hängen lassen, aber die Höhle beschützte mich auch vor Wind und Regen. Ich fand ein Stück Treibholz, das mir als Regal diente, und bewahrte meine Bücher und mein Tagebuch zusammen mit einem Handtuch und einem Sweatshirt für kalte Abende auf. Cody erzählte ich nichts davon, und falls er sich wunderte, wo ich war, fragte er jedenfalls nicht danach.

Mama auch nicht. Sie war damit beschäftigt, die Grillparty für ihre Freunde am nächsten Sonntag zu planen. Wir halfen ihr die Hütte samt Umgebung vorzubereiten, schnitten das Buschwerk am Pfad zurück und sammelten Holz für ein Feuer im Freien. Wir wateten sogar in den Fluss und zogen ein paar Steine beiseite um eine flache Badestelle für die kleinen Kinder zu schaffen. Mama hatte alle Kollegen aus dem Büro eingeladen und dazu noch einen Kontrolleur im Außendienst.

Cody schüttelte den Kopf. »Glaubst du, dass sie ihre Campingratgeber mitbringen?«, fragte er.

»Barb hat hier gecampt, als ihre eigenen Kinder noch klein waren«, erinnerte Mama ihn. »Sie weiß, wie es hier ist, und den anderen haben wir es auch erzählt.«

»Es wird ihnen nicht gefallen«, sagte Cody. »Es gibt

Schlangen und Giftkräuter und man muss das Auto weit weg an der Straße stehen lassen.«

»Du willst das alles hier ja bloß nicht mit anderen teilen«, sagte ich und dachte an den Ranger.

»Seit dem siebzigsten Geburtstag eures Großvaters habe ich keine Party mehr gefeiert.« Mama wischte sich das Haar aus dem Gesicht. »Damals hatte ich Mike und Charlie als Helfer. Ralf Emmet hat ein Ferkel geschlachtet und sie haben eine Grube ausgehoben und es darin gebraten.«

»Es gab eine ganz große Geburtstagstorte, nicht wahr?« Cody kraulte Felix zwischen den Ohren. »Daran erinnere ich mich noch. Als ich sie gesehen habe, habe ich gehofft, dass ich auch einmal eine solche Torte bekäme, wenn ich alt bin.«

Mama lachte. »Die Torte hat Alma gemacht. Sie hat meinen Vater gern gemocht, weil er ein paarmal mit ihr mit dem Zug verreist ist, als sie noch jung war. Er hat sie bis nach Washington und sogar bis hinunter nach Atlanta mitgenommen, behauptet sie.«

»Hat er dich und Mike auch mitgenommen?«

»Nein. Mit seinen eigenen Kindern war er viel strenger als mit euch allen. Wir mussten daheim bleiben und im Haus helfen.«

»Nicht ein einziges Mal hat er dich mitgenommen?« Cody wandte das Gesicht vom Fenster ab.

»Kein einziges Mal.« Mamas Gesicht verdüsterte sich ein wenig.

»Wolltest du denn gern verreisen?«

»Ja, sicher. Aber damals hat man sich nicht besonders darum gekümmert, was Kinder wollten. Man hat einfach das getan, was man musste, um überleben zu können. Während der Wirtschaftskrise war Vater noch ein Teenager. Seine Familie hat ihre Farm verloren und sie mussten den ganzen Winter am Fluss zelten. Also waren wir immer auf harte Zeiten vorbereitet: Wir hielten den Garten in Schuss und Mutter durfte die Kuh und die Hühner nicht verkaufen, selbst als die Stadtstraße am Haus vorbei gebaut wurde. ›Wir werden immer genug Milch und Eier und Kartoffeln haben‹, sagte er. Aber wenn die anderen Kinder vorbeikamen und sahen, dass die Kuh vor dem Haus angepflockt war, hätte ich mein Gesicht am liebsten vor Scham versteckt.«

»Ging es Onkel Mike auch so?«

»Nein, der hat nur darüber gelacht.« Sie lächelte bei der Erinnerung daran. »Er rief den Kindern zu: ›Wollt ihr meine Kuh streicheln? Ihr könnt sogar Milch von ihr haben, wenn ihr wollt.‹ Es war mir so peinlich, dass ich weggelaufen bin und so getan habe, als hätte ich nichts gehört.«

»Vielleicht ist Daddy da auch vorbeigegangen«, sagte ich. »Vielleicht ist er vorbeigegangen und du hast es gar nicht gewusst.«

»Daddy ist auf der anderen Seite der Stadt aufgewachsen«, sagte Mama. »Seiner Familie ging es auch nicht besser als uns. Die neuen Schuhe, die er für die Schule bekommen hatte, mussten bis zum Sommer reichen, wenn er wieder barfuß gehen konnte.«

Ich erinnerte mich an Daddys alte Arbeitsstiefel mit den Stahlkappen, die ganz blank gewetzt waren. Er schnürte sie jeden Morgen ganz zuletzt zu, ehe er das Haus verließ. Ob er wohl gerne neue Schuhe gehabt hätte, die er sich jedoch nicht leisten konnte?

NEUN

Die Party wurde ein Erfolg. Ich lernte die Leute kennen, von denen Mama erzählt hatte: Barb und ihren Freund Ed, Julia, Rita und Fred, Philip, den Bezirkskontrolleur, Marylin, Debbie und Bob. Barb mochte ich ganz besonders, weil sie mir Kleider für die Schule geschickt und uns zu dieser Hütte verholfen hatte. Sie war eine kleine rundliche Frau und so warmherzig, dass es einem gleich so vorkam, als ob man sie schon lange kannte. Sie machte es sich bequem und fing sofort an, Kraut- und Kartoffelsalat zu servieren, die sie in Eisbehältern mitgebracht hatte. Für Cody schnitt sie als Appetitanreger ein Stück von der Kirschtorte ab. Mit seiner Einsilbigkeit hatte sie keine Probleme. »Ich habe gehört, dass du dich nicht gerade in Laglade verliebt hast«, neckte sie ihn und er lächelte wider Willen.

Niemand in unserem Alter war dabei. Barbs Kinder blieben an den Wochenenden lieber in der Stadt und Marylins Mädchen waren erst ein und drei Jahre alt. Ich half dabei, sie unten am Fluss zu beaufsichtigen. Sie planschten und kicherten und wollten nicht wieder aus dem Wasser kommen. Ich fand einen grünen Frosch, mit dem ich sie ans Ufer locken konnte. Marylin wickelte sie in Badetücher, nahm das Baby an die Brust und stillte es. Ich wurde rot, aber Philip, der schon ein älterer Mann war, schwatzte weiter, als wäre gar nichts Besonderes dabei. Er trug brandneue Jeans, und seine Lederschuhe sahen nicht so aus, als wären sie für Ausflüge ganz besonders gut geeignet. Er bemerkte, dass ich sie anstarrte.

»Daran siehst du, dass ich ein Stadtmensch bin«, sagte er. »Ich habe schon zu Dott gesagt, dass ich mich freuen würde, wenn ihr drei mal nach Baltimore kommen würdet, um mit mir zu essen. Ich koche gern und es würde mir auch Spaß machen, euch die Sehenswürdigkeiten zu zeigen.«

»Wohnen Sie mitten in der Stadt?«, fragte ich. In den Fernsehnachrichten hieß es immer, dass dort so viele Morde passierten.

»Ja, ich habe mein ganzes Leben dort verbracht und es gefällt mir.« Philip lächelte mir zu, als hätte er meine Gedanken lesen können. »Meine Wohnung bietet einen Blick auf den Mount Vernon Place. Im Erdgeschoss ist ein Thai-Restaurant und so habe ich den ganzen Tag über den Geruch von ihrem Essen in der Nase, sobald ich die Fenster öffne.«

Essen aus Thailand? Ich wusste nicht einmal genau, wo Thailand eigentlich liegt.

»Pat Thai, grüner Curry, Hühnchen mit Zitronengras – ich kenne ihre Speisekarte auswendig. Und nebenan ist ein Klub, in dem mein Nachbar an den Wochenenden abends Jazz spielt.«

»Können Sie dabei überhaupt schlafen?« Ich dachte an die Geräusche der Schlucht, an den murmelnden Fluss und die quakenden Baumfrösche. Das kam mir alles beruhigender vor als Jazzmusik. Aber Philip schüttelte den Kopf.

»Als ich meine Tochter auf dem Lande besucht habe, konnte ich gar nicht richtig schlafen, weil es so still und so dunkel war.«

Marylins Baby saugte gierig Milch. Man konnte es schlucken hören: Gülp, gülp, gülp.

»Ich hab es gern, wenn ich den Zug pfeifen höre, bevor ich einschlafe«, sagte Marylin. »Manchmal lieg ich wach und warte darauf.«

»Ma, ich hab Hunger!« Die kleine Laura zerrte an ihrem Arm.

Philip streckte die Hand aus und die Kleine nahm sie. Die andere Hand streckte er mir entgegen. »Komm, gehen wir Laura füttern.«

Ich nahm seine Hand einen Augenblick lang und dann tat ich so, als müsste ich meinen Schuh zuschnüren. »In einer Minute bin ich da«, sagte ich. Mein Gesicht brannte und ich senkte den Kopf, damit mich niemand sehen konnte. Ich halte doch nicht Händchen wie ein kleines Kind, dachte ich. Trotzdem, wenn ich sah, wie Laura so fröhlich vor ihm den Pfad hinaufkrabbelte, wünschte ich mir, ich könnte es doch tun.

Ehe unser Picknick endete, gab es noch Eis mit frischen Himbeeren. Alle plauderten und lachten. Cody war plötzlich verschwunden. Jemand hatte ein Tonbandgerät und ein paar Bänder mitgebracht, ganz altmodische Musik wie Glenn Miller und Benny Goodman, und zwei Frauen zeigten einander auf der freien Fläche vor der

Hüttentür, wie man danach tanzte. Mama versuchte es auch, zuerst mit Barb, dann mit Philip. Mitten in der Musik warf sie plötzlich die Arme in die Luft und platzte lachend heraus: »Es ist hoffnungslos!«

»Du hattest den Dreh gerade richtig raus, Dott«, sagte Barb. »Ich hab deine Füße beobachtet und du hast es schon ganz richtig gemacht.«

»Im Gemeindezentrum gibt es Herbstkurse«, sagte Marylin. »Ich habe daran gedacht mich einzuschreiben. Warum gehen wir nicht zusammen hin?«

Mama zögerte. Man konnte sehen, dass sie zwischen dem Vergnügen an dieser Vorstellung und unseren Plänen zur Heimkehr schwankte. Sie lächelte.

Ich sprach für sie. »Wahrscheinlich sind wir dann schon fort.«

Wir begleiteten unsere Gäste bis zur Straße, trugen Marylins schlafende Kinder und die Schüsseln und Teller, die jeder mitgebracht hatte. Bei den geparkten Wagen wurde Mama von allen umarmt und jeder sagte, wie viel Spaß dieser Tag gemacht hatte. Wir standen zusammen, sie und ich, als das Scheinwerferlicht in der Dämmerung verschwand. Glühwürmchen erhellten unseren Rückweg. Auf zwei Klappstühlen, die jemand vergessen hatte, saßen wir noch vor der Hütte. Die Dunkelheit senkte sich in die Schlucht, durch die leise plätschernd der Fluss strömte.

»Haben sie dir gefallen?«, fragte Mama.

»Sie scheinen alle nett zu sein.« Irgendetwas hielt mich davon ab, mehr zu sagen.

»Barb hat mich wie eine Schwester behandelt – wie die

Schwester, die ich niemals hatte.« Mama lächelte mir zu. »Und Marylin und Philip ganz genauso.«

»Philip ist alt«, sagte ich. »Ich nehme an, er ist so alt, dass seine Frau schon gestorben ist.«

Mama schüttelte den Kopf. »Er ist geschieden. Er war mal Alkoholiker und seine Frau hat ihn verlassen, weil er nicht mit dem Trinken aufhören konnte. Seitdem hat er sich zusammengenommen.«

»Und was war mit Barb?«

»Du meinst ihre Scheidung?« Mama schaute zu mir herüber. Ich nickte.

»Die ganze Geschichte hat sie mir noch nicht erzählt. Sie hat angefangen, aber es ist noch so schmerzlich für sie, dass sie kaum darüber reden kann.«

»Vielleicht hätten sie wieder zusammenkommen sollen – Philip und seine Frau. Jetzt wären sie vielleicht glücklich miteinander.«

»Ich glaube, so einfach ist das nicht«, entgegnete Mama.

»Aber es ist immer einen Versuch wert – das hat der Berater im Fernsehen auch gesagt.«

»Manchmal schafft man es nicht mal mehr, es zu versuchen«, sagte Mama. »Man ist einfach zu erschöpft dazu.«

Cody kam spät, hob Felix auf und legte ihn sich um den Nacken. Mama schimpfte ein wenig mit ihm, weil er die Party verlassen hatte, aber man merkte, dass sie es nicht sehr ernst meinte. Er erzählte mir, er sei ein Stück flussabwärts gegangen und habe dort nur so gesessen. Später winkte er mich nach draußen. Wir setzten uns an den Brunnen.

»Ich wollte gerade zurückkommen, als der Ranger in seinem Kanu den Fluss herunterkam«, sagte er.

»Was ist dann passiert?«

»Ich hab mich hinter einem Felsen versteckt. Ich hatte Angst, er könnte die Musik von der Party hören. Du weißt schon, der Ton trägt sehr weit auf dem Wasser ... Dann hat er die Musik wirklich gehört. Er fuhr zusammen, lenkte das Kanu in einen Wasserwirbel und saß da und hörte zu. Ich hab krampfhaft darüber nachgedacht, wie ich ihn aufhalten könnte, aber plötzlich ist er stromaufwärts davongefahren.«

»Stromaufwärts?«

Cody nickte. »Du hattest übrigens Recht mit dem, was du über seine Art gesagt hast, das Kanu zu lenken. Er ist der beste Kanufahrer, den ich je gesehen habe. Er ist von einem Wirbel zum nächsten gehüpft, als gäbe es die Strömung überhaupt nicht.« Cody schwieg ein Weilchen. »Ich hab dann noch gewartet, weil ich dachte, er käme vielleicht mit einer von seinen Anzeigen zurück oder mit seinem Revolver. Aber er ist nicht mehr gekommen.«

»Das ist merkwürdig!«

»Ich weiß.« Er zuckte die Achseln und verdrehte die Augen. »Wie war denn die Party noch?«

»Gut. Es sind lauter nette Menschen. Ich wünschte mir nur, dass Mama sie nicht ganz so gern hätte.«

»Wieso?«

»Was ich schon mal gesagt habe – sie wird dann nicht gern wieder nach Hause wollen.«

Cody seufzte. Strähnen von seinem langen Haar glänzten im Mondlicht. »Bis zum September ist noch viel Zeit.«

»Wenn Daddy aus New York zurückkommt . . .«

Er sah fast erschrocken aus. »Was hast du gesagt?«

Ich zögerte einen Augenblick. »Ich hab einen Brief bekommen.«

»Was hast du? Wann?«

Er war richtig wütend. Ich streckte ihm die Hand entgegen, aber er schlug sie weg.

»Ich wollte es dir schon sagen –«

»Lügnerin!«

»Cody, das ist wahr! Ich hab nur auf den richtigen Augenblick gewartet.«

»Du hast es nicht einmal Mama erzählt, aber ich sage es ihr«, erklärte er heftig, doch ich packte seinen Arm und hielt ihn zurück.

»Wir müssen das richtig anfangen, sonst enden wir schließlich noch endgültig in Laglade.«

»Du kannst doch so etwas nicht vor mir verheimlichen!«

»Das wollte ich auch gar nicht!«

Er ballte die Fäuste, öffnete sie wieder, betrachtete seine Handrücken. Sein Mund war eine schmale Linie. »Warum hat er denn ausgerechnet dir geschrieben?«

»Er wusste genau, dass du ihm böse sein würdest. Er muss damit gerechnet haben, dass ich ihm verzeihe.«

»Das verdient er aber nicht.«

»Das meine ich ja gerade.«

»Ich rufe ihn an«, sagte Cody. »Hat er seine Telefonnummer geschrieben?«

»Nur eine Adresse.«

»Dann schreibe ich ihm eben.«

»Cody . . .«

»Er gehört schließlich nicht dir, Shana. Nur weil du dieses kleine Geheimnis mit ihm teilst . . .«

»Beruhige dich doch!«

»Ach, halt den Mund!«, sagte Cody und stapfte ins Dunkel davon.

Als ich in die Hütte kam, lag Mama bereits im Bett hinter dem Vorhang. Sie klang schon ganz schläfrig: »Du und Cody, ihr solltet jetzt auch zu Bett gehen. Es ist spät.«

Aber ich konnte nicht schlafen. Felix schlich dauernd in das Zimmer und wieder hinaus. Er suchte nach Cody und ich fragte mich, wohin er gegangen sein mochte. Kein Wunder, dass ich ihm nicht alles erzählte, wenn man bedenkt, wie er explodiert und dann fortgelaufen war. Ob er Mama wohl von dem Brief erzählen würde, ehe ich die Gelegenheit dazu hatte?

Als ich aufwachte, war Cody wieder da. Er hatte sich wie eine Mumie in eine von Großmutters Flickendecken gewickelt. Ich hörte, dass Mama im großen Raum herumwirtschaftete und sich bereitmachte zur Arbeit zu gehen. Ehe sie ging, schaute sie noch in unser Zimmer, aber ich schloss die Augen, als ob ich noch schliefe.

Später ging ich hinunter zu meinem Geheimplatz am Fluss. Ich schrieb in mein Tagebuch, über die Party und den Streit mit Cody. Ein Eichelhäher schrie, als wollte er mich nicht an diesem Fleck haben. Ich zeichnete ihn in mein Tagebuch und versuchte seinen rauen Schrei gleich mit einzufangen. Dann tauchte Felix auf und ich begriff, dass der Eichelhäher überhaupt nicht mich angekreischt hatte. »Ich dachte, du würdest bei Cody bleiben«, murmelte ich. Vielleicht hatte Felix gespürt, dass ich bedrückt war, denn er rieb sich einmal schnell an meinen Beinen, ehe er im Dickicht verschwand. »Geh aber nicht flussaufwärts«, rief ich ihm nach.

Ich schrieb an Daddy und erzählte ihm von der Party und wie sehr es Mama hier zu gefallen schien. *Komm zurück, ehe es zu spät ist!,* schrieb ich. Ich berichtete ihm, dass ich Cody von seinem Brief erzählt hatte und dass er jetzt einen Brief von Cody zu erwarten hätte und wahrscheinlich keinen sehr netten.

Daddy hatte Cody immer bereitwillig zugehört und wusste, dass er nicht immer wirklich meinte, was er sagte. »Es ist besser für ihn, wenn er alles aus sich herausredet anstatt es in sich zu verschließen«, sagte er. »Davon kann man verrückt werden.«

»Aber warum muss er manchmal so gemein sein?«

»Das sind Worte, die im Grunde etwas ganz anderes bedeuten. Auf die Dauer gibt es keinen, auf den man sich mehr verlassen kann als auf Cody.«

Auf dich nicht? Oder auf Mama? Aber diese Fragen blieben stumm und so hatte Daddy keine Gelegenheit sie zu beantworten.

Als ich zur Hütte zurückkam, saß Cody auf der Bank, das Gesicht über eine Wasserschüssel gebeugt. Er tauchte ins Wasser und schüttelte sich dann wie ein Hund.

»Hier ist Daddys Adresse«, sagte ich und gab sie ihm.

Er schaute sie an und fragte mich dann: »Hast du es Mama erzählt?«

»Heute Abend tue ich es.«

Darauf sagte er nichts.

»Wenn du ihm schreibst, versuche ein bisschen nett zu sein«, sagte ich.

»Sag mir nicht, was ich zu tun habe, Sha!«

»Will ich ja gar nicht, wirklich nicht. Es ist nur ...« Ich brach ab, als er mich ansah.

»Wenn du es ihr nicht erzählst, dann tue ich es«, sagte er schroff.

Später vertrugen wir uns wieder. Wir zogen alte Turnschuhe an und halb watend, halb schwimmend bewegten wir uns den Fluss hinab. Wo das Wasser flach wurde, ließen wir uns auf dem Rücken liegend treiben und planschten wie kleine Kinder. An den engen Stellen versuchte jeder von uns heftig kämpfend vor dem anderen durch die kleinen Stromschnellen zu kommen. Einmal gewann Cody und trieb an einen großen Felsen. Der Fluss ist so voller Windungen und Engstellen, dass man jede Minute genau aufpassen muss – selbst an den tiefsten Stellen liegen massenhaft Felsbrocken auf dem Grund.

»An solchen Stellen kann man ertrinken«, sagte Cody. »Man verfängt sich mit einem Fuß zwischen den Steinen, die Strömung zieht einen herunter und man kommt nicht wieder hoch.«

»Das ist ja unheimlich!«

»Aber es ist wahr. Eddie hat es mir erzählt. Solange du die Beine oben behältst und dich von der Strömung treiben lässt, ist alles in Ordnung. Aber wenn du mit dem Fuß irgendwo festsitzt, dann ist es vorbei mit dir.«

»Das merke ich mir«, sagte ich und ließ die Spitzen von meinen alten Turnschuhen vor mir aus dem Wasser ragen.

»Fische haben keine Füße. Darum ertrinken sie nie.«

»Ein weiser Spruch von Cody«, erzählte ich dem Fluss. »Hör genau zu!«

»Vögel ertrinken auch nicht. Sie haben ölige Federn, also kommen sie immer wieder wie Korken an die Oberfläche.«

»Hoffentlich wird ihnen dabei nicht schwindlig«, sagte ich.

»Besser schwindlig als ertrunken.«

»Welche Todesart ist eigentlich am schlimmsten?«, fragte Cody plötzlich. Er wurde ernst.

»Ich weiß nicht. Darüber habe ich noch nie nachgedacht.«

»Was für einen Krebs hatte Großvater?«

Ich musste überlegen. »Verschiedene Arten, glaube ich, weil er erst zum Arzt gegangen ist, als er wirklich schon sehr krank war. Sie haben sich nicht einmal mehr die Mühe gemacht ihn zu behandeln.«

»Warum ist er dann überhaupt ins Krankenhaus gegangen? Warum ist er nicht zu Hause geblieben?«

»Da war ja niemand. Wir waren in der Schule. Und Daddy hat in Grove Hill gearbeitet.«

»Trotzdem ... Glaubst du nicht, er wäre lieber bei uns gewesen?«

»Darüber habe ich nie nachgedacht.«

»Solltest du aber, wenn du Schriftstellerin werden willst. Von denen wird doch erwartet, dass sie *kontemplativ* sind.« Er sprach das Wort so langsam aus, als schmeckte es gut in seinem Mund.

»In Ordnung, morgen fange ich damit an.«

»Vergiss es aber nicht.« Er stieß meinen Turnschuh mit einem Fuß an und versuchte mich umzudrehen, damit er als Erster durch die Strömung und über den kleinen Wasserfall kommen konnte.

Es war schon spät am Nachmittag, als wir den Fluss verließen. Wo wir an Land stiegen, floss das Wasser schnell und tief. »Ein Stück weiter unten könnte es richtige Stromschnellen geben«, sagte Cody.

»Der Ranger weiß das. Er hat Flusskarten an den Wänden.«

»Schade, dass wir keine haben.«

»Vielleicht hat er eine übrig.«

»Für uns? Ha!«

»Mit mir hat er neulich sogar gesprochen. Über die Forellen.«

»Da hat er noch nicht gewusst, dass wir Felix haben.«

»Wenn er darüber wirklich böse gewesen wäre, dann wäre er uns nachgelaufen.«

Cody dachte darüber nach. »Vielleicht war er froh ihn los zu sein. Felix kann ganz schön jaulen. Wahrscheinlich hat er ihn die ganze Nacht wach gehalten.«

»Ich glaube, er ist einsam. Das mit den Forellen war so, als müsste er unbedingt jemand von dem Erfolg erzählen.«

»Träum weiter, Shana! Der ist doch einfach verrückt. Ein Wunder, dass er nicht längst gefeuert worden ist.«

»Vielleicht geh ich noch mal bei ihm vorbei.«

»Tu das lieber nicht.«

»Ich könnte einfach einen Zettel für ihn dalassen . . .

oder vielleicht ein paar Himbeeren. Er ist in einem so schlechten Zustand, wahrscheinlich könnte er gar nicht losziehen, um sich selbst welche zu pflücken. Hast du bemerkt, wie sehr er hinkt?«

Cody nickte.

»Sein Gesicht ist auch seltsam. Irgendwie schief. Die beiden Seiten passen nicht genau zueinander.«

»Ich glaube, du solltest dich lieber von ihm fernhalten«, sagte Cody.

Mama war schon zu Hause, als wir wieder zur Hütte kamen. Das war Pech, weil wir eigentlich rechtzeitig da sein sollten, um uns um das Abendessen zu kümmern. Sie schien aber nicht böse auf uns zu sein. Sie hatte auf ihre Prüfung gelernt und sagte, wir würden einfach die Reste von der Party essen. Cody starrte mich an und wartete ab, ob ich etwas von dem Brief sagen würde, und so fing ich an, nachdem ich den Tisch gedeckt hatte: »Ich wollte es dir schon längst sagen: Ich habe einen Brief von Daddy bekommen.«

Mama schwieg eine Minute. Es war, als müsste sie sich erst eine Antwort zurechtlegen. »Ich weiß, dass ein Brief gekommen ist«, sagte sie. »Mrs. Grubb im Postamt hatte Charlies Handschrift erkannt und es Mike erzählt. Es ging sie eigentlich nichts an, aber so laufen die Dinge nun einmal in Warrensburg.«

»Er ist in New York, studiert Kunst und arbeitet als Wachmann. Er sagt, dass wir ihm sehr fehlen.« Unsicher sprach ich weiter. »Ich habe ihm auch geantwortet und ihm erzählt, dass du nach Laglade versetzt worden bist und wir jetzt hier in der Hütte wohnen.« Mein Gesicht brannte.

Mama unterbrach mich nicht und half mir nicht weiter.

»Ich hab ihm gesagt, dass er wiederkommen soll, damit wir wieder eine Familie sind«, endete ich ziemlich lahm. Zu meiner Linken sah ich, dass Cody klein und blass wie eine Gipsstatue dastand.

»Ich bin froh, dass du mir von dem Brief erzählt hast«, sagte Mama ruhig. »Aber er war an dich adressiert. Wenn du weitere Briefe bekommst, kannst du es mir erzählen oder auch nicht, wie du es für richtig hältst.«

»Willst du die Adresse haben?«

»Ja.« Mama nickte. Ich wollte schon in den Schlafraum gehen, um sie zu holen, aber sie ergriff meinen Arm. »Hör zu, Shana«, sagte sie. »Familien verändern sich, genau wie Menschen.«

Ich traute mich nicht zu fragen, wie sie das meinte. Stattdessen sah ich Cody an, aber der starrte aus dem Fenster.

»Er wird wiederkommen«, murmelte ich. Das war etwas, was ich immer gesagt hatte, als ich noch klein war und Daddy mit dem Lastwagen unterwegs war. Er war oft nicht da, um mir einen Gutenachtkuss zu geben oder mir eine Geschichte zu erzählen, aber Großvater oder Mama halfen mir dabei, die Tage zu zählen, bis sein Lastwagen unsere Straße entlanggerollt kam und auf der freien Fläche neben dem Haus anhielt. Für gewöhnlich war ich draußen, bevor er auch nur die Gelegenheit hatte die Kabinentür zu öffnen und zu rufen, dass er wieder zu Hause sei. Ich kletterte zu ihm hinauf, saß auf seinem

Schoß und drückte auf die Hupe, um der ganzen Welt zu verkünden, dass er wieder da war. Dann kam auch Mama heraus, wenn sie zu Hause war und nicht gerade arbeitete, und Großvater und Cody kamen vom Garten oder vom Brunnen herbeigelaufen. Wenn er lange fort gewesen war, dann gab es eine kleine Feier: Schokoladenmilch und Kuchen. Mama freute sich auch immer ihn wiederzusehen. Sie umarmten sich damals noch und manchmal nahm er ihr Gesicht zwischen die Hände und küsste sie, als sei sie etwas, das er eine lange, lange Zeit so festhalten wollte.

ZEHN

An meinem Plan mit dem Ranger hielt ich fest. Ich pflückte zwei Schüsseln Himbeeren und trug die Hälfte davon in einer Plastikdose zu seiner Hütte. Ich ging um die Mittagszeit, weil ich dachte, er würde dann arbeiten, aber als ich in die Nähe der Hütte kam, sah ich, dass sein Kanu am Ufer lag, und schon rief er mich von der Seite seiner Hütte aus an, wo er mit einer Hacke in der Hand stand. »He, Mädchen, bleib stehen, wo du bist!«

»Ich habe Ihnen ein paar Himbeeren gebracht!«, rief ich.

Aber er kam schon auf mich zugehinkt und zog ein wütendes Gesicht.

»Zum Teufel noch mal, was bildest du dir eigentlich ein –«

»Ich habe Ihnen das hier gebracht«, wiederholte ich und streckte ihm die Beeren entgegen. »Mögen Sie die?«

Die Kinnlade klappte ihm herunter und er wirkte so überrascht, als hätte ihm noch niemals jemand etwas geschenkt.

»Selbstverständlich mag ich die! Warum denn nicht?«

Er packte die Dose, als hätte sie ihm sowieso gehört. Ich wandte mich ab und ging. Einmal sah ich mich um und er stand dort und starrte mir nach, als könnte er seinen Augen nicht trauen.

Ich habe es eigentlich nicht anders erwartet, sagte ich mir, aber ich war doch ein wenig gekränkt und nahm mir vor, nicht wieder hinzugehen.

Ich weiß nicht, warum ich es dennoch tat. Cody war doch sonst derjenige, der immer von jedem Schlamassel wie ein Magnet angezogen wurde, nicht ich. Aber wir fingen an, die Rollen zu wechseln. Nachdem Mama am Morgen gegangen war, ging mir Cody damit ständig auf die Nerven.

»Shana, du wirst doch heute nicht wieder zu dem alten Mann gehen?«

»Ich weiß noch nicht, was ich tun werde«, sagte ich ein bisschen schnippisch. »Was geht dich das an?«

»Und wenn er dir nun nachkommt und hier Felix sieht?«

»Der Kater wird den Ranger nicht auf hundert Fuß an sich herankommen lassen. Sobald er ihn hört, verschwindet er.«

»Aber Felix doch nicht!« Diese Vorstellung verletzte Codys Ehrgefühl. »Er fürchtet sich vor keinem!«

»Darin ist er anders als du, wie?«

Er verschränkte die Arme über der Brust und schaute in die andere Richtung. »Du wirst so anders, Shana!«

»Wovon redest du?«

»Du veränderst dich zu deinem Nachteil. Seitdem Daddy uns im Stich gelassen hat, bist du dickköpfig geworden. Alles muss nach deinem Willen gehen – du hörst nicht mehr auf andere.«

»Tu ich wohl!« Ich fühlte, dass mir das Blut ins Gesicht stieg. »Ich habe mein ganzes Leben lang auf dich gehört.«

»Ich bin vielleicht nicht gerade vollkommen.« Codys Stimme klang sehr gemessen. »Besonders zu Hause in Laglade war ich es nicht. Aber seitdem wir hier oben sind, habe ich es versucht. Und was ich von dir höre, ist immer nur: ›Ich mache, was ich will.‹ Oder: ›Lass mich in Ruhe, ich will schreiben.‹«

Im ersten Augenblick wusste ich nicht, was ich darauf sagen sollte. Das mit dem Schreiben war richtig und schwer zu erklären. Ich wusste nur ganz sicher, dass die Seiten im Tagebuch alles geduldig hinnahmen, was ich zu sagen hatte. Aber Cody war noch nicht fertig.

»Du erinnerst mich immer mehr an Daddy«, sagte er. »Du nimmst dein Tagebuch wichtiger als richtige Menschen – sogar als deine eigene Familie!«

»Tu ich nicht! Ich will mir nur über alles klar werden und das Schreiben hilft mir dabei.«

»Du warst kaum mal angeln«, sagte Cody.

»Morgen gehen wir, versprochen!«

Er nickte und wir ließen es dabei bewenden.

Ich ging wieder zur Hütte des Rangers. Irgendetwas an diesem alten Mann zog mich dorthin. Ich weiß nicht, was es war. Diesmal ging ich am Vormittag und nahm einen Rest Kartoffelsalat und etwas von unseren sauren Gurken mit. Er saß an seinem unordentlichen Schreibtisch. Als ich an die Tür klopfte, erschrak er so sehr, dass er fast von seinem Stuhl gefallen wäre. »Wer ist da? Was wollen Sie?«, schrie er. Dann sah er, dass ich es war.

»Schon wieder du!« Freundlich sah er nicht aus.

»Ich habe Ihnen wieder etwas zu essen gebracht. Kartoffelsalat und saure Gurken. Die haben wir selbst gemacht.«

Er starrte auf die Gefäße in meinen Armen, dann griff er danach und nahm sie mir ab. Seine Hände zitterten.

»Sie können mir die Dose zurückgeben, in der ich Ihnen die Beeren gebracht habe.«

»Die Beeren, die haben mir gut geschmeckt.« Er nickte. »Aber ich brauche auch noch etwas anderes.«

»Was denn?«

»Ein bisschen Milchpulver und etwas Mehl. Ich habe fast kein Mehl mehr.« Er stellte das Essen in einen alten Kühlschrank, einen von denen, die oben noch abgerundet sind. Viel war nicht darin – ein wenig Gemüse aus seinem Garten und ein paar Büchsen und Flaschen. Die Dose, in der ich die Beeren gebracht hatte, stand auf der Spüle. Ein Napf mit Schmierseife stand daneben, so eine Seife, die ganz weich und glitschig wird, wenn sie nass ist.

»Mehl und Milchpulver – ich schreibe es für dich auf«, sagte der Ranger, hinkte zum Tisch und räumte ein Stückchen Platz zwischen den Pflanzen und schmutzigen Tassen frei. Er musste die eine Hand mit der anderen festhalten, damit er schreiben konnte. Er bemerkte, dass ich ihn dabei beobachtete. »Mir fehlt nichts«, sagte er verärgert.

»Das habe ich auch nicht behauptet.«

»Aber du hast meine Hände angeguckt.« Er schob mir das Papier zu. »Hier!«

»Das bringe ich, sobald ich kann, aber ich habe kein Auto.« Ich sprach eilig weiter. »Mein Bruder und ich möchten wissen, ob Sie uns vielleicht eine Karte leihen könnten.«

»Was für eine Karte?«

»So eine.« Ich deutete auf eine der Karten an der Wand.

»Die bekommt man nur von der Bundesregierung«, sagte er brüsk. »Man muss sie bestellen.«

»Darf ich mir sie dann einfach bloß angucken?«

»Eine Minute lang.« Er benahm sich, als täte er mir damit den größten Gefallen der Welt.

Die Karte war schwer zu lesen. Die wenigen Straßen waren nicht nummeriert und die Ufer der Leanna waren mit welligen Linien und roten Punkten eingezeichnet. Irgendwer hatte durch den südlichen Teil des Flusses dicke schwarze Linien gezogen. GEFAHR! war daneben gekritzelt. Ich versuchte herauszufinden, wo unsere Hütte und wo die des Rangers lag. Er holte eine dicke Brille vom Tisch und schaute durch den unteren Teil der Gläser.

»Hier!« Er legte den Daumen auf einen der Punkte.

»Ist das Ihre Hütte?«

»Was denn sonst?«

»Und wo ist dann unsere?« Ich fuhr mit dem Finger an der Biegung des Flusses entlang. Die braunen Linien bedeuteten wohl die Schlucht. Sie waren dort besonders eng, wo die Felswände steil waren, und weiter voneinander entfernt, wo das Land sanfter anstieg. Ich fand eine Stelle südlich von der Hütte des Rangers. »Das muss sie sein!«

»Das ist George Cosgroves Hütte.«

Er sprach den Namen aus wie einen Fluch. »Ich hab ihm gleich geraten, er solle eine Klärgrube anlegen, als er sie gebaut hat. Und jetzt hat er den ganzen Sommer Leute darin.«

»Das sind Cody und ich! Wir tun ja nichts Schlimmes.«

»Im Herbst wird die Hütte sowieso abgerissen.« Der Ranger wandte sich wieder der Karte zu, aber er legte den Finger jetzt auf einen anderen Punkt. »Hier drüben kümmere ich mich um die Forellensetzlinge. Es gibt drei verschiedene Forellenarten dort – Regenbogen, braune und Palominos. Wahrscheinlich lassen sich dort alle drei züchten.«

Ich brauchte ein Weilchen, um ihn zu unterbrechen. »Was meinen Sie damit, sie soll abgerissen werden?«

»Genau was ich gesagt habe«, antwortete er mürrisch.

»Sie können doch nicht die Hütte eines anderen einfach niederreißen!«

»Ich doch nicht. Das ist Sache der Regierung.«

Ich starrte ihn an. »Das glaube ich nicht.«

»Dann eben nicht.« Er drehte mir den Rücken zu und hinkte davon.

Einen Augenblick stand ich da, die Hand noch immer auf der Landkarte. Ich holte tief Luft. »Ich bringe Ihnen kein Mehl«, sagte ich dann. »Sie sind zu gemein.«

Er antwortete nicht gleich. Also fuhr ich fort: »Sie wussten genau, dass Cody ihr Kanu nicht stehlen wollte. Und dass Sie den Kater in einen Käfig gesperrt haben, das war auch böse. Wahrscheinlich hassen Sie alles, was nicht in Ihren Plan für den Fluss passt.« Ich war jetzt wirklich zornig. »Schließlich gehört Ihnen die Leanna nicht«, sagte ich. »Sie tun nur so, als wären Sie der Besitzer, und alle anderen möchten Sie am liebsten vertreiben!«

»Ich habe euch nicht hierher eingeladen«, brummte er.

»Aber das Essen, das ich Ihnen gebracht habe, haben Sie angenommen.«

»Ja, natürlich habe ich das. Ich kann doch nicht zum Laden gehen mit meinem kaputten Bein. Ich komme ja nicht einmal den Hügel hinauf bis zum Auto.« Er schaute aus dem Fenster in den kleinen Garten hinter der Hütte.

»Wenn Sie um Hilfe gebeten hätten, dann hätten Sie die auch bekommen. Aber Sie stecken ja voller Hass und nun behaupten Sie auch noch, dass unsere Hütte abgerissen werden soll!«

»Das ist ja sowieso nicht eure. Und ihr habt ein anderes Haus – ein richtiges Haus für das ganze Jahr. Die Hütte hier ist doch bloß ein Sommeraufenthalt für euch.«

»Was wissen Sie schon von unserem Haus! Es liegt in einer Wohnsiedlung und Cody und ich hassen es. Wenn wir dort bleiben müssten, dann würden wir verrückt.«

Zum ersten Mal an diesem Tag schaute er mich wirklich an. »Was ist denn so schlecht daran?«

»Es steht mitten unter lauter Häuserblocks mit Verkehrsstraßen rundherum. Da kann man überhaupt nichts anderes tun als einkaufen oder fernsehen. Es gibt nicht einmal einen richtigen Hof.«

»So wollen es doch alle gerne haben. Was ist denn mit euch los?«

»Mit uns ist nichts los!« Ich spuckte die Wörter förmlich aus. »Aber wir sind auf dem Land aufgewachsen, an einem Fluss . . .«

»Komm her«, unterbrach er mich und deutete aus dem Fenster. Sein Tonfall war jetzt freundlicher. Etwas Blaues blinkte im Garten und er nickte, als wollte er auf meine Frage antworten. »Ein Hüttensänger. Er nistet in dem Kasten, den ich für ihn gebaut habe.«

Als ich das hübsche kleine Ding sah, erinnerte ich mich an Großvater und ich schluckte meinen Zorn hinunter. »Wir hatten bei uns zu Hause auch welche, als wir klein waren. Mein Großvater hat mir mal einen gezeigt. Später ist er dann fort und ist nie mehr wiedergekommen.«

»Vor Jahren waren sie noch überall, genau wie die Forellen. Jetzt sind sie selten geworden. Und wenn niemand auf sie aufpasst, dann werden sie aussterben.«

Ich schaute dem kleinen Vogel eine Weile zu. Mit seinen hellen Flügeln und der rostfarbenen Brust schien er sich vor uns aufzuspielen. Er setzte sich auf einen Zaunpfosten, flatterte ein wenig und zog sich dann in sein Vogelhäuschen zurück.

»Ich zeige dir noch etwas anderes«, sagte der Ranger. Er öffnete die Schublade seines Tisches, nahm einen Stein heraus und streckte ihn mir entgegen.

Ich betrachtete ihn aufmerksam. Die Oberfläche war grau, aber eine Kante des rechteckigen Steines war wie eine feine Schneide geschliffen. In die glatte Oberfläche war etwas eingeritzt worden. Ich fuhr mit dem Finger darüber: Ein Tier wie ein Hirsch, nur massiger.

»Ein Bison.« Seine Stimme war zum ersten Mal ganz weich, aber immer noch sehr leidenschaftlich. »Das habe ich vor zwanzig Jahren am Fluss gefunden. Es stammt von Algonkinindianern – sie hatten ihre Siedlungen hier entlang der Leanna. Sie haben von Forellen und Süßwasserlachs gelebt und von diesen großen Burschen hier.«

»Ich dachte, Büffel gab es nur auf den großen Prärien im Westen?«

»Dorthin sind sie von der Zivilisation getrieben worden – und dann ausgerottet. Bisons, Lachse, Forellen, Hüttensänger – alles Opfer.« Die Schärfe kehrte in seine Stimme zurück. »Den Menschen kann man nicht trauen. Sie ruinieren alles, wenn man ihnen die Gelegenheit dazu gibt.«

»Haben Sie deswegen versucht, uns vom Fluss zu vertreiben?«

Er nickte.

Ich starrte ihn an. »Aber es sind doch nicht alle so«, sagte ich. »Cody und ich sind sehr umweltbewusst – wir sind so aufgewachsen. Allein können Sie den Fluss sowieso nicht beschützen.«

Er fuhr auf. »Ich habe das Kanu!«

»Aber man müsste einfach mehr Ranger herschicken. Weiß denn niemand, dass Sie Hilfe brauchen?«

»Ich brauche keine Hilfe.«

Ich versuchte ihn zu überzeugen. »Sie haben doch gesagt, dass Sie nicht zum Laden gehen können. Und wenn Sie mal Medizin –?«

»Ich will keine Medizin!« Er schlug mit der Faust auf den Tisch. »Alle Doktoren sind Narren. Das Zeug, das sie mir gegeben haben, hat mich kranker gemacht, als ich vorher war!«

»Beruhigen Sie sich ...«

»Ich beruhige mich nicht!« Das Gesicht des Rangers wurde rot und er zitterte am ganzen Leib. »Ich brauche nicht auf irgendeinen verdammten Doktor zu hören.«

»Habe ich ja auch nicht gesagt.«

Er schüttelte heftig den Kopf. »Wahrscheinlich hoffst du, dass ich tot umfalle. Aber eines kann ich dir sagen: Ich gebe nicht den Löffel ab, solange ich diesen Fluss nicht in guten Händen weiß. Du und dein Bruder und eure Hütte – ihr werdet längst fort sein, bevor ich hier aufgebe.«

»Ich gehe jetzt!« Ich nahm meine Dose vom Spültisch.

»Und was wird mit dem Mehl?«

Ich drehte mich wütend um. »Und was ist mit der Flusskarte?«

Er schnaubte verächtlich, zog eine Schublade und warf etwas auf den Tisch links neben mich. Es war eine funkelnagelneue Karte.

»Für ein paar Tage kannst du sie dir ausleihen«, sagte er. »Das ist aber auch alles.«

Ich hielt das Versprechen, das ich Cody gegeben hatte. Wir gingen am Nachmittag zum Fischen, und zwar zu der Stelle, wo er schon einmal Glück gehabt hatte. Auf dem Weg dorthin erzählte ich ihm von der Indianeraxt. Seine Augen wurden ganz groß. »Sie haben hier gelebt?«

»Das behauptet er wenigstens.«

»Dann möchte ich gern Pfeilspitzen suchen.«

»Ich auch. Es muss doch Bücher geben, in denen steht, wo man suchen muss.«

»Wir könnten ja am Samstag in die Bücherei gehen, wenn wir Vorräte einkaufen.« Cody war ganz aufgeregt. »Vielleicht ist der Ranger ja doch gar nicht so übel«, sagte er.

Ich antwortete nicht, aber ich musste immer daran denken, was er über die Hütte gesagt hatte. Das behielt ich freilich für mich und dachte, dass mir auf die Dauer schon einfallen würde, was zu tun war.

Das Fischen an diesem Nachmittag machte Spaß. Die Stelle, die Cody gefunden hatte, war von Sumpfgras gesäumt, was für die Leanna ganz ungewöhnlich war. Ein umgestürzter Baum bot den Barschen gute Deckung. Wir fingen mit Würmern an. Dann versuchte ich eine Fliegenlarve aus Plastik, die ich erst tief sinken ließ und dann langsam wieder einholte. Ein Fisch biss vorsichtig an und versuchte dann freizukommen. Die Schnur schnurrte nur so von meiner Rolle. Ich rief Cody zu, er solle das Netz holen.

»Behalte die Angelrute oben, dann springt er!« Der Fisch brach aus dem Wasser hervor und wand sich, aber der Haken hielt und ich holte jetzt so schnell wie nur möglich Schnur ein. Cody stand knietief im Wasser, eine Hand um meine Angelschnur gelegt. Ich sah die Umrisse des Fisches hin und her zucken. Meine Rute bog sich tief. Dann führte Cody das Netz unter den Fisch und hob ihn heraus. »Toller Fang, Sha!« Ich kletterte hinunter, um ihn mir anzusehen.

Der Fisch war gut vierzig Zentimeter lang, grün und schwarz und er kämpfte noch immer. Ich hielt ihn eine Weile im Netz, während ich ihn zum Fischkasten brachte. »Ein Schwarzbarsch!«

Cody fuhr mit dem Finger über seine gefleckte Flanke. »Lässt du ihn wieder schwimmen?«

»Nein.« Cody und ich hatten dieses Gespräch schon oft geführt. »Er ist unser Abendessen.«

»Sha ...« Er sah mich bittend an. Aber ich war fest entschlossen.

»Lass du deine wieder frei, wenn dir danach ist. Es ist schon lange her, seitdem ich das letzte Mal frischen Fisch gegessen habe.«

»Wenn ich gewusst hätte, dass du ihn nicht freilassen willst, hätte ich das Netz nicht gebracht ...«, sagte Cody. Aber ich merkte ihm an, dass er sich über meinen guten Fang freute. Danach versuchten wir es weiter und holten auch ein paar Barsche in Frühstücksgröße heraus, die wir zurückwarfen.

Als Mama heimkam, brutzelte der Fisch schon über dem offenen Feuer und wir kochten auch Kürbisbrei und grüne Bohnen. »Meine Güte!«, sagte sie. »Das ist ja ein wahres Festessen!«

»Für Felix auch.«

Cody deutete auf den Kater, der mit dem Fischkopf im Maul zwischen den Bäumen herumstolzierte. Wir aßen vor der Hütte. Danach legte Cody sich die Hände auf den Bauch und stöhnte vor Zufriedenheit.

Ich musste daran denken, wie sehr Daddy diese Mahlzeit genossen hätte. Er sagte immer: »Es gibt nichts Besseres als frischen Fisch.« Was er wohl in New York aß? Daraufhin beschloss ich ihm wieder zu schreiben. Es gab noch so viel, was ich nicht wusste, so vieles, was er versäumte. Ich hatte das Gefühl, wenn wir nicht sehr bald wieder zusammenkämen, würde wohl nie mehr etwas daraus werden.

ELF

Am Freitagabend brachte Mama die Post mit, die sie aus der Stadtwohnung abgeholt hatte. Von Daddy war nichts dabei. Aber Cody hatte einen Brief von seinem Freund Pete von zu Hause, der ihm erzählte, wie die Baseballsaison bisher gelaufen war und dass ein paar Jungen einen meterlangen Fisch gefangen hatten, an der Brücke, wo der Fluss sich durch die Stadt gräbt. Cody muss diesen Brief mindestens fünfmal gelesen haben.

Am nächsten Tag gingen wir einkaufen. Ich besorgte das Mehl und das Milchpulver von meinem eigenen Geld und verstaute beides hinter dem Rücksitz, wo Mama es nicht bemerken würde. Cody und ich gingen auch zur Bücherei. Sie war klein, aber die Bibliothekarin war super. Sie zeigte uns, wie man mit dem Computer nach Büchern über die Indianer der Gegend suchen konnte. Sie nannte sie Uramerikaner. Das Programm führte tatsächlich ein paar Buchtitel und wir fanden sie und liehen sie aus. Ich nahm außerdem zwei Gedichtbände, einen Vogelführer und noch einen Roman mit.

Am Abend baten wir Mama, am Fluss campen zu dürfen. Sie zögerte und hatte unzählige Bedenken, aber auf die Dauer fand sie keine guten Ausreden mehr, also trugen wir unsere Decken und Schlafsäcke zu einer ebenen Stelle, die nicht zu weit von der Hütte entfernt war. Auf einem Felsen, der in das Wasser hineinragte, machten wir ein Feuer. Cody warf ein paar Zweige von Schierlingstannen hinein und die Funken sprühten.

»Feuerwerk!«, schrie er und holte Nachschub. Die kleinen grünen Nadeln zischten und explodierten mit prasselnden Geräuschen. Dann kam er noch einmal mit einem ganzen Arm voll Zweigen daher.

»Cody, das ist zu viel!« Es sah im ähnlich, dass er sich so mitreißen ließ, obwohl wir Mama versprochen hatten vorsichtig zu sein.

»Das ist nicht zu viel!« Er warf alle Zweige auf einmal auf das Feuer. Funken schossen in alle Richtungen. Ich packte unser Schlafzeug und zog es ein Stück zurück. Jenseits des Feuers tanzten wie ein Spiegelbild der Funken Glühwürmchen durch das Dunkel. Der Fluss flimmerte im flackernden Sternenschein. Wir zogen die Decken um uns und sahen zu. Dann schlief Cody ein. Das Feuer fiel zu einer roten Glut zusammen und die Luft wurde feucht. Ich fröstelte und beschloss einen warmen Pullover zu holen, ehe die Nacht noch kälter wurde.

Ich hatte geglaubt, Mama würde schon schlafen, aber sie saß unter der Lampe und hatte ein Buch vor sich.

»Lernst du?«, fragte ich.

»Nein, ich habe eine Pause eingelegt. Ich habe mir einen von den Gedichtbänden geliehen, die du aus der Bücherei mitgebracht hast. Als ich noch in der Highschool war, habe ich sehr gern Gedichte gelesen.«

»Wirklich?«

Ich hatte Mama kaum jemals über Bücher oder über die Highschool reden hören.

Sie nickte. »Ich wollte damals gern Englischlehrerin werden. Ich erinnere mich noch an einige der Gedichte, die ich auswendig gelernt habe. Manchmal habe ich sie dir aufgesagt, als du noch klein warst.« Sie nannte eines, das so anfing: »Wie ich dich liebe, lass es mich aufzählen ...« Und plötzlich erinnerte ich mich, dass ich auf ihrem Schoß gesessen und diese Worte wie ein Wiegenlied gehört hatte. Dann erinnerte ich mich an ein anderes Gedicht, eines über Narzissen. Sie nickte, als ich es erwähnte, und sagte es laut auf. »Man sieht sie in Gedanken ganz klar vor sich, nicht wahr, Shana? Ich stelle sie mir unter der Weide in der Nähe von Ned Gwynns Scheune vor.«

»In meiner Klasse in Laglade ist ein Mädchen, das auch Gedichte schreibt, und zwar ziemlich gute.«

Ich erzählte Mama von Katherine. »Ich habe auch versucht ein paar zu schreiben. Vielleicht möchte ich einmal Schriftstellerin oder Dichterin werden.«

»Das ist ein gutes Hobby. Aber du musst auch Dinge lernen, die dir helfen einen Job zu bekommen, wie Marketing oder Programmieren. Wenn ich in der Highschool mehr über Computer gelernt hätte, dann hätte ich eine größere Auswahl unter den Arbeitsplätzen gehabt, die ich mir gewünscht habe.«

»Aber das alles interessiert mich nicht.« Ich hielt meinen Tonfall ganz unaggressiv, damit wir nicht in einen Streit geraten konnten.

»Wenn du aufs College gehst, dann hast du die Gelegenheit vielerlei zu lernen.« Auch Mama hielt ihre Stimme ganz neutral.

»Wieso hast du das nicht getan?«

»Was nicht getan?«

»Aufs College gehen.« Ich war überrascht, dass ich nie zuvor gefragt hatte. Mama wirkte genau wie eine von den Personen, die bestimmt ein Stipendium bekommen hätten, wenn sie es nur gewollt hätten. Das sagte ich auch.

»Ich habe eines bekommen«, murmelte sie. »Aber ich konnte es nicht annehmen.«

»Warum nicht?«

Sie zuckte die Achseln, als wäre das nicht weiter wichtig. »Familienprobleme.«

»Was für Probleme?«

Es entstand eine kurze Stille, während Mama überlegte, was sie sagen wollte. Sie strich sich das Haar aus dem Gesicht. »Vater wollte mich nicht gehen lassen.«

Ich konnte es nicht glauben. Großvater hatte immer davon gesprochen, dass Cody und ich eines Tages Ärzte oder Rechtsanwälte oder Ingenieure sein würden. »Warum nicht?«

»Das ist eine lange Geschichte ...«

»Ich will sie hören!«

Sie seufzte. »Du erinnerst dich sicher, dass ich dir erzählt habe, was für große Geldsorgen sich mein Vater während der Wirtschaftskrise gemacht hat.« Ich nickte und Mama fuhr fort: »Es hat Jahre gebraucht, um ihn zu überzeugen, Wasserleitungen und Klospülung in unserem Haus anbringen zu lassen, obwohl er seinen sicheren Job bei der Eisenbahn hatte. Endlich hatte er genug gespart und es wurde gemacht. Mike und ich fühlten uns wie im Himmel, als es Wasserhähne gab – wir haben sie den ganzen Tag auf- und zugedreht. Selbstverständlich wussten meine Freundinnen das nicht – ich hatte ihnen nie erzählt, dass wir noch immer mit Plumpsklo und Pumpe lebten.« Mamas Stimme klang gepresst.

»Und was ist dann passiert?«

»Als die Rechnung kam, war sie viel höher als der Kostenvoranschlag – unser Geld reichte dafür nicht aus. Daddy hatte also Schulden beim Klempner. Sie haben eine Grundschuld auf das Land eingetragen, bis er alles bezahlen konnte. Das konnte er nicht ertragen. Er war überzeugt, dass wir unsere Farm verlieren würden. Wir haben versucht ihn zu überzeugen, dass alles gut ausgehen würde, aber er hörte nicht auf uns. Er hatte auf dem Feld hinter dem Haus Tabak angebaut, aber jetzt verpflichtete er sich sofort zu Überstunden bei der Eisenbahn. Also mussten Mike und ich uns um die Tabakernte kümmern. Du weißt ja, meine Mutter hatte eine schwaches Herz und sie konnte keine anstrengende Arbeit verrichten. Und gerade um diese Zeit bekam ich den Brief vom College in Radford.«

»Und du hast das Stipendium abgelehnt, um auf dem Tabakfeld zu arbeiten?«

»Es blieb mir ja keine Wahl. Ich war siebzehn und Großvater hat mir verboten das Stipendium anzunehmen. Er hat gefürchtet, dass wir die Farm verlieren würden, gefürchtet, dass das Stipendium bedeutete, dass er noch mehr Schulden machen müsste, die er sich nun einmal nicht leisten konnte. Mutter hat versucht mit ihm zu reden. Sie war sogar bereit ihre Ringe zu verkaufen, um den Klempner zu bezahlen, wenn er mich gehen ließ. Aber dann stellte sich heraus, dass die Ringe nicht so viel wert waren, wie wir Schulden hatten.«

»Wie lange hat es denn gedauert, bis ihr das Geld zusammenhattet?«

»Das haben Mike und ich mit einer einzigen Ernte geschafft, aber es war eine elende Plackerei.« Mamas Stimme klang rau vor Zorn. »Diese blöden Tabakpflanzen – die machen nicht nur die Raucher kaputt. Selbst wenn ich Handschuhe getragen habe, ist mir der Saft über die Hände und Handgelenke gelaufen und hat so gebrannt, dass ich dachte, ich würde verrückt werden.«

Ihre Verbitterung erschütterte mich. »Warum bist du dann nicht später aufs College gegangen?«

»Sobald ich achtzehn war, habe ich hingeschrieben, aber da war das Stipendium schon vergeben.«

»Das ist nicht fair!«

Sie zuckte die Achseln. »Ein paar Monate später habe ich Charlie kennen gelernt und wir haben beschlossen zu heiraten. Er war lieb. Meine Träume waren dahin, aber er hatte seine Träume und die haben mich lange Zeit mitgetragen.«

Ich spürte ein seltsames Gefühl im Magen, als würde mir eine gute Mahlzeit sauer aufstoßen. »Und ich dachte immer, Großvater wäre der netteste Mensch gewesen, der je gelebt hat.«

»Als du geboren wurdest, lagen die Dinge schon anders. Die Schulden waren getilgt und er hatte auch die Hypothek zurückgezahlt, die auf dem Haus lag. Es ging ihm gut.«

»Hast du ihm verziehen?«

»Ich habe es versucht«, sagte Mama.

Ich kam mir plötzlich ganz verloren vor.

Dann blickte Mama auf. »Es ist schon in Ordnung, Shana«, sagte sie leise. »Ich bin jetzt erwachsen und ich entscheide alles für mich selbst.«

Ich fing wieder zu frösteln an und erinnerte mich an den Pullover im Schlafzimmer. Ich zog ihn an und lief hinaus in die Dunkelheit.

Großvater hat immer gesagt, Geister hätten Stimmen: frohe oder traurige, verrückte oder einsame. In dieser Nacht schienen die Grillen im Unterholz zu stöhnen, und die Zweige, die unter meinen Füßen knackten, erinnerten mich an brechende Knochen. Mama war auch mal ein Teenager gewesen mit ihren eigenen Träumen. Wie fühlte man sich wohl, wenn ein Traum dahin war? Weinte man, wenn man zusehen musste, wie er allmählich verflog?

Ich lief stolpernd zu unserem Lagerplatz und legte mich hin. Cody murmelte in der Dunkelheit. Sein Atem ging unregelmäßig wie eine Kerze, die leicht ins Flackern geraten und ausgehen konnte. Hinter mir warf der Fluss Stein an Stein und zerrieb die Uferränder. Als der Schlaf endlich kam, schwankte ich zwischen bösen Träumen hin und her wie ein Blatt, das von einem gefährlichen Wind getrieben wird.

ZWÖLF

Von meinem Gespräch mit Mama erzählte ich Cody nichts, jedenfalls nicht am nächsten Morgen. Wir brieten Schinken über dem Feuer und ich kochte Wasser und bereitete eine heiße Schokolade. Cody blätterte in einem seiner Indianerbücher. Darin hieß es, ihre Lager seien am Susquaihanna und seinen Nebenflüssen sehr zahlreich gewesen, besonders auf den Inseln und in den Flussdeltas. Cody durchsuchte einen Steinhaufen an der Kiesbank unterhalb von unserem Lager. Ich erinnerte mich an die Karte, die noch säuberlich zusammengerollt in meinem Gepäck steckte. Ich breitete sie auf der Decke aus. Nach einiger Zeit verlor Cody die Geduld und kam zurück, um zu sehen, was ich da anschaute.

»Du hast eine Karte!« Er beugte sich darüber. »Hat der Ranger sie dir gegeben?«

Ich nickte.

»Lass mal sehen!«

Ich zeigte Cody die Punkte, die unsere Hütte und die des Rangers kennzeichneten, und er suchte heraus, wo wir uns jetzt befanden und wie weit wir gekommen waren, als wir uns vor ein paar Tagen flussabwärts hatten treiben lassen.

»Wir waren genau über den Stromschnellen«, sagte er. »Sieh mal hier, Sha!«

Er deutete auf einen Teil des Flusses, der sieben oder acht Meilen abwärts lag. Dort waren die Ufer sehr steil und stiegen bis zu hundert oder hundertfünfzig Metern an. Das bedeutete, dass es sich hier wirklich eher um eine Schlucht als um ein Tal handelte. Die eingestellte Eisenbahnlinie lief ein paar Meilen stromaufwärts, bog dann aber nach Norden ab, bevor das Flussbett abzufallen begann. Danach gab es keine Zugangsmöglichkeit mehr, bis die Leanna mit Tom's Creek zusammenfloss, wo viele Punkte zwischen Fluss und Straße eingezeichnet waren.

»Sommerhütten«, sagte Cody. »Barb hat mir erzählt, dass es da unten auch einen Bootsverleih gibt. Die meisten Leute, die in der Leanna fischen, fangen dort an.« Cody folgte dem Flusslauf mit einem Finger. Am Eingang zu der Schlucht hielt er inne. Ich wusste, woran er dachte.

»Da musst du ganz schön lange laufen, auch wenn du einige Zeit an der Eisenbahnlinie entlanggehst. Und wenn du erst dort bist, dann gibt es keinen Pfad mehr.«

»Woher willst du das wissen?«

»Weil Pfade mit gepunkteten Linien gekennzeichnet sind. Siehst du? Selbst der kleine Weg von der Lehmstraße bis zu unserer Hütte ist eingezeichnet. Er ist aber so klein, dass man ihn gar nicht bemerken würde, wenn man nicht danach suchte.«

Cody nickte. »Wenn man also erst in den Stromschnellen steckt, dann sitzt man fest.«

»Auf der Karte vom Ranger steht ›GEFAHR!‹ auf der ganzen Strecke.«

»Ich wünschte, Eddie könnte mit seinem Floß zu uns kommen«, sagte Cody. »Da hätten wir eine Menge Spaß.«

»Aber wir haben keine Ahnung, wie man im Wildwasser paddelt.«

»Du machst dir viel zu viele Gedanken«, sagte Cody.

In dieser Woche verbrachte ich mehr Zeit in der kleinen Höhle und dachte über Mamas Stipendium nach. Es schien ihr niemals etwas ausgemacht zu haben, dass sie für die Telefongesellschaft arbeitete, obwohl sie sich immer viele Gedanken um Geld gemacht hatte. Ob Daddy wohl auch mal über Mamas Träume nachdachte? Vielleicht glaubte er, sie sei glücklich in ihrem Job. Vielleicht verwendete er auch so viel Zeit auf seine eigenen Träume, dass seine Kraft nicht mehr für ihre ausreichte. Ich mochte diesen Gedanken nicht und ich verdrängte ihn, so schnell ich konnte.

In mein Tagebuch schrieb ich meine Vorstellung darüber, wie Mama in ihrer Jugend gewesen sein mochte. Hatte sie am Fluss gesessen und die Gedichte auswendig gelernt, die sie mochte?

Ich besuchte den Ranger und nahm das Mehl und das Milchpulver im Rucksack mit. Diesmal murrte er nicht, als ich auftauchte, sondern nahm die Vorräte mit zitternden Händen entgegen und brachte sie gleich in den Kühlschrank.

»Mäuse!«, erklärte er und runzelte die Stirn. »Die scheinen zu glauben, dass der Küchenschrank ihnen gehört.«

»Und wie wäre es mit Mausefallen?«

Er seufzte. »Ich habe keine Zeit, welche zu besorgen. Manchmal wünsche ich mir sogar den bösen Kater zurück.«

»Welchen bösen Kater?«

»Den, von dem ihr behauptet, dass er euch gehört.« Er sah mich scharf an. »Mich habt ihr damit nicht täuschen können. Aber ich habe mir gedacht, wenn ihr ihn haben wollt, dann ist das eure Sache, solange ihr ihn vom Fluss fern haltet.«

»Felix ist nicht böse.«

»Er hat geheult wie der Teufel, das ist nun mal sicher.«

»Aber Cody liebt ihn.«

»Cody . . . Ist das der Junge?«

Ich nickte.

»Sag ihm, er soll herkommen«, sagte der alte Mann.

»Warum?«

»Ich will ihm etwas zeigen.«

»Was?«

Er funkelte mich an. »Geht dich das etwas an?«

»Er ist mein Bruder. Als Sie ihn das letzte Mal gesehen haben, haben Sie mit einem Revolver rumgefuchtelt.«

Er brummte ärgerlich. Das Geräusch erinnerte mich an einen alten Bären und ich hätte beinahe gelächelt. Aber dann fielen mir seine Drohungen wieder ein. »Ich bringe Cody nicht her, wenn Sie mir nicht sagen, wozu.«

»Ich will ihm zeigen, wie man ein Kanu paddelt.« Er drehte mir den Rücken zu, als er das sagte.

»Sie wollen es Cody beibringen?«

»Du hast doch Ohren, nicht wahr?«

»Wir haben die Schlucht auf der Karte gesehen. Wollen Sie ihn etwa da unterrichten?«

Er schaute mich an, als hätte ich den Verstand verloren. »Da in der Klamm sind schon welche umgekommen, auch gute Paddler, nicht nur Kinder. Bleibt bloß weg von dort.«

»Wir haben ja nicht mal ein Boot.«

»Einmal habe ich ein paar Jungen erwischt, die wollten gerade mit einem Gummiboot durch die Wasserfälle. Die unterspülten Felsen im Wasser können einem glatt den Kopf absäbeln und in der Schlucht gibt es tiefe Stellen, in die man hineingesogen werden kann und die einen wochenlang nicht wieder herausgeben. Was meinst du wohl, wie jemand aussehen würde, wenn der Fluss mit ihm fertig wäre?«

Ich gab nicht nach. »Warum wollen Sie Cody was beibringen?«

»Wenn es ihn nicht interessiert, braucht er ja nicht zu kommen.«

»Er hat Angst vor Ihnen.«

Der Ranger lachte rau. »Sag ihm, er soll genauer hingucken.«

»Warum?«

»Kannst du eigentlich auch noch etwas anderes als Fragen stellen?«

»Ich habe das Mehl mitgebracht, oder vielleicht nicht?«

»Sag deinem Bruder, dass er kommen soll«, war seine einzige Antwort.

Ich ging, so schnell ich konnte, zu unserer Hütte zurück.

* * *

Cody konnte es gar nicht glauben. »Warum will er mir Kanufahren beibringen?«

»Keine Ahnung.«

»Vielleicht ist es eine Falle.«

»Was für eine Falle?«

»Ich weiß nicht. Es ergibt einfach keinen Sinn.«

»Ich gehe mit, wenn du mit ihm sprechen willst.«

»Schaden könnte es nicht, nehme ich an.«

»Dann gehen wir morgen«, sagte ich.

Als ich an diesem Abend allein war, zog ich den Karton mit den Fotos unter Codys Bett hervor. Anfangs kamen mir die Bilder so verwirrend vor wie die Veränderungen, die wir in den letzten sechs Monaten erlebt hatten. Aber ich legte mir ein Bündel davon in den Schoß und sortierte es. Bei den Babys war das am schwierigsten: helle Knopfaugen in kahlen Köpfen, Arme und Beine so dick wie Schinkenwürste. Aber das hier war Cody: Ich erinnerte mich an das Cowboyhemd und die hellen Locken an seinen Schläfen. Ich war dicker, aber ich lächelte schon damals häufiger als Cody. Mama und Mike waren meistens zusammen aufgenommen worden: wie sie auf der umgedrehten Zinkwanne draußen vor der Tür saßen oder irgendein verängstigtes Kätzchen im Arm hielten. Als sie älter wurden, baumelten ihre dünnen Beine aus weiten Shorts und ihre schüchternen Gesichter waren von dickem schwarzem Haar umrahmt. Manchmal stand Großmutter hinter ihnen. Sie starb, als ich drei Jahre alt war, sodass ich sie kaum gekannt hatte, aber Mama sagte, sie sei in ganz ärmlichen Verhältnissen in North Carolina aufgewachsen. Sie hatte schwer auf den Baumwoll- und Tabakfeldern geschuftet, und als sie vierzig war, wollte ihr Herz schon nicht mehr richtig arbeiten. Ich erinnerte mich, wie sie in ihrem geblümten Nachthemd im Bett saß und nähte. Sie hatte ein Märchenbuch auf dem Kissen neben sich liegen, aus dem sie mir vorlas. Sie streckte mir die Arme entgegen und ich lief los und kroch zu ihr ins Bett.

Von Daddy gab es nicht viele Kinderbilder. Zwei zeigten ihn, wie er auf den Maultieren ritt, die sein Vater hielt. Auf einem anderen stand Daddy auf der Veranda des alten Farmhauses aus Backsteinen. Er war ein Einzelkind gewesen und es hieß, seine Mutter habe ihn verwöhnt. Aber sie starb, als Daddy zwölf war, und zwei Jahre später stürzte der Traktor seines Vaters an einem Hang um und tötete auch ihn. Danach lebte Daddy immer wieder in anderen Familien und half dafür bei der Arbeit. Abends lernte er und las in einem alten Lexikon, das seine Mutter ihm kurz vor ihrem Tod noch geschenkt hatte. Dass er heiratete, sobald sich ihm die Möglichkeit bot, lag vielleicht daran, dass er so jung schon allein gewesen war.

Die Hochzeitsbilder waren in einem weißen Album in Warrensburg. Aber die kannte ich auswendig. Als ich sechs war, nahm ich mir vor, dass meine Hochzeit ganz genau wie die meiner Eltern sein sollte. Mama trug ein langes weißes Kleid und im Arm einen Strauß weißer Rosen und Daddy sah mit seinem zurückgekämmten schwarzen Haar aus wie der Sänger irgendeiner Countryband. Sie lächelten in die Kamera, während sie die Hochzeitstorte anschnitten, und standen in einer Reihe mit

Mamas Familie. Jetzt versuchte ich mich an dieses Lächeln zu erinnern. War Mama glücklich oder tat sie nur so? Wusste Daddy, dass sie sich eigentlich etwas anderes wünschte? Tat es Großvater Leid, was er ihr angetan hatte?

Ich ließ den Lichtstrahl meiner Taschenlampe über die Bilder gleiten, die ich auf meinem Bett ausgebreitet hatte, über Menschen, von denen ich geglaubt hatte, dass ich ihr Leben genau kannte. Hier waren Daddy und Großvater Seite an Seite mit Netzen voller Barsche. Mama sprach am Telefon im Vorderzimmer. Onkel Mike stand neben seinem alten Lastwagen, Cody und ich auf dem Trittbrett von Daddys Truck mit den Cowboyhüten auf dem Kopf, die er uns von einer Fahrt in den Westen mitgebracht hatte. Auf einem anderen Bild hielt er uns beide auf seinen Knien und lächelte auf uns herunter, als wären wir ein viel zu kostbares Geschenk für ihn.

Ich ließ das Licht lange über die papierenen Gesichter gleiten. Dann sammelte ich die Fotos wieder in dem Karton und schob sie unter Codys Bett zurück.

DREIZEHN

Die Blätter der Pappeln färbten sich gelb und begannen abzufallen. Ich hatte mich geweigert den Kalender anzusehen und anfangs ließ ich mich täuschen und erschrak, bis Cody mich daran erinnerte, dass Pappeln ihre Blätter sehr früh abwerfen. »Der Sommer ist erst vorbei, wenn die Blätter des Tupelobaumes rot werden.«

»Vielleicht gibt es hier gar keine Tupelobäume«, sagte ich.

Cody schnitzte einen Vogel aus einem Stück Tannenholz. »Dann hört der Sommer niemals auf. Wir lassen die Schule sausen und bleiben bis Weihnachten hier. Wir hacken Holz und wandern und paddeln auf dem Fluss.«

Ich nickte. »Allmählich fange ich an, die Leanna zu mögen. Ich wette, es ist hier richtig schön, wenn Schnee auf den Schierlingstannen liegt.«

Ich nahm an, dass Cody auch gern bleiben würde, aber er war sich nicht sicher. »Gegen ein paar Tage mit Pete und Jimmy hätte ich gar nichts, nur um mal zu hören, was es Neues gibt.«

»Glaubst du, dass sie zu Hause noch über uns sprechen?«

Er zuckte die Achseln. »Es gab ja genug über uns zu reden, oder?«

»Irgendjemand hat gesagt, die ganze Geschichte hätte etwas mit der Kellnerin im Restaurant zu tun. Bist du ihr einmal begegnet, Cody?«

»Ja.« Sein Gesicht verdüsterte sich und er schaute auf das Holz in seiner Hand, als ob es schuld sei. »Sie war noch da, als wir weggezogen sind.«

»Sie wollte Geld sparen, um nach Italien zu reisen. Von New York hat sie niemals ein Wort gesagt.«

»Hör auf, ja?« Cody ließ sein Messer zuschnappen. »Kommst du mit zum Ranger?«

»Ich denke schon.«

Er stand zögernd auf. Ich griff schnell zu und kitzelte ihn. Er schlug meine Hand beiseite, aber er lachte. Wir streichelten Felix zum Abschied und machten uns flussaufwärts auf den Weg.

Wie beim letzten Mal war der Ranger fast höflich. Er stand am Ufer, als wir in seine Nähe kamen, ein Plastikröhrchen in der Hand. Er betrachtete Cody streng. »Du willst also etwas lernen?«

Cody nickte.

»Da musst du erst einmal in meinem Schuppen nach einer Schwimmweste für dich suchen.«

»Wozu denn? Ich kann doch schwimmen.« Codys Augen blitzten ganz entrüstet.

»Das spielt keine Rolle. Das Gesetz schreibt vor, dass du eine Schwimmweste tragen musst.«

»Ich komme mit«, sagte ich. Wir gingen zu dem Schuppen hinter der Hütte. Der Metallkäfig stand offen, wie wir ihn verlassen hatten. Purpurwinden und Wegwarten setzten rote und weiße Flecken zwischen die Gitterstäbe. Der Garten hatte sich auch verändert: Rote Geranien blühten zwischen Mangold und von den Kartoffelbeeten war das grüne Kraut verschwunden. Eine Forke steckte im Boden, aber es gab nur sehr wenige Löcher. Ich fragte mich, ob der Ranger noch stark genug war, um Kartoffeln auszugraben.

»Los, komm!«, sagte Cody.

Der Schuppen war voller Werkzeug und Holzreste. Wir mussten erst Spinnweben von einer Schwimmweste wischen, die ungefähr Codys Größe zu haben schien. Er zog den Reißverschluss zu und sie passte gut. Dann suchten wir nach einer zweiten Weste für mich.

»Warum?«, fragte er.

»Ich will es auch lernen.«

»Er hätte es ja wohl gesagt, wenn er dich auch dabeihaben wollte.«

»Na und?« Ich wollte nicht gern zugeben, dass er Recht hatte. Ich ging mit Cody zurück. Der alte Mann stand im Bug seines Kanus.

»Steig ein.«

Cody watete ins Wasser. Das Gleichgewicht hielt er, indem er einen Arm auf die entlegene Seite des Bootes stützte – das hatten wir von Eddie gelernt. Der Ranger schien enttäuscht zu sein. Er zeigte Cody, wie er das Paddel halten sollte.

»Wenn es vorwärts gehen soll, dann musst du so paddeln.« Der alte Mann grub das Blatt des Paddels ins Wasser und das Boot schoss so schnell vorwärts, dass Cody beinahe das Gleichgewicht verlor. »Versuch's mal!«

Cody gehorchte, aber bevor er noch den Schlag vollendet hatte, schrie der Ranger ihn schon an: »Ein bisschen kräftiger musst du schon paddeln. Schau mir zu!«

Wieder setzte er das Paddel ein, indem er die Schulter erst nach vorn und dann nach unten führte. Das Kanu schoss vorwärts.

Cody versuchte es noch einmal. Diesmal hing das Paddel so tief, dass er Schwierigkeiten hatte den Zug zu vollenden.

»Schon besser. Aber du musst dich nach vorn beugen und den Arm strecken. Und dann ziehst du, als wolltest du das Wasser mit dem Paddelblatt zerteilen. Du musst den Zug so weit führen, bis das Paddel auf der Höhe von deinem Bein ist.« Cody versuchte es vier-, fünfmal. Er zog so hart durch, dass sein Gesicht vor Anstrengung rot wurde.

»Du bist schwach«, sagte der Ranger.

»Bin ich nicht!«

»Dann zieh doch auch kräftiger. Du musst die Muskeln in deinem Oberkörper benutzen.«

Cody versuchte es wieder. Das Kanu schwenkte nach links und glitt langsam vorwärts. Der alte Mann setzte sein Paddel ein, um das Kanu wieder geradeaus zu richten. »Das war ein bisschen besser. Das musst du üben – dreihundert Paddelschläge am Tag, während du im Bug kniest. Unter meiner Aufsicht. Aber wenn ich sehe, dass du was falsch machst oder dass du nicht hart genug arbeitest, dann ist Schluss.«

»Danke!« Codys Gesicht wirkte grimmig.

»Und jetzt zeige ich dir gleich noch etwas anderes.« Der

Ranger führte eine Technik vor, mit der das Boot von einer Seite zur anderen bewegt wurde. »Versuch's mal!«

Ich schaute dann nicht mehr zu, aber ich hörte den Ranger schreien, während ich zu seiner Hütte hinaufging. Die Blumen neben dem Haus sahen trocken aus. Ich erinnerte mich einen Eimer in der Nähe der Pumpe gesehen zu haben und stellte ihn unter die Öffnung, bevor ich den Pumpenschwengel in Bewegung setzte: abwärts, aufwärts, abwärts. Ich war schon ganz steif und meine Arme schmerzten, als das Wasser endlich zu laufen begann. Ich schleppte den Eimer hinüber zu den Blumen und leerte ihn dort aus. Dann ging ich in die Hütte, um mir etwas zu trinken zu holen.

Ich wusste, dass ich das eigentlich nicht tun durfte, ohne zu fragen. Die Hütte war noch kühl und dunkel vom Abend. Sie lag nach Norden und wurde von Felsen beschattet. Ihre Fenster fingen die letzten Sonnenstrahlen des Spätnachmittags auf. Ein Krug Wasser stand im Kühlschrank. Ich spülte einen Becher aus und trank. Es bot sich einfach an, dass ich mich neugierig umschaute. Ohne den Ranger kam mir der Raum ruhig und geordnet vor, eine Kreuzung zwischen einem Arbeitszimmer und dem unordentlichen Schlafzimmer eines kleinen Jungen. Einige Teile seiner Uniform hingen an Haken, aber ein ganzes Bündel schmutziger Wäsche lag wild durcheinander neben der Schranktür. Alte Turnschuhe und Stiefel schauten unter dem Bett hervor. Die Laken wirkten schmutzig und zerwühlt. Eine offene Schublade zeigte ein Gewirr von Socken und Unterwäsche.

Eigentlich solltest du draußen warten, sagte ich mir. Ich

schaute aus dem Fenster und sah, dass das Kanu noch auf dem Fluss war. Dann ging ich zum Schreibtisch des Rangers und stöberte ein wenig herum.

Seine Bücher, die meisten über Forellen, lagen neben seinen Notizbüchern auf der Tischplatte. In der oberen Schublade lagen alle möglichen Papiere, einige davon mit Gummibändern zusammengehalten: Fischereivorschriften, etwas von der Sozialversicherung, etwas, das aussah wie die Rechnung einer Krankenversicherung, und außerdem noch ein Röhrchen mit Pillen. Die Anweisung lautete: »Dreimal täglich gegen hohen Blutdruck.« Die Aufschrift war zwei Jahre alt und lautete auf den Namen Henry Luck, aber das Röhrchen war noch fast voll. *Du bist eine Schnüfflerin!,* wisperte Codys Stimme in mein Ohr. Ich schüttelte den Kopf, um sie zu vertreiben, ehe ich mich dem Tisch zuwandte.

Der war besonders unordentlich: ein Stapel Bücher, halb volle Kaffeetassen, Teller mit getrocknetem Eigelb und vertrockneten gebackenen Bohnen. Zwei verbeulte Töpfe mit Wasser für die Blumen, wie ich annahm, die in gesprungenen Tontöpfen zwischen alldem blühten. Ich nahm ein Buch in die Hand. Lesezeichen flatterten heraus wie fallende Blätter. Ich hob sie auf und legte sie hastig vorn in das Buch.

Der Ranger und Cody kamen vom Fluss herauf. Ich ging zur Hintertür und um die Hütte herum, als hätte ich die ganze Zeit draußen verbracht. Cody sah schrecklich aus: Er war ganz rot und er humpelte, als sei sein ganzer Körper zerschlagen. Der Ranger kam hinter ihm her und redete auf ihn ein: »Wenn du übst, dann vergiss die linke

Seite nicht. Wenn du deine Muskeln nicht entwickelst, dann wirst du nie etwas taugen.«

Cody antwortete nicht.

»Morgen um dieselbe Zeit.«

»Okay.«

»Einen Augenblick«, sagte ich. »Möchtest du wirklich wiederkommen, Cody?«

»Ich kann für mich selber sprechen«, sagte er erschöpft, und als ich den Mund wieder öffnen wollte, schüttelte er den Kopf.

Zu Hause lag Cody zuerst eine ganze Weile im Fluss, dann rollte er sich in seine Decke und streckte sich auf dem Boden aus. Er war so müde, dass er kaum noch sprechen konnte.

»Warum hast du ihm nicht gesagt, dass du erschöpft warst?«

»Weiß ich nicht.«

»Und warum macht er das?«

»Ich habe ihn gefragt, aber er hat bloß gesagt: ›Ich muss!‹«

»Das klingt so, als hätte es ihm jemand befohlen.«

Cody zuckte mit den Schultern.

»Er lebt allein. Ich habe mich in seiner Hütte umgesehen. Es gibt kein Anzeichen dafür, dass ihn irgendjemand besucht.«

»Mit seiner linken Hand ist etwas nicht in Ordnung. Nach einer Weile musste er seine Finger mit Klebeband am Paddel festkleben.«

Das Kreislaufmittel im Schubfach erwähnte ich nicht. »Warum ist er so grob?«, wollte ich wissen.

»Ich habe eine Menge gelernt.«

»Warum gerade du? Ich hätte ja auch paddeln lernen können.« Aber die Wahrheit ist, dass ich durchaus nicht so stark bin wie Cody. Diese Paddelübung würde ich ungefähr drei Minuten lang durchhalten. Ich fragte mich, ob der Ranger das wohl erkannt hatte.

Am nächsten Tag gingen wir wieder zu ihm. Diesmal nahm mich der alte Mann beiseite. »Ich brauche Fleisch und Eier«, sagte er. »Ich muss bei Kräften bleiben.«

»Fleisch und Eier kosten Geld.«

Er öffnete ein seitliches Schubfach seines Schreibtisches, nahm einen Zwanzigdollarschein heraus und gab ihn mir.

»Gut, ich bringe die Sachen mit, wenn Mama wieder einkaufen geht. Was möchten Sie denn?«

»Ist mir ganz gleich – irgendein Fleisch.«

»Und wenn meine Mutter es sieht?«

»Sie sollte es lieber nicht sehen. Ich habe ja gesagt, mein Auftrag ist geheim.«

»Ich tu, was ich kann. Wenn Sie nett zu meinem Bruder sind, beschaffe ich noch mehr.«

»Ich habe keine Zeit nett zu sein.«

»So was Verrücktes – es dauert doch gleich lang, ob man nun nett oder gemein ist.«

Er sah mich an. »Aber nicht, wenn man gar nicht weiß, wie man das macht.«

Er drehte Cody richtig durch die Mangel. Nach ein paar Minuten konnte ich das nicht mehr mit ansehen, also ging ich wieder zu seiner Hütte und setzte mich auf die vordere

Veranda. Sein Blockhaus war weit besser gebaut als unseres. Die Kanten der Stämme waren sorgfältig gekeilt und der Mörtel war ausgebessert worden, wo er zu bröckeln angefangen hatte. Die Fensterscheiben waren aus Glas und außerdem gab es hölzerne Läden und Fliegengitter. Blaue Vorhänge und ein Wollteppich beim eisernen Ofen, ein hübsches Kissen im Schaukelstuhl, eine Bettdecke – ein bisschen Farbe hätte das Zimmer richtig schön gemacht ... Ob der Ranger wohl jemals verheiratet gewesen war? Wenn ja, dann war hier jedenfalls nichts, was darauf hindeutete. Andererseits, wer hätte es schon mit ihm ausgehalten?

Im Augenblick schrie er Cody an. »Kannst du denn niemals etwas richtig machen? Ich habe dir gesagt, du sollst durchziehen!«

Cody wechselte den Griff, aber der Ranger war nicht zufrieden. »Ziehen musst du! Leg dein ganzes Gewicht dahinter!«

Cody murmelte etwas.

»Mich interessiert es überhaupt nicht, wie viel du wiegst! Wenn du das nicht schaffst, dann bist du eben ein Schwächling!«

Später beruhigte er sich. Er stieg aus dem Kanu, stand am Ufer und dirigierte Cody von dort in einen Wirbel und wieder hinaus auf eine kleine Stromschnelle zu. »Das Boot muss die ganze Zeit im selben Winkel zur Strömung stehen – paddel gleichmäßig! Gleichmäßig! Richte den Bug geradeaus. Und jetzt kreuzen und eine Kehre!«

Cody kniete mitten im Kanu. Manchmal drehte der vordere Teil in die Strömung, dann brach das Heck aus und er hatte alle Mühe das Boot wieder in die Gewalt zu bekommen. Der Ranger erklärte ihm, was geschehen könnte, wenn er das Boot seitwärts schwingen ließ: »Dann schlägt es gegen einen Felsen und läuft voll Wasser. Das sind dann tausend Pfund Gewicht, mit denen du niemals gerechnet hast. Wenn du zwischen dem Kanu und einem Felsen dort unten eingeklemmt wirst, dann kannst du zerquetscht werden.« Er schlug seinen schweren Stiefel an das Ufer.

Ich zupfte ihn am Arm. »Wir müssen gehen. Wir müssen das Abendessen machen, Mama kommt um sechs.«

»Mama!«, spottete er. »Wir können Mama natürlich nicht enttäuschen.«

»Wenn wir nicht rechtzeitig da sind, dann wird sie fragen, wo wir gewesen sind.« Meine Stimme war eisig.

»Komm an Land, Cody. Schwesterchen sagt, dass ihr gehen müsst.« Cody kam herangepaddelt. Sein Gesicht war krebsrot und verschwitzt. Er steuerte das Boot ans Ufer und kettete es an.

»Kommt morgen um dieselbe Zeit«, sagte der Ranger. »Und vergesst das Fleisch nicht.«

»Ich habe gesagt, dass ich es am Samstag versuchen will.«

»Dann eben am Samstag.«

»Ich werde es besorgen, wenn ich es kann.«

»Du siehst müde aus und dein Gesicht ist ganz rot«, sagte Mama später zu Cody. »Du wirst doch nicht etwa krank?«

»Nein, nein, das ist nur Sonnenbrand.«

»Dann setz morgen einen Hut auf«, riet sie ihm. »Oder bleib drinnen. Du hast gesagt, du wolltest Rahmen für die Plastikfolie in den Fenstern machen. Die Latten stehen schon seit zwei Wochen in der Ecke.«

»Ich mache es an diesem Wochenende.«

»An diesem Wochenende? Was hält dich davon ab, es gleich morgen zu tun?«

»Eigentlich nichts. Ich hatte nur andere Pläne.«

»Was denn?«

»Nichts Besonderes ...«

»Das mit den Fenstern, das kann ich ja erledigen, wenn Cody die richtigen Winkel für die Ecken einzeichnet«, sagte ich.

Mama sah erst mich, dann ihn an. Zum ersten Mal schien sie zu bemerken, dass etwas seltsam war. Sie nahm das schmutzige Geschirr vom Tisch und setzte Wasser auf. Sie sagte kein Wort, aber einige Male an diesem Abend bemerkte ich, dass sie uns ansah, und ich wusste, dass sie sich fragte, was hier vor sich ging.

Am nächsten Tag rettete uns der Regen. Wir blieben in der Hütte und arbeiteten an den Fenstern, dann spielten wir mit Felix. Ich las Cody aus seinem Indianerbuch vor. Da wurde erzählt, wie ihre Lager eingerichtet waren und wie sie zu essen pflegten.

Und dann las ich seine Lieblingsstelle aus *Rascal,* die wir bestimmt schon hundertmal zuvor gelesen hatten: die Stelle, in der Sterling im Kanu hinausfährt und den Waschbären freilässt.

Als ich fertig war, seufzte Cody. »Glaubst du, dass es wirklich so war?«

Darüber dachte ich ein Weilchen nach. »Das bezweifle ich. Im wirklichen Leben reißen einem eher die Schnürsenkel oder man muss plötzlich mittendrin pinkeln.«

Cody benutzte sein Gehrungsmesser, um die Ecken der Fensterrahmen anzuzeichnen. »Hättest du ihn freigelassen?«

»Wen?«

»Rascal.«

»Ich weiß nicht. Vielleicht hätte ich einen größeren Käfig für ihn gebaut, damit er sich zu Hause wohler gefühlt hätte.«

»Und wenn nicht?«

»Dann hätte ich alles ausprobiert, was mir eingefallen wäre.«

»Und wenn nichts geklappt hätte?«

Allmählich reizte er mich. »Das weiß ich nicht.«

Cody guckte auf das Holz, das ihm auf den Knien lag. »Erinnerst du dich noch an Richie Bird?«

»Was ist mit ihm?« Ich wurde rot. Richie war aus der Highschool und fuhr täglich im selben Bus wie wir nach Hause. Im letzten Winter war ich immer ganz verlegen geworden, wenn ich in seiner Nähe war. Aber ich hatte nicht geglaubt, dass irgendjemand etwas bemerkt hatte. Und obwohl Richie super aussah und nett war, hielt ich mich doch fern von ihm, damit ich mich nicht mit meiner eigenen Verlegenheit auseinandersetzen musste.

»Du warst verknallt in ihn«, sagte Cody.

»Ach, halt doch den Mund! Außerdem stimmt das gar nicht!«

Er schüttelte den Kopf. »Du schwindelst, Shana!«

»Du weißt überhaupt nichts!«

»Jeder hat es gewusst!«

»Du bist gemein!« Ich knallte ihm eine.

Cody wich zurück. Er zerbrach das Stück Holz auf seinen Knien. Dann ging er hinaus in den Regen.

VIERZEHN

Danach gingen Cody und ich uns aus dem Weg. Mama merkte natürlich, dass wir uns gestritten hatten. Sie fragte nicht nach dem Grund, aber sie sagte, es sei eben schwierig miteinander auszukommen, wenn man so viel Zeit zusammen verbringen müsse. Nach dem Frühstück lief ich zu meiner Höhle hinunter und setzte mich hinein. Wenn ich mich still genug verhielt, dann kam die Wasserschlange, die ein Stückchen flussaufwärts hauste, unter ihrem Felsen hervorgekrochen, um dicht am Ufer Elritzen zu jagen. Ein andermal kam ein schläfriges Opossum durch das Gebüsch getappt und starrte mich an, als ob ich von einem anderen Planeten käme. An einem Regentag plumpste ein großer Vogel direkt vor mir in den Fluss. Er tauchte ins Wasser, kam wieder an die Oberfläche, und als er wegflog, hing ihm ein Fisch in seinen gelben Klauen. Der Ranger sagte, es sei ein Fischadler gewesen und er solle mal lieber seine Forellen in Ruhe lassen. Aber er lächelte dabei, als wüsste er ganz genau, dass er es mit einem so großen Vogel nicht aufnehmen konnte.

Cody ging jetzt immer allein zum Ranger. Darüber hatten wir uns nicht verständigt. Es war eher so, dass wir nicht mehr miteinander redeten und keiner von uns den anderen fragte: »Kommst du mit?«

Ich brachte dem alten Mann Fleisch und Eier. Die hatte ich am Samstag gekauft, während Mama und Cody auf dem Baumarkt waren. Sobald ich die Gelegenheit dazu hatte, brachte ich die Einkäufe in seine Hütte. Er war nicht zu Hause, also legte ich alles in den Kühlschrank. Da kam er herein und überraschte mich. Er sah krank aus. Seine Augen waren glasig und er schwankte, als würde er gleich umkippen.

»Was machst du da?«, fragte er.

»Ich habe etwas zu essen mitgebracht.« Er sah so schlecht aus, dass ich ihm schnell eine Portion Rührei und Würstchen machte. Er aß hastig wie ein Verhungernder, senkte das Gesicht und schaufelte das Essen mit der rechten Hand in sich hinein. Als er fertig war, schloss er die Augen für ein paar Sekunden. »Cody macht Fortschritte«, sagte er dann. Ich wollte nichts über Cody hören, aber er fuhr fort: »Er sagt, dass du eine Schriftstellerin bist.«

Das überraschte mich. »Ich will das erst lernen.«

»Er glaubt, du wirst gut!«

»Wirklich?«

Der Ranger nickte. Er bewahrte seinen Wasservorrat in Kanistern unter der Spüle und im Bad auf. Ich goss ein wenig Wasser in einen Topf und stellte ihn auf den Herd.

»Wozu denn das?«, fragte er.

»Zum Geschirrspülen.«

»Das kann ich doch selbst«, sagte er mürrisch.

»Ich weiß, dass Sie das können. Ich will nur sagen, dass Sie es diesmal nicht selber zu machen brauchen.«

Eine Weile schwiegen wir. Ich sah den Hüttensänger aus und ein fliegen. Die Nachmittagssonne schien schon schräg durch das Fenster und beleuchtete den Tisch und die Spüle, an der ich stand. Der Ranger nickte in seinem Sessel ein. Das Wasser kochte und ich stellte das schmutzige Geschirr zusammen mit etwas Seife hinein. Für gewöhnlich spüle ich nicht gern Geschirr. Aber der Blick aus dem Fenster, der Hüttensänger, die Blumen, der Felsenkamm mit dem Saum aus Kiefern und Schierlingstannen, das alles war irgendwie beruhigend. Dann fuhr der Ranger erschrocken zusammen und wachte auf. Er schaute sich um.

»Wer bist du? Was hast du hier zu suchen?«

Im ersten Augenblick dachte ich, dass er scherzen wollte. »Ich bin Shana – ich habe das Fleisch gebracht.«

»In welchem Jahr sind wir eigentlich?« Er sah ganz aufgeregt aus und griff nach dem Tischrand.

Ich sagte es ihm.

»Du lügst!« Er schaute auf seine Hände und starrte sie an. »Ich dachte, du wärst Edna, aber die ist ja längst fort. Zum Glück.«

»Wer ist Edna?«

»Jetzt erinnere ich mich wieder. Du bist die mit dem Bruder. Das Mädchen, das dauernd Fragen stellt.«

Ich nickte.

»Sie geht dich nichts an.« Seine Stimme klang kalt.

»Ich habe nicht von ihr angefangen.«

»Nein, wahrscheinlich nicht.« Er wischte sich mit der Hand über das Gesicht. »Ich habe immer wieder diese Schwierigkeiten«, sagte er leise. »Nicht ständig, aber hin und wieder ... Gedächtnisstörungen.« Seine Stimme zitterte.

Ich sah ihn fragend an.

»Manches weiß ich: Ich bin 1918 in Williamsburg geboren, wir haben am Sumner Place 43 gewohnt. Meine Mutter war Rose Green und mein Vater war William Henry Luck. Ich bin in die Grundschule St. Michael gegangen.« Er hob den Blick und seine Stimme wurde schwächer. »Alles andere kommt und geht.«

Ich weiß nicht, warum, aber ich wollte gern das Thema wechseln. »Der Hüttensänger ist in dem Häuschen, das Sie für ihn gebaut haben«, sagte ich.

»Ich will nicht, dass es jemand erfährt ...«, fuhr er fort. »Für Menschen wie mich gibt es Käfige, für alte Menschen, die sich nicht richtig erinnern können. Da liegt man dann nur noch im Bett und isst Brei.«

»Brei ist für Babys.«

»Sie zwingen einen, so zu leben.«

Ich klapperte mit dem Geschirr in der Spüle.

»Hast du jemals Angst gehabt?« Er sah mich jetzt wieder direkt an. »Nicht nur so ein kleines bisschen, sondern richtige Angst?«

»Ich weiß nicht.« Im Moment hatte ich Angst.

»Ich schon.« Während er das sagte, sah er nicht mehr mich, sondern seine Hände an. »Als ich zum ersten Mal durch die Schlucht gefahren bin, da hatte ich wirklich Angst. Ich sah den ersten Wasserfall kommen und dachte, jetzt ist es vorbei, Henry, jetzt stirbst du.« Er ballte die Faust und öffnete sie wieder. »Ich packte das Paddel. Das Boot wurde in eine Welle geschleudert und fing an zu kentern. Irgendwie brachte ich es fertig, es nach rechts herumzureißen. Vielleicht hat ein Schutzengel zugeschaut und mir zugeflüstert, was ich tun musste. Ich habe geschrien, ich habe gebetet, dass ich durchkomme. Jede Faser meines Körpers wollte leben. Ich paddelte wie verrückt und am Ende hat der Fluss mich lebendig ausgespuckt.« Er blickte wieder auf. »Anfängerglück. Eine solche Chance bekommt man nur ein- oder zweimal.«

Ich rührte mich nicht.

»Danach habe ich mir geschworen, dass ich mich ändern wollte: die Menschen gut behandeln. Ein Jahr lang habe ich es versucht. Aber das war zu schwierig. Ich war nun mal ein rauer Kerl. Es gab nur wenige, die sich mit mir abfinden konnten. Sehr wenige. Nach einer Weile haben sie es dann auch aufgegeben. Ich habe mir gesagt, ich heirate eben den Fluss, die Leanna, und das habe ich getan. Ich habe ihr Wesen und ihre Launen kennen gelernt und ich habe ihr auch Kinder geschenkt.«

»Die Setzlinge ...«

Er nickte. »Ich bin krank, aber ich halte durch, wie ich es damals beim ersten Mal in der Schlucht getan habe. Ich bin alt, aber ich will noch leben.« Seine Stimme versagte.

Ich fürchtete mich, zu sprechen, mich zu bewegen. Er muss es mir angemerkt haben.

»Geh!«, sagte er barsch. »Geh nach Hause.«

Ich ging zur Hütte zurück. Ich wollte so gern mit Cody sprechen, aber er war nicht da. Ich saß ein Weilchen mit Felix auf dem Schoß und spürte die Wärme unter seinem Fell. Er schnurrte und leckte sich eine Pfote. Ich sah, dass er den Sommer über wieder etwas Fleisch zwischen die Rippen bekommen hatte. Ich war auch gewachsen. Meine Arme und Beine waren muskulöser geworden und meine Brust begann sich zu runden. Ich wollte, dass alles wieder so würde, wie es gewesen war, wenigstens so bleiben würde; aber es war erschreckend, festzustellen, dass nichts verhindern konnte, dass man wuchs.

Ich ging zur Höhle hinunter und holte mein Tagebuch hervor. Meine Gedanken waren so voll von dem, was der Ranger gesagt hatte, dass ich fast daran erstickte, und die Worte wollten nicht kommen. Ich nahm einen Stein und dann noch einen und warf sie ins Wasser. Ich dachte an Cody, der vielleicht wieder nach Pfeilspitzen suchte, ich dachte an die Familien der Algonkin, die vor Hunderten von Jahren an diesem Ufer gelebt hatten. Ich stellte mir ein Mädchen in meinem Alter vor, das dastand wie ich jetzt und Steine in den Fluss warf, weil sie so voller Gefühle steckte, dass sie gar nichts anderes tun konnte.

Später – ganz plötzlich – hörte ich ein Gedicht. Es kam so leise und unbemerkt, dass es mir schien, als müsse es die ganze Zeit dort gewesen sein wie eine schlafende Katze, die aufwacht, sich streckt und sich zeigt. Ich schrieb es auf. Ich hielt den Atem an, damit das Gedicht nicht verschwinden konnte, bevor ich die Worte auf das Papier gebracht hatte. Später, dachte ich, werde ich es irgendjemand vorlesen – vielleicht.

Am Abend hatte Mama wichtige Neuigkeiten: »Am Samstag in einer Woche lege ich das staatliche Examen für

Buchhalter ab. In Baltimore. Das dauert vier Stunden. Ich werde den ganzen Tag fort sein.«

Sie sah uns streng an. »Philip hat euch zu sich eingeladen, während ich bei der Prüfung bin. Er will mit euch zum Essen in ein Restaurant in der Nähe seiner Wohnung gehen und am Nachmittag könnt ihr euch das Spiel der Orioles ansehen.« Sie schwieg. Ich fragte mich, ob sie Philip verraten hatte, wie scharf Cody darauf war, ein Baseballspiel zu sehen. Ganz wild war er darauf. Er wäre sogar mit dem Teufel dahin gegangen. Nun saß er mir gegenüber und sperrte den Mund auf.

»Du meinst, Philip hat wirklich Karten für das Match?«

Sie nickte.

Cody streckte jubelnd die Fäuste in die Luft. »Wartet nur ab, was Pete sagen wird, wenn er das erfährt!«

»Ich würde lieber hier bleiben.« Die Worte fühlten sich in meiner Kehle ganz dick an.

Cody starrte mich ungläubig an. »Lieber hier bleiben als zu dem Match gehen? Bist du verrückt?«

»Mir ist einfach nicht danach«, sagte ich und warf ihm einen warnenden Blick zu.

»Hast du überhaupt eine Ahnung, wie schwer es ist, an Tickets zu kommen? Es ist fast unmöglich!«

Ich zuckte die Achseln, als kümmerte mich das überhaupt nicht.

»Du bist wirklich verrückt!«, sagte Cody.

Mama sprach später mit mir. »Ich bin nicht sicher, ob ich wirklich möchte, dass du allein hier bleibst, Shana. Wir werden erst nach Anbruch der Dunkelheit zurück sein.«

Ich antwortete nicht, aber ich dachte: Du kannst mich nicht zwingen zu gehen.

Mama fragte: »Und wenn du nun hinfällst und dir ein Bein brichst?«

»Ich bleibe bei der Hütte. Ich gehe nicht einmal fischen, wenn du es nicht willst.«

Sie sah mich prüfend an. »Ich glaube, der Ausflug würde dir gefallen, Shana. Wenn du es dir nur selbst erlauben würdest.«

Darauf antwortete ich nicht.

»Philip ist mein Freund, genau wie Barb und Marylin. Zwischen uns ist nichts, falls du dir darüber Gedanken machen solltest.« Und dann wurde sie böse. »Aber wenn da etwas wäre, dann wäre das meine Entscheidung und nicht deine.«

Mein Gesicht brannte. »Cody und ich müssen immer mitmachen, was du willst. Du hast uns nicht einmal gefragt, bevor du dich zu dem Umzug entschlossen hast! Wir mussten einfach mitkommen, ob wir wollten oder nicht.«

Sie nickte, aber sie presste die Lippen zusammen. »Ich habe die Entscheidung getroffen, die ich für die beste hielt.«

»Die beste für dich! Aber was ist mit uns?«

Mama schaute weg. Meine Augen füllten sich mit Tränen. Ich ging in das Schlafzimmer und schlug die Tür hinter mir zu. Cody war schon dort und las einen Comic, aber er ging sofort hinaus, ohne mich anzusehen.

An diesem Abend schrieb ich einen Brief an Daddy:

Mama hat einen Freund bei der Telefongesellschaft und der hat Eintrittskarten für das Match der Orioles am Samstag. Erinnerst du dich noch, wie du immer gesagt hast, wir würden eines Tages hingehen und sie spielen sehen? Jetzt geschieht es wirklich, aber mit einem anderen. Warum schreibst du uns nicht? Warum sagst du uns nicht, wann du wiederkommst?

Beinahe hätte ich den Brief dann schon unterschrieben, aber nachdem ich die Anschrift auf den Umschlag gesetzt hatte, beschloss ich noch eine Zeile hinzuzufügen.

Ich habe einen Ranger kennen gelernt und ich habe dieses Gedicht gemacht.

Dann schrieb ich es auf, faltete es in den Brief und steckte beides in den Umschlag.

FÜNFZEHN

Nachdem Mama zur Arbeit gegangen war, sprach ich mit Cody.

»Diese Karten für das Match sind ein Köder und du bist der Fisch, der dumm genug ist, um anzubeißen.«

Er sah mich verständnislos an. »Wie meinst du das?«

»Philip möchte gern, dass du ihn magst oder dass wir ihn mögen, weil er Mama mag, und die Karten sind ein sicherer Weg, um dich dazu zu bringen.«

»Wenn du glaubst, dass ich das Match sausen lasse, dann musst du verrückt sein«, sagte Cody.

»Du musst nur einmal darüber nachdenken, was es wirklich bedeutet, Cody!«

Er verdrehte die Augen. »Ich glaube, Philip will einfach nett zu uns sein.«

»Woher willst du das wissen?«

»Weil Mama gesagt hat, er ist nur einfach ein Freund. Außerdem kann sie nicht ihr ganzes Leben damit verbringen, darauf zu warten, dass Daddy wiederkommt.«

»Er ist erst sechs Monate fort, das ist erst ein halbes Jahr!«

Cody seufzte und einen Augenblick lang glaubte ich Tränen in seinen Augen zu sehen. Er schüttelte den Kopf. »Ich will dieses Match auf keinen Fall versäumen.«

»Du bist selbstsüchtig.«

»Und du bist nicht mein Boss, Shana.« Das war alles, was er dazu zu sagen hatte.

Die nächsten paar Tage waren schrecklich. Cody sagte ja zu Mamas Plan, einen Tag bei Philip zu verbringen, und sie drängte mich mitzukommen. Alles wurde nur noch schwieriger, weil sie wegen der bevorstehenden Prüfung sehr aufgeregt war. Jeden freien Augenblick saß sie über einem Buch oder über einem Blatt mit lauter Zahlen. Ich fühlte mich sehr allein. Ich wollte gern zum Ranger gehen, aber ich hatte Angst, dass er immer noch so schwach und traurig sein würde wie zuvor.

Außerdem fürchtete ich auch, Cody dort anzutreffen. Er verschwand jeden Morgen, ohne mir zu sagen, wohin er gehen wollte. Wenn ich ihn zu fragen versuchte, dann antwortete er nicht. »Du sollst mir aber immer sagen, wohin du gehst«, beharrte ich. »Das haben wir so abgemacht.«

»Du willst mich ja doch bloß herumkommandieren«, antwortete Cody.

»Und wenn du ertrinkst? Ich wüsste nicht einmal, wo ich nach deiner Leiche suchen sollte.«

»Dann frag den Ranger.«

»Der könnte ja auch ertrinken.«

Cody grinste. »Dann wirst du noch seinen Geist hören, wie er mit mir schimpft: ›Kannst du denn nicht richtig paddeln, nennst du das einen ordentlichen Schlag? Wenn du das nicht besser kannst, dann muss ich eine Strafanzeige gegen dich ausstellen!‹«

Da lachten wir beide und Cody verschwand flussaufwärts.

Später ging ich selbst hinauf. Ich war gespannt, ob er noch da sein würde, aber das Kanu lag angekettet und der alte Mann stampfte ein Stück weiter flussaufwärts herum und schrie auf ein paar Burschen in einem Flachboot ein.

»Hier könnt ihr nicht fischen! Weiter unten bei Tom's Creek gibt's einen staatlichen Bootsverleih.«

Einer der Männer erwiderte irgendetwas.

»Wenn ihr nicht umkehrt, dann werde ich Anzeige erstatten. Ich bin hier der Ranger und dieser Teil des Flusses steht unter Bundesschutz. Hier könnt ihr nicht fischen, hier dürft ihr nicht einmal spazieren gehen.«

Der Bursche antwortete.

»Ich sage es nicht noch einmal«, rief der Ranger. »Entweder ihr hört auf mich oder ihr müsst vor Gericht die Folgen tragen.«

Langsam und widerstrebend wendeten die Männer ihr Boot und stakten gegen den Strom aufwärts. Der Ranger stand da, die Hände in die Hüften gestemmt, und schaute ihnen nach. Dann kam er zum Ufer herunter und gackerte wie eine alte Henne. Er sagte nicht einmal hallo.

»Die benehmen sich ganz so, als gäbe es ein Recht zum Fischen! Sie haben gesagt, sie hätten nirgends ein Verbotsschild gesehen! Ich hätte sie eigentlich nach ihrer Angelerlaubnis fragen sollen. Fischen ohne Angelschein kann hundert Dollar Strafe kosten!«

»Ich bin eigentlich überrascht, dass wir hier in der Gegend nicht mehr Leute sehen.«

Er drehte sich um, als hätte ich ihn bedroht.

»Das ist kein öffentliches Gebiet. Sie können ja nach Tom's Creek gehen. Da dürfen sie fischen!« Wir gingen zur Hütte hinüber. Er murmelte etwas vor sich hin, als wäre ich gar nicht da. Dann sagte er plötzlich und unerwartet: »Kannst du ein paar Kartoffeln ausgraben?«

Ich nickte.

»Dann machen wir es gleich«, sagte er.

Ich habe zu Hause oft genug Kartoffeln ausgegraben und weiß, was ich zu tun habe, aber selbstverständlich dachte der Ranger darüber ganz anders. »Du hackst sie ja kaputt, wenn du so eng gräbst«, tadelte er. Ich achtete nicht weiter auf ihn und tat das, was Daddy mir gezeigt hatte. Ich zog das trockene Kraut beiseite und grub dann darum herum, bis ich die ganze Masse verfilzter Wurzeln auf einmal herausziehen konnte. Es ergab eine gute Ernte. Von drei Pflanzen hatten wir zwei Dutzend Kartoffeln.

»Wohin damit?«

»In den Eimer. Sie müssen ja noch gewaschen werden.«

Ich fragte mich, ob er mich wohl bitten würde, das zu tun, aber dazu war er viel zu störrisch. Er konnte kaum die Pumpe betätigen, ohne das Gleichgewicht zu verlieren, und als das Wasser endlich in den Eimer lief, hob er ihn auf und schwenkte ihn ein paar Mal herum, als wäre das alles, was getan werden musste. Dann goss er einen ganzen Schwall Schlamm aus und betrachtete die Kartoffeln mit jämmerlicher Miene. Er betätigte abermals den Pumpenschwengel, bis der Eimer wieder voll war. Dann schrubbte er jede Kartoffel und trocknete sie an seinem

Hemd. Ich schlenderte ein wenig im Garten herum. Er hatte ein Beet mit Wildblumen und darunter waren einige, die ich noch nie gesehen hatte, mit dunkelroten Blütenblättern.

»Was ist das für eine Blume?«

Er brummte.

»Was?«

»Wilder Phlox!«

»Die wären schön an unserem alten Haus gleich neben der Veranda.«

»Sie kommen jedes Jahr wieder wie Unkraut.« Er zuckte die Achseln, als kümmerte er sich nicht weiter um sie, aber ich sah genau, dass er das doch tat, denn sie waren gut gepflegt worden.

»Woher haben Sie die Samen?«

»Habe ich gar nicht. Sie hat sie gepflanzt.« Ehe ich noch weiterfragen konnte, ging er in die Hütte und schlug die Tür hinter sich zu. Ich folgte ihm. Schon bald füllte der Geruch von Würstchen den Raum. Er zerschnitt ein paar Kartoffeln und warf sie dazu. Dann schlug er ein Ei über das ganze Gemisch und schaute mich fragend an.

»Willst du auch?«

»Nein, danke!«

Er schüttete das Essen auf den Teller und schaufelte es in sich hinein. Danach sagte er: »Vergiss alles, was ich dir kürzlich gesagt habe.«

»Okay.«

Ich hatte es zwar gern vergessen wollen, doch plötzlich bedauerte ich das. Er hatte zu mir wie ein Freund geredet. Aber jetzt war seine Stimme so hart und grob wie gewöhnlich. Er schaute aus dem Fenster, als gäbe es dort draußen etwas Interessanteres zu sehen als mich. »Die Winterkürbisse sind schon fast gut.«

»Mein Daddy hat daraus immer Kürbiskompott gemacht.«

»Ich dachte, du hättest gar keinen. Du redest bloß immer von deiner Mutter.«

Ich brauchte ein Weilchen, um zu begreifen, was er meinte. »Er ist weg.«

»Wohin?«

»New York.«

»Warum?«

Seine Neugier ärgerte mich. »Was kümmert es Sie?«

»Tut es überhaupt nicht.« Er spielte mit seiner Gabel auf dem Teller, dann stand er ein wenig mühselig auf. Sein Kopf war über den Ausguss gebeugt. »Nur dass ich früher auch mal ein Kind hatte ...«

»Wirklich?«

Er zuckte die Achseln, als wäre das nicht weiter wichtig. »Sie ist jetzt erwachsen. Als ich sie zuletzt gesehen habe, hat sie mich zum Teufel gewünscht.«

»Wie heißt sie denn?«

»Daisy ...« Er schaute aus dem Fenster, aber sein Blick schien in weite Fernen zu schweifen. »Ich habe sie so genannt.«

»War Edna Ihre Frau?«

Er wandte sich heftig um. »Wo hast du etwas von Edna gehört?«

»Sie haben kürzlich selbst von ihr gesprochen.«

»Ich sage ihren Namen niemals laut.«

»Sie waren gerade aufgewacht, erinnern Sie sich? Und Sie haben mich gefragt, in welchem Jahr wir leben. Und dann haben Sie gesagt –«

»Schon gut!«, fuhr er dazwischen. Er schlug die Teller so heftig aneinander, dass ich glaubte, sie würden gleich zerbrechen. »Das Einzige, worauf du dich bei den Menschen verlassen kannst, ist, dass sie dich hängen lassen«, sagte er.

Zuerst dachte ich, er meinte mich, und ich wollte protestieren, aber er sprach weiter: »Sie und Daisy und dein Daddy ... Für alle gibt es immer einen besseren Ort oder einen wichtigeren Menschen.«

»Daddy ist nicht so.«

Er sah mich nicht an. »Du suchst Entschuldigungen für ihn.«

»Tu ich nicht! Jeder hat es verdient, seinen Träumen zu folgen. Sehen Sie sich doch selber an – Sie sind hier beim Fluss.«

»Das ist etwas anderes«, brummte er. »Sie haben schließlich mich verlassen.«

»Sie haben mir selbst gesagt, es sei schwierig, mit Ihnen zusammenzuleben!« Ich konnte den Mund einfach nicht halten. »Mein Daddy ist nett!«

Der alte Mann wurde abweisend und atmete tief. »Aber ich bin hier und höre dir zu – er nicht!«

»Er kommt zurück.«

»Na, da kann ich ja schon mal Ausschau halten.« Er lachte unvermittelt.

»Hören Sie auf!« Ich wäre gern weggelaufen, aber meine Augen waren voller Tränen.

»Du verstehst mich nicht richtig«, sagte er langsam. »Ich versuche dir nur zu erklären, was ich erst nach Jahren gelernt habe.«

»Was denn?«

»Verlass dich auf keinen Menschen«, sagte er.

Ich hätte ihn auf der Stelle fragen sollen, was er eigentlich von Cody wollte. Stattdessen lief ich zu unserer Hütte zurück und jätete das Unkraut, das sich in Mamas Blumenbeet ausbreitete. Danach ging ich zur Höhle und schrieb in mein Tagebuch. Ich versuchte mir die Tochter des Rangers vorzustellen. Wie hatte sie ausgesehen? Liebte sie ihren Vater trotz allem? Oder hatte sie das längst aufgegeben?

Später kam Cody. Er hatte zwei Angelruten in der Hand und aus seinen alten Turnschuhen quoll Wasser.

»Hast du etwas gefangen?«

Es war gut, dass ich ihn gefragt hatte. Seine Miene erhellte sich ein wenig. »Eine vierzig Zentimeter lange braune Forelle.«

»Lass mal sehen!«

»Ich habe sie zurückgeworfen.«

»Das erfindest du doch bloß.«

»Tu ich nicht! Ich habe sie weiter unten an dem umgestürzten Baum am Haken gehabt. Sie hat sich freigerissen und ist davon.«

»So ein Glück!«

Da hatte Cody also seine erste Forelle gefangen.

SECHZEHN

Philip sagte zu Mama, ich müsse nicht zu ihm kommen, wenn ich nicht wollte. Er bot seine Hündin Nina als Beschützerin an, weil ich doch allein sein würde. Mama sah richtig verlegen aus, als sie am Freitag mit dem Hund an der Leine auftauchte. Wir hatten gedacht, es würde ein Schäferhund oder ein Dobermann sein, aber stattdessen war es eine fette alte Bulldogge, die hinter ihr den Pfad entlanggetrottet kam.

»Philip behauptet, dass sie bellt, wenn Fremde in der Nähe sind«, sagte Mama. In diesem Augenblick erschien Cody hinter der Hütte. Er blieb verblüfft stehen.

»Das ist der hässlichste Hund, der mir je unter die Augen gekommen ist!«

Nina wedelte heftig.

»Nimm sie immer mit, wohin du auch gehst«, befahl mir Mama. »Philip sagt, dass sie unruhig wird, wenn man sie allein lässt.«

Cody grinste. »Das klingt ganz so, als ob du sie babysitten musst.«

»Du kannst dich immer noch anders entscheiden, Shana. Wir würden uns freuen, wenn du mit uns kommen würdest.«

Aus irgendeinem Grunde dachte ich tatsächlich erst kurz darüber nach, ehe ich sagte: »Nein, danke!«

Nina winselte und rieb ihren Kopf an meinem Knie.

Sie standen früh auf. Ich konnte Mama gerade noch viel Glück wünschen, bevor sie aufbrachen, aber als ich wieder ins Bett stieg, fing der Ärger an. Felix war die ganze Nacht unterwegs gewesen. Als er Nina sah, flippte er aus und fing an zu fauchen und zu zischen. Sie dagegen benahm sich, als hätte sie noch nie eine wütende Katze gesehen. Ihre Augen wurden groß und sie fing an zu jaulen. Ich packte ihr Halsband und zog sie in das große Zimmer. Hinter uns gab es ein wahres Fauch- und Zischkonzert. Nina starrte sehnsüchtig ins Schlafzimmer, dann kletterte sie auf Mamas Liege und schlief ein.

Wir hatten früher auch mal Hunde gehabt. Damals zu Hause. Verschiedene Mischlinge und auch einen Labrador namens Andy. Aber sie hausten draußen in einem Zwinger und wurden meistens für die Jagd benutzt, obwohl Cody und ich sie auch manchmal von ihren Ketten befreiten und mit ihnen spielten. Nach Großvaters Tod hat Mama die Hunde weggegeben und ich kann nicht sagen, dass sie mir sehr gefehlt hätten. Daddy fehlten sie auch nicht. Obwohl wir ihm immer wieder ihre Namen gesagt hatten, konnte er sie sich nie merken.

Ich dachte über Daddy nach. Er mochte Tiere nicht besonders, von Pferden einmal abgesehen. Sie machen zu viel Arbeit, sagte er. Er hatte als kleiner Junge Ställe ausmisten müssen und später hasste er es, wenn er irgendwo Ordnung schaffen sollte, sogar in seiner eigenen Umgebung. Mama war manchmal ganz wütend auf ihn, weil er sein schmutziges Geschirr einfach in der Spüle stehen ließ. Er sagte, sie solle doch lieber Pappteller kaufen, dann bräuchte niemand abzuwaschen. »Wozu ist Geld schließlich da?«

»Charlie!« Mama nahm einen Stapel Umschläge und hielt sie ihm vor die Nase. »Weißt du, was das hier ist?«

»Gehen wir lieber«, wisperte Cody dann. Er konnte es nicht ausstehen, wenn sie miteinander stritten. Wir schlüpften hinaus und kletterten auf den Apfelbaum. Wenn es Herbst war, warf Cody angefaulte Äpfel auf den verfallenen Tabakschuppen. Wir mochten das Geräusch, mit dem sie an dem morschen Holz zerplatzten.

Ich setzte mich auf die Bank und kraulte Ninas Kopf. Mama saß jetzt bestimmt in ihrer Prüfung und Cody und Philip waren auf dem Weg zum Baseballfeld. Ich konnte fast hören, wie sie lachten, während sie durch die Stadtstraßen strolchten. Sie haben ihren Spaß, dachte ich. Nina seufzte, als wäre sie auch traurig. »Komm!«, sagte ich. »Wir gehen spazieren.« Ich musste sie hinauszerren und dann den Hang hinablocken. Ich kannte eine Stelle, wo sich ein schmaler Bach über eine ganze Reihe von Wasserfällen in den Fluss ergoss. Ich zeigte Nina ein Dickicht von Farnen, das ich dort gefunden hatte. Dann beschloss ich einen Damm zu bauen, wo die Ufer am dichtesten beieinander lagen. Das hatten wir als Kinder gern getan. Manchmal brachten Cody und ich einen ganzen Vormittag damit zu, Steine und Schlamm und feuchte Blätter zu einem Wall aufzuhäufen. Aber jetzt, so allein, war es gar nicht so schön wie in meiner Erinnerung. Der Damm war undicht, und als ich ihn flicken wollte, brach ich mir einen Fingernagel an einem Stein ab. Dann stolperte ich ins Wasser und tat mir am Fuß weh. Für gewöhnlich macht mir das nicht viel aus, aber ich hatte es nicht erwartet und der nasse Schuh rieb an meiner Ferse und es fühlte sich an, als würde ich eine Blase bekommen. Ich ging in die Hütte zurück, um Strümpfe und Schuhe zu wechseln.

Vielleicht war Nina schlauer, als sie aussah, denn sobald ich auf das Haus zuging, trottete sie glücklich hinterher. Sie flitzte durch die Tür und warf sich mit einem erleichterten Aufschnaufen auf Mamas Liege. Ich machte mir ein Sandwich und klebte ein Pflaster auf die Blase. Und immer wieder musste ich mich fragen, was Cody und Philip wohl jetzt gerade taten.

Nach dem Essen kam mir ein Gedanke. Ich dachte an Onkel Mike und wie schön es gewesen war, neulich im Stadthaus mit ihm zu reden. Und plötzlich dachte ich: Ich rufe ihn an! Doch bevor ich ganz dazu entschlossen war, stellte sich ein anderer Gedanke ein: Ich rufe Daddy an. Vielleicht hat er kein Telefon, hielt ich mir vor – schließlich hatte er ja keine Nummer geschickt. »Aber das ist ja schon eine ganze Weile her«, antwortete ich laut darauf. »Ich wette, inzwischen hat er ein Telefon. Ich rufe einfach die Auskunft in New York an und lass mir die Nummer geben. Ich kann ja unsere Telefonkarte verwenden, dann kostet es ihn nichts.«

Ich wollte Nina dalassen, aber nach dem, was Mama gesagt hatte, wagte ich das nicht. Also zerrte ich sie den Pfad hinauf. Pappelblätter fielen um uns ab. Ich kam zum Ende des Weges und folgte dann der Straße zum Haus von

Mrs. Burns. Ich war ihr nur einmal begegnet, als Mama uns vorgestellt und gefragt hatte, ob wir ihr Telefon benutzen oder in Notfällen zu ihr kommen könnten. Sobald sie die Tür öffnete, sagte ich deshalb: »Keine Sorge, es ist nichts passiert. Ich wollte nur fragen, ob ich vielleicht einmal telefonieren darf.«

»Selbstverständlich!« Sie winkte mich hinein und bemerkte den Hund.

»Sitz!«, sagte ich und schloss die Tür.

»Das Telefon ist hier.« Mrs. Burns deutete auf einen kleinen Tisch neben der Couch. »Ich lass dich allein, damit du ungestört reden kannst.« Aber auf dem Weg nach draußen blieb sie noch einmal stehen. »Bist du auch sicher, dass alles in Ordnung ist?«

»Es klappt alles sehr gut – ich will nur eine Freundin anrufen, die ich schon lange nicht mehr gesehen habe.«

Sie ging hinaus und ich ließ mir von der Auskunft die Rufnummer für die Vermittlung in New York geben. Dort fragte ich dann nach der neuen Rufnummer von Charles Allen, West 79th Street. Die Frau von der Auskunft schien ewig zu brauchen. Dann sagte ein Tonband die Nummer an, ehe ich mir klar darüber geworden war, dass ich nichts zu schreiben bei mir hatte. Da muss ich sie eben im Kopf behalten, dachte ich und hörte mir die Nummer noch einmal an.

»212-555-655«, flüsterte ich mit. Meine Finger zitterten, während ich wählte. Ich hörte das vertraute Klicken beim Wählvorgang und dann fing es an zu läuten.

Er ist nicht zu Hause, dachte ich und wollte schon fast wieder auflegen, aber ich hatte solches Verlangen mit ihm reden, dass ich noch ein Weilchen aushielt. Und dann hörte zu meiner Verblüffung das Läuten auf und jemand sagte: »Hallo?«

»Hallo, Daddy?«

»Hallo?«

Ich sagte nichts mehr, den Hörer noch in der Hand. Dann zwang ich meine Finger, auf die Gabel zu drücken, und die Leitung war tot. Mrs. Burns musste im Nachbarzimmer zugehört haben, denn sie steckte den Kopf herein. »Bist du durchgekommen?«

»Ja, danke.« Ich legte den Hörer auf und ging hinaus. Nina wartete auf mich, aber ich schob sie beiseite und ging den Hang hinunter. Ich hörte sie hinter mir hecheln wie eine alte Dampflokomotive. *Hallo? Hallo? Hallo ...*, wiederholte die Stimme. »Daddy?«, hatte ich gesagt, bevor ich richtig kapiert hatte. Daher würde er wissen, dass ich es war, die angerufen hatte, wenn ich auch nicht mit ihm gesprochen hatte. Die Stimme am Telefon, weich und mit südlichem Tonfall wie Daddys Stimme, war die einer Frau gewesen.

Ich ließ meine Enttäuschung an Nina aus. Ich schloss sie aus und schrie sie an: »Verschwinde!« Dann lag ich auf Mamas Liege und steckte den Kopf unter das Kissen, und wenn ich in der Lage gewesen wäre ihn mir abzureißen, dann hätte ich es vielleicht getan, um die Gedanken loszuwerden, um vor allem den Gedanken an das Telefongespräch zu vertreiben. Vielleicht sollte ich gleich noch die letzten sechs Monate meines Lebens auslöschen. Aus dem Schlafzimmer schrie Felix jämmerlich, aber da ich wusste, dass er Cody lieber mochte als mich, rief ich nur: »Halt's Maul!«

Ich hätte mich gern in Luft aufgelöst. Ich stellte mir vor, ich könnte langsam in der Zeit rückwärts wandern, immer kleiner werden und noch kleiner, bis zu dem Augenblick meiner Geburt und noch darüber hinaus, ein Fötus, ein Embryo, eine Eizelle. Hätte ich einen Radiergummi gehabt, dann hätte ich diesen kleinen Punkt ausradieren und mir damit einen Haufen Enttäuschungen ersparen können. *Verlass dich auf keinen Menschen,* hatte der Ranger gesagt. Ihn hasste ich auch: Ich hasste ihn, weil er mir etwas so Niederträchtiges und zugleich so Wahres gesagt hatte.

Ich tat so, als schliefe ich, als sie zurückkamen. Mama kam ans Bett, um nach mir zu sehen. Sie legte mir die Hand auf die Wange. »Wir sind wieder zu Hause, Liebling«, sagte sie leise.

Am nächsten Morgen wollte Cody gar nicht mehr aufhören zu reden. »Du kannst dir nicht vorstellen, was du versäumt hast, Shana!«, plapperte er. »Die Orioles haben sechs zu drei gewonnen und wir hatten Plätze genau auf der Höhe der ersten Base. Wir konnten alles genau sehen!«

Ich antwortete nicht. Mama fragte: »Und was hast du getan?«

»Eigentlich nichts. Und wie war deine Prüfung?«

»Schwierig, aber ich glaube, ich habe es ganz gut gemacht.« Sie lächelte mich an. »Jedenfalls ist es jetzt vorbei. In drei Wochen werden die Ergebnisse bekannt gegeben.«

»Und dann?«

»Dann reiche ich sie zusammen mit meiner Bewerbung um Beförderung bei der Telefongesellschaft ein. Sie werden dann entscheiden, was zu tun ist.«

»Und wenn sie dich ablehnen?«

»Dann versuche ich es im nächsten Jahr noch einmal.« Sie rührte in ihrem Kaffee.

»Vielleicht ist der alte Mr. Weiß bis dahin gestorben«, sagte Cody. »Und dann könntest du die Niederlassung zu Hause übernehmen.«

»Man kann nie wissen.« Mama summte vor sich hin.

Aber ich wusste etwas über ihren Mann, meinen Daddy, etwas, das ich gar nicht wissen wollte: etwas, das sich wie ein Schlag ins Gesicht anfühlte oder wie ein so wilder Wurf des Würfelbechers, dass der Würfel in diesem Spiel ein für allemal verloren war. Ich hatte einmal eine Familie gehabt, aber das Wort bedeutete nichts mehr. Einige aus dieser Familie würden vielleicht ganz und gar verschwinden.

SIEBZEHN

Du hast vielleicht die falsche Nummer gewählt«, sagte Cody, als ich ihm davon erzählte. »Du sagst ja selbst, dass du sie nicht einmal aufgeschrieben hast.«

»Ich glaube, ich hab ihre Stimme erkannt.«

»Wessen Stimme?«

»Die von der Kellnerin – Paula.«

Und plötzlich klang Cody sehr bissig – vielleicht weil er verletzt war. »Er ist aus seinem eigenen Willen da. Er kann tun und lassen, was er will, nicht wahr?«

»Vielleicht kommt er überhaupt nicht wieder«, sagte ich.

Cody starrte mich an. Ich glaube, er spürte, wie ich mich fühlte, denn er zog ein Milky Way aus der Tasche, brach es in der Mitte durch und reichte mir eine Hälfte. Es war ganz weich, aber ich aß es trotzdem. Als ich es gegessen hatte, fühlte ich mich innerlich immer noch leer.

»Und was ist, wenn sie sich scheiden lassen?«, fragte ich. »Was wird aus allem, was sie gelobt haben?«

»Was haben sie gelobt?«

Ich kannte die Worte noch von der Zeit her auswendig, als ich als kleines Mädchen Hochzeit gespielt hatte. »In guten und in schlechten Zeiten, in Gesundheit und Krankheit und das alles.«

Cody zuckte die Achseln. »Sie haben eben gelogen.«

Eine Weile saßen wir stumm da. Felix kam und Cody streichelte ihm das Fell gegen den Strich und glättete es dann wieder ordentlich.

»Der Ranger war auch einmal verheiratet«, erzählte ich ihm. »Er und seine Frau hatten eine kleine Tochter. Sie ist jetzt erwachsen und sie hasst ihn.«

»Er kann auch ganz schön unausstehlich sein.«

»Glaubst du, dass es schlimmer geworden ist?«

»Seine Brüllerei?«

»Nein, ich meine sein Hinken und dass er so schwach wirkt.«

»Ich glaube schon. Sobald wir vom Paddeln kommen, setzt er sich hin und schläft ein.« Cody reckte sich. »In einer halben Stunde gehe ich hinauf zu ihm. Er will mir zeigen, wie man eine Stromschnelle Klasse drei fährt.«

»Was bedeutet Klasse drei?«

»Wildwasser wird je nach seiner Gefährlichkeit in sechs Gruppen eingeteilt. Klasse eins bedeutet leicht und eine sechs bedeutet unmöglich – wie zum Beispiel die Niagarafälle. Drei und vier sind schon recht ernst zu nehmende Stromschnellen.«

»Aber dabei könntest du dich verletzen!«

Er schüttelte den Kopf. »Da ist ein ziemlich großer Fall, aber wenn man kentert, ist unten nichts, wo man aufschlagen und woran man sich weh tun könnte. Darum ist es eine sehr gute Stelle zum Üben.«

»Das möchte ich gern sehen.«

»Ich frage ihn, ob du morgen mitkommen kannst.«

»Warum nicht heute?«

Aber Cody schüttelte den Kopf. »Ich will es erst für mich allein probieren.«

»Ich sehe nicht ein, warum ich nicht mitkommen kann«, murrte ich, aber Cody war fest entschlossen und antwortete mir nicht einmal.

Nachdem er fort war, ging ich zu meiner Höhle, aber das Einzige, was ich schreiben konnte, war das Wort *Hallo*. Ich füllte eine halbe Seite damit, ehe ich das Tagebuch wieder fortlegte und mich auf der Steinplatte auf den Bauch drehte. Ich sah Wasserläufer in der kleinen Bucht unter mir hin und her zucken. Ob wohl in dem, was sie taten, irgendein Muster zu erkennen war? Überlegten sie, bevor sie sich entschieden, links oder rechts? Vorwärts oder rückwärts? Hatten sie Verstand, Gefühle, Träume? Eine Meise bemerkte mich von dem unteren Zweig einer Schierlingstanne auf der anderen Seite des Flusses. Sie kam näher und betrachtete mich neugierig. »Ich bin noch neu hier«, erklärte ich ihr. Der kleine Vogel zwitscherte, als hätte er mich verstanden.

Später ging ich zur Hütte des Rangers. Unterwegs traf ich Cody. Er hatte die Stromschnellen zweimal geschafft, aber beim dritten Mal blieb er in einer Gegenströmung hängen und kenterte. Er war völlig durchnässt, aber glücklich. »Das musst du einmal versuchen, Sha! Es ist ein Gefühl wie fliegen.«

»Was soll am Fliegen gut sein, wenn man sich dabei eine Lungenentzündung holt?«

»Warte ab, bis du es versucht hast«, sagte Cody.

Ich hatte beschlossen nicht über Daddy zu reden, aber der Ranger war so erschöpft, dass er sowieso nicht darauf geachtet hätte. Er saß auf seinem Stuhl am Tisch, die Stiefel an den Füßen, den Mund halb geöffnet. Als ich eintrat, schloss er ihn.

»Dein Bruder macht mich fertig«, murmelte er. »Er weiß nie, wann es genug ist.«

»Auf dem Weg hierher habe ich ihn gesehen. Er sagt, er hat die Stromschnellen geschafft.«

»Selbstverständlich hat er sie geschafft! Er ist ein Naturtalent. Das habe ich schon geahnt, als ich ihn das erste Mal gesehen habe.«

Ich widersprach nicht. Ich briet dem alten Mann einen Hamburger und wärmte einen Topf voll Bohnen und er verschlang alles. Dann half ich ihm die Stiefel auszuziehen und machte ihm eine Tasse Tee. Der Tee musste seit Jahren in dem Schrank gestanden haben, so muffig roch er, aber das machte ihm nichts aus. Nachdem er ihn getrunken hatte, seufzte er und schloss die Augen.

»Ich habe ein Gedicht geschrieben«, erzählte ich ihm.

Er röchelte im Schlaf und ich ließ ihn in seinem Stuhl zurück und ging nach Hause.

Als ich wieder zu unserer Hütte kam, hatte Cody schon ein Feuer angezündet und war daneben eingeschlafen. Eigentlich war er an diesem Abend an der Reihe das Abendessen zu machen, aber ich beschloss, selbst damit anzufangen. Das bedeutete, dass ich entscheiden konnte, was es zu essen geben sollte, und ich wählte Spagetti und Knoblauchbrot. Während ich arbeitete, dachte ich die ganze Zeit an das Telefongespräch. Was wäre gewesen, wenn ich nicht aufgelegt hätte? Dann würde ich wissen, was da ablief, anstatt mir nur das Schlimmste vorzustellen. Was war ich bloß für ein Dummkopf, so sehr in Panik zu geraten! Cody hatte ganz Recht: Ich wusste ja noch nicht einmal, ob ich die richtige Nummer gewählt hatte.

Am Abend gingen wir zu dritt fischen. Wir zogen Pullover und Windjacken an und kletterten hinunter zu einem ruhigeren Abschnitt des Flusses. Vielleicht, weil wir uns so plötzlich dazu entschlossen hatten, nahmen wir nur eine einzige Angelrute und ein paar Köder mit. Wir warfen sie abwechselnd aus und holten sie langsam wieder ein. In der Dämmerung jagten Fledermäuse nach Insekten und die dunklen Felsen zu beiden Seiten der Leanna zeichneten düstere Linien in das verblassende Licht. Cody sprach über das Baseballstadion und Philips Wohnung.

»Durch die Wand kannst du hören, wenn sein Nachbar Marvin Saxophon übt. Wir sind zu ihm hinübergegangen und er hat mich ein paar Töne probieren lassen. Philip hat gesagt, wenn ich wieder einmal zu ihm komme, darf ich zuhören, wenn Marvin in seinem Klub spielt.«

»Hattest du das Gefühl ...« Ich suchte nach dem richtigen Wort. »Ist dir alles zu eng vorgekommen?«

Er schüttelte den Kopf. »Die Wohnung hat einen Balkon und gegenüber liegt ein Platz mit einem Brunnen. Da sitzen Leute und spielen Schach. Ich habe sogar ein paar Jongleure gesehen.«

»Ich würde nicht gern mitten in der Stadt wohnen«, sagte ich vorsichtig. »Du, Cody?«

Er warf mir einen Blick zu. »Shana, ich rede von einem einzigen Tag!«

Ich zuckte die Achseln. Neben mir spannte Mama plötzlich die Muskeln und dann gab es einen kleinen Ruck an der Angel. Sie sagte: »Ich glaube, ich habe etwas gefangen!«

»Hol ein!« Beide beobachteten wir die Schnur und sahen, wie sich die Spitze der Rute nach unten bog. Mamas Hände bewegten sich schnell und geschickt gegen den Zug des Fisches. Wir hatten kein Netz mitgebracht, aber Cody watete in den Fluss.

»Dafür ist es zu kalt«, wandte Mama ein. Der Fisch sprang und sie riss an der Schnur, damit der Haken sich fest in sein Maul bohrte. Der Fisch sprang noch einmal, diesmal ganz nah am Ufer. Cody glitt mit einer Hand an der Schnur entlang, packte zu und hielt den Fisch bei den Kiemen.

»Eine Regenbogenforelle!« Der Fisch war silbern, lang und schlank. Es war zu dunkel, um das Muster an seiner Seite erkennen zu können. Mama war ganz außer sich.

»Und was für eine hübsche! Was weißt du eigentlich über Forellen?«

»Lässt du sie wieder frei?«

»Ich glaube nicht. Das ist meine erste Forelle und ich möchte wissen, wie sie schmeckt.«

»Du musst sie wieder hineinwerfen«, sagte Cody aufgeregt.

Aber Mama wollte nicht nachgeben. »Ich esse sie zum Frühstück.«

»Forellen sind vom Aussterben bedroht«, wandte Cody ein.

»Unsinn! Ich sehe doch jede Woche welche im Laden.«

»Das sind Zuchtforellen, das ist etwas ganz anderes.«

Mama schüttelte den Kopf. »Ich werde meine Meinung nicht ändern.«

Cody zuckte die Achseln und gab auf.

Mama briet den Fisch in Butter. Der Geruch weckte mich. Sie schlug ein paar Eier dazu und gab mir die Hälfte ab. Das Fleisch war rosa, ganz anders als bei Barschen oder Saiblingen, und es schmeckte fast ein wenig süß.

»Davon könnte ich noch mehr vertragen«, sagte Mama. »Ob sie wohl gezüchtet werden?«

Ihre Frage überraschte mich.

»Gezüchtet werden sie weiter unten am Fluss. Am Tom's Creek«, sagte ich. »Hier oben will man, dass sie sich natürlich vermehren.«

»Woher weißt du das?«

Ich wurde rot. »Cody und ich sind einem Ranger begegnet. Der hat es uns erzählt.«

»Einem Ranger! Den habt ihr überhaupt noch nicht erwähnt. Ich habe gar nicht gewusst, dass ihr hier irgendjemandem begegnet seid.«

»Das kommt auch kaum vor.«

Mama sah mich aufmerksam an. »Ich habe mich gefragt, ob du dich hier sehr einsam fühlst. Bist du froh, dass du den Sommer hier verbracht hast?«

Ich kratzte das letzte bisschen Fisch von meinem Teller und dachte an meine Geheimnisse: an das Telefongespräch, den Ranger, die Höhle. »Am Anfang war es einsam, aber ich habe eine Menge gelernt. Es gibt viele Blumen und Vögel hier, die wir zu Hause nicht haben. Und die Schlucht ist so friedlich.« Ich rutschte unruhig hin und her und wusste, dass meine Antwort zum größten Teil eine Lüge war, aber Mama schien es nicht zu bemerken.

Mama blickte auf ihre Hände. Sie trug ihren Ehering und zwei Ringe, die sie von Großmutter geerbt hatte: silberne Ringe, die ihre Großeltern aus Schottland mitgebracht hatten, als sie sich in North Carolina niedergelassen hatten. »Es stimmt schon, was du gesagt hast: dass ich euch nicht gefragt habe, bevor wir umgezogen sind, meine ich. Das war ein Fehler. Aber dass Charlie uns verlassen hat, hat mich so durcheinander gebracht, dass ich nicht gründlich genug über alles nachgedacht habe.«

Ich hielt die Luft an.

»Es tut mir nicht Leid, dass ich umgezogen bin. Für mich war es das Beste. Aber was euch betrifft, bin ich mir nicht so ganz sicher.« Sie sah mich an. »Ich möchte gern noch eine Weile länger in Laglade bleiben. Das bedeutet aber nicht, dass ihr zwei auch bleiben müsst. Am Dienstag habe ich mit Mike gesprochen. Er sagt, dass er in das alte Haus ziehen will, wenn ihr Kinder lieber wieder zu Hause zur Schule gehen wollt. Und ich käme dann an den Wochenenden …«

»Dann wären wir ja nicht zusammen«, sagte ich stockend.

»Nicht während der Woche. Ihr würdet mir sehr fehlen. Aber ich möchte nicht, dass ihr unter meiner Entscheidung zu leiden habt. Bloß damit ich mich wohl fühlen kann.« Sie wandte den Kopf ab. »Ich wollte eigentlich mit euch beiden darüber reden. Heute Abend will ich mit Cody sprechen, genau wie mit dir.«

»Möchtest du denn gern, dass wir gehen?«

Ich dachte an Philip. Vielleicht ahnte Mama das, denn sie schaute mir in die Augen.

»Nein, ich wäre lieber mit euch zusammen.«

»Könntest du dann nicht auch mit nach Hause kommen?«

»Noch nicht.«

»Wieso nicht?«

»Zu viele Erinnerungen, nehme ich an. Und der Umzug hat mir auch die Möglichkeit gegeben Menschen kennen zu lernen, die anders leben und anders denken. Im Herbst möchte ich mich gern für ein paar Kurse eintragen und etwas Neues lernen. Wenn ich befördert werde, dann können wir auch ein wenig Geld sparen. Vielleicht können wir dann im nächsten Sommer richtige Ferien machen, du weißt schon, wir haben immer darüber gesprochen, dass wir nach Yellowstone wollten oder an die Großen Seen.«

»Oder nach Hawaii«, sagte ich. Mama lächelte, aber ich fuhr fort: »Und was ist mit Daddy?«

Sie zögerte. »Ich bin nicht sicher, was er will.«

»Hast du denn mit ihm gesprochen?«

Ein Schatten huschte über ihr Gesicht. »Ja. Wir versuchen uns klar zu werden, was für alle am besten ist.«

»Wir hatten so viel Spaß miteinander«, sagte ich.

Sie legte mir den Handrücken an die Wange, aber sie antwortete nicht.

Den ganzen Tag über war ich durcheinander. Einerseits konnten Cody und ich endlich wieder nach Hause. Andererseits würde Mama nicht dabei sein. Was war ein Zuhause ohne sie oder Daddy?

Doch Cody zögerte nicht. Am Abend, sobald Mama mit ihm gesprochen hatte, sagte er: »Warrensburg!«

Er konnte gar nicht glauben, dass ich noch zögerte. »Seit Monaten hast du darüber geredet wieder nach Hause zu gehen.«

»Nicht so viel wie du, Cody. Jedenfalls habe ich immer von uns allen geredet, nicht nur von dir und mir.«

»Stell dir doch mal Laglade vor, Shana. Denk darüber nach, wie es dort ist!«

Ich nickte. Aber die Liste der Kursangebote steckte mir wie ein Angelhaken in den Gedanken. Warrensburg war Geborgenheit. Das Haus und der Fluss waren ein wirkliches Zuhause. Andererseits, seitdem Daddy fort war, wünschte sich Mama mehr. Selbst ich hatte angefangen allerlei Möglichkeiten zu entdecken. Ich war dem Ranger begegnet, hatte die Schlucht erkundet, hatte ein Gedicht geschrieben. Aber gleichzeitig sehnte ich mich nach dem, was einmal gewesen war, und wünschte es mir zurück.

ACHTZEHN

Am nächsten Tag nahm Cody mich mit durch das Wildwasser der Klasse drei. Dem Ranger gefiel dieser Gedanke gar nicht, aber wir zwei blieben bei unserem Entschluss und er gab nach. Es fand sich noch eine zweite Schwimmweste im Schuppen, ein dickes, von Spinnweben bedecktes Ding. Ich bürstete sie ab und schnallte mir den Gurt um die Hüften. Cody paddelte stromauf und zog dann das Kanu über die Steine auf den oberen Rand des Wasserfalls zu. Er erklärte mir, ich brauchte nur mein Paddel immer rechts zu halten. Der Ranger stand am Ufer unterhalb der Stromschnellen und hatte ein Wurfseil dabei für den Fall, dass wir Probleme bekämen.

Was mir rückblickend am meisten Angst machte, war das Geräusch. Wir kamen um eine von Schierlingstannen bestandene Biegung. Durch das bewegte Wasser sahen wir unter uns felsige Abstufungen. Fünfzig Meter vor uns kennzeichnete eine flache Linie den Rand des Flusses, der einfach zu verschwinden schien. Ein unheimliches Dröhnen drang von unten herauf, erst ganz leise, dann immer lauter.

»Wenn ich paddeln sage, dann paddle, so sehr du kannst«, sagte Cody. »Wir stoßen nach rechts um ein paar

Felsspitzen herum und dann genau durch die Mitte, bis wir unten auf die ruhige Stelle mitten im Wirbel stoßen.«

»Und wenn wir es nicht schaffen?«

»Wenn wir die rechte Kurve nicht schaffen, dann drehen wir und fahren rückwärts durch. Wahrscheinlich wird das Boot kentern und wir werden kräftig durchgewaschen.«

»Aber ich will eigentlich nicht kräftig gewaschen werden«, sagte ich. Irgendetwas an diesem Satz erinnerte mich an die alte Waschmaschine, die früher auf unserer vorderen Veranda gestanden hatte. Darin konnte man sich die Finger zerquetschen, wenn man nicht vorsichtig war.

»So schlimm ist das gar nicht. Ich habe das schon dreimal gemacht. Wenn du rausfällst, dann streck die Füße vor dir nach oben.«

»Und wenn ich mit dem Kopf an einen Stein schlage?«

»Kriegst du jetzt Schiss?« Die Uferlinie kam immer näher.

»Ich glaube nicht.« Mein Herz klopfte heftig. Unterhalb des Wasserfalls sah ich weiße Gischt aufschäumen und der Lärm war fast ohrenbetäubend.

»Mach dich bereit! Paddle jetzt!« Meine Hände zitterten. Ich stieß das Paddel in den Fluss, zog es durch, versuchte mich hineinzulehnen, wie Cody es mir gezeigt hatte. Wir schossen an einem Felsen vorbei, dann auf andere Steine zu, die aus dem Wasser ragten. Ich fühlte, wie mir die Angst den Hals zuschnürte. Ich wollte paddeln, aber meine Hände griffen stattdessen nach dem Kanurand und hielten sich daran fest.

»Shana, paddeln!« Codys Stimme drang über das Brüllen des Wassers hinweg, aber ich konnte das Boot nicht loslassen und ich wollte nur noch die Augen schließen.

»Shana!«

Cody war wütend. Ich packte das Paddel und stieß es ins Wasser, gerade als wir den Fall erreichten. Das Boot ruckte und segelte los. Gischt schlug mir ins Gesicht. Ich fühlte, dass Cody hinter mir wie wild zu steuern versuchte. Wir glitten an einem großen Stein vorbei und sausten genau auf den stillen Fleck unterhalb des Falles. Große Wellen warfen uns zur Seite. Cody riss das Boot auf die andere Seite herum und legte sein Paddelblatt fast flach auf das Wasser. Das Boot richtete sich auf und glitt in einen Wirbel, der genau dort war, wo der Ranger stand. Der schaute mich an und schüttelte den Kopf.

»Großes Baby«, sagte Cody hinterher.

»Ich wusste nicht, wie das sein würde. Du hast mich nicht darauf vorbereitet.«

»Wie meinst du das? Ich habe dir doch gesagt, dass es super ist!«

»Super?« Ich sah ihn fassungslos an. Der Ranger blickte von einem zum anderen.

»Ich hätte ertrinken können«, sagte ich kalt.

»Hättest du nicht. Du hattest eine Schwimmweste an und Henry stand mit dem Rettungsseil bereit. Und gleich unterhalb des Wasserfalls ist es ja auch ziemlich flach. Wir hätten hineinwaten und dich herausholen können.«

Das machte mich noch wütender. Aber der Ranger fand die ganze Sache sehr lustig. Zum ersten Mal, seit ich ihn kannte, lachte er laut.

»Seien Sie bloß still!«, fuhr ich ihn an, aber er lachte noch mehr.

Was mich am meisten aufregte, war nicht mal, wie unheimlich das alles gewesen war, sondern vor allem die Art, wie die beiden zusammenhielten: ganz so, als wären sie Freunde. Der Ranger hatte mich nie so behandelt. Außerdem hatte Cody ihn Henry genannt. War ich nicht diejenige, die ihn zuerst besucht hatte? Hatte ich ihm nicht Lebensmittel gebracht und sein Geschirr gespült? Wie konnte er Cody nur besser behandeln als mich?

Ich besuchte ihn allein. Er war nicht mehr so herablassend zu mir. Er bat mich, noch ein paar Kartoffeln für ihn auszugraben und ein paar Eimer Wasser hereinzutragen. »Warum fragen Sie nicht Cody?«, antwortete ich.

»Er ist zu leicht, um mit dieser Pumpe fertig zu werden.«

»Er lernt bei Ihnen Kanu fahren, aber ich soll die Arbeit machen!«

Der Ranger strich sich über das stoppelige Kinn. »So habe ich das noch gar nicht gesehen.«

»Und er nennt Sie Henry!« Ich wusste, dass es kindisch klang, aber das kümmerte mich nicht.

»Das solltest du auch tun. Wollte ich dir schon lange anbieten. Und wenn du willst, dann gebe ich dir auch ein paar Paddelstunden.«

Ich war zu empört, um zu antworten. Ich setzte mich hin und betrachtete seine Bücher. Sie verzeichneten die Forellenfänge von allen Flüssen in Pennsylvania. Ich suchte die Leanna, aber die Tabellen kamen mir sehr wirr vor.

»Diese Zahlen hier beziehen sich auf die Gebiete für das Fliegenfischen und an den anderen kann man ablesen, wo die Flüsse künstlich besetzt sind«, erklärte der Ranger. »Aber die Zahlen sind nicht genau, weil viele der Fischer ihre Fänge erst melden, wenn die Saison vorbei ist, am ersten September also, das heißt nächste Woche.«

Ich wünschte, ich hätte mir die Ohren zugehalten. Er hatte es vielleicht von meinem Gesicht abgelesen. »Da fängt ja wohl die Schule wieder an, wie?«, sagte er.

Ich nickte. »Cody geht nach Warrensburg zurück.«

»Und du?«

»Ich weiß noch nicht. Ich habe mich noch nicht entschlossen.«

»Ich hatte nicht den Eindruck, dass es dir in eurer Stadtwohnung besonders gut gefällt.«

»Tut es auch nicht. Aber Mama bleibt und die Schulen in Laglade sind auch besser. Mein Englischlehrer hat mir geraten ein Tagebuch zu schreiben, und die Highschool bietet eine Menge Dinge an, die es bei uns zu Hause nicht gibt.«

»Was zum Beispiel?«

»Sprachen, Schreibkurse . . .« Meine Stimme wurde zu einem Murmeln.

»Du hast gesagt, du hättest ein Gedicht geschrieben.«

»Ich dachte, da hätten Sie geschlafen.«

»Ach, ich bin ein leichter Schläfer.« Der Ranger schloss das Buch. »Ich hätte nichts dagegen dein Gedicht zu hören.«

Ich wurde rot. Das Gedicht steckte zwar zusammengefaltet in der Hosentasche, aber ich scheute mich davor es laut zu lesen. »Ach, es ist nicht gut.«

»Woher willst du das wissen?«

Mir steckte ein Kloß in der Kehle.

»Lies es«, sagte er.

Ich stotterte mich durch das Gedicht, aber als er mich bat es noch einmal zu lesen, ging es schon viel besser. Danach sah mich der alte Mann nachdenklich an. »Das Gedicht handelt von mir«, sagte er.

»Tut es nicht. Ich habe überhaupt nicht an Sie gedacht, als ich es geschrieben habe.«

Er brummte, als glaubte er mir nicht.

»Ich muss ja schließlich wissen, an wen ich gedacht habe«, sagte ich.

Da wurde er wieder unfreundlich. »Im Gedichteschreiben bist du jedenfalls besser als im Kanufahren.«

»Tut mir Leid, dass ich es Ihnen vorgelesen habe.«

»Mir nicht. Mir hat es gefallen.«

»Sie können sich Ihr Wasser selber pumpen, Henry«, sagte ich kühl. Dann ging ich hinaus und schloss die Tür hinter mir.

Auf dem Heimweg zog ich das zerknüllte Papier aus der Tasche und las das Gedicht, als wäre es etwas, worauf ich doch stolz sein konnte:

Im Lorbeerhain,
im Laut des rauschenden Flusses,
im Muster der Regenbogenforelle
will ich meinen Namen finden;

in den Armen des Flusses,
in den Lagern der Indianer,
an den grünen Spitzen der Schierlingszweige
suche ich meinen Namen.

Aber du kennst doch deinen Namen, sagte ich mir selbst. Du heißt Shana Allen.

Das Papier starrte zu mir herauf wie ein unbewegtes Auge.

NEUNZEHN

Ich bekam einen Brief von Daddy. Mama brachte ihn mir ein paar Abende später mit, während ich noch versuchte zu einem Entschluss zu kommen, wo ich künftig leben wollte. Ich nahm den Brief mit zur Höhle und riss ihn auf.

Liebe Shana,

ich danke dir für dein wunderschönes Gedicht. Es erinnerte mich an den Fluss und an den Wald, die ich hier in New York nicht sehen kann, und ich habe Heimweh bekommen.

Ich glaube, ich weiß, was du meinst, wenn du sagst, dass du deinen Namen suchst. Obwohl ich dich nach jemand benannt habe, den ich sehr bewunderte, muss doch jeder seinen eigenen Namen finden. Ich habe das Gefühl, dass ich jetzt in meinen späten Jahren genau dasselbe tue!

Ich habe einen Abendkurs in Kunstgeschichte belegt und ich gehe immer noch gerne ins Museum, aber ich vermisse dich und Cody und Dott mehr als je zuvor. Ich will meine Studien abschließen und so etwa um Weihnachten wieder nach Hause kommen.

Paula Breston, die Kunststudentin aus dem Peter Pan, *hat mich hier auf ihrem Weg nach Italien besucht. Sie hatte endlich genug Geld für die Hinreise verdient! Wenn ich nach Hause komme, dann bin ich fest entschlossen für uns vier zu sparen.*

Liebe Grüße und Küsse

Daddy

Ich las den Brief zweimal. Ganz schlaff und erschöpft fühlte ich mich. Ich überlegte, ob Mama auch einen Brief bekommen hatte, und als ich zur Hütte zurückkam, fragte ich sie danach. Sie schüttelte den Kopf. »Daddy schreibt, dass er Weihnachten nach Hause kommen will«, erzählte ich ihr.

Sie antwortete nicht.

»Familien sind stärker als ein Mensch allein«, sagte ich. »Erinnerst du dich noch, dass Großvater immer vier Pfähle in den Boden getrieben hat, wenn er einen Baum gepflanzt hat? Wenn der Wind einen Pfahl umriss, dann hielten ihn die anderen.«

»Ich erinnere mich«, sagte Mama.

Danach fühlte ich mich wie elektrisiert. Daddy wollte heimkommen! Mama brauchte ihm nur noch zu verzeihen. Sie hatte schließlich auch Großvater verziehen oder es wenigstens versucht; und Daddy war ihr Mann. Aber gerade das machte mich unsicher. Irgendetwas hatte sich in Mama verändert, seitdem wir umgezogen waren. Alles, was sie ohne Daddy tat – das Dach ausbessern, die Buchhaltungsprüfung ablegen, sogar das Forellenfischen –, schien sie ein wenig selbstbewusster zu machen. Vor diesem Sommer hatte ich sie niemals über Poesie sprechen hören oder davon, dass sie ein College besuchen wollte. Und ihre Arbeitskolleginnen schienen sie zu ermutigen immer wieder etwas Neues zu versuchen. Ob sie wirklich bereit war Weihnachten nach Hause zu kommen? Ich fragte Cody, aber der war böse auf Daddy und es war ihm ziemlich egal.

»Wieso glaubt er eigentlich, dass er einfach wiederkommen und so tun kann, als wäre er niemals fortgegangen?«, fragte er.

»Willst du denn nicht, dass er kommt?«

»Selbstverständlich. Nur . . .«

»Nur was?«

»Es klingt überhaupt nicht danach, dass es ihm wenigstens Leid tut.«

»Ich wette, es tut ihm Leid. Er hat es nur nicht geschrieben.«

»Und außerdem hätte er ruhig an uns alle schreiben können.« Codys Fäuste waren geballt. Ich versuchte ihn zu kitzeln, aber er wich mir aus.

»Wir kriegen das schon hin«, sagte ich. Cody sah mich an, als wäre ich mitschuldig.

Und der Ranger machte ihm Sorgen. »Du hättest ihn nicht ohne Wasser zurücklassen sollen, ganz gleich, wie böse du auf ihn warst«, sagte er. »Das war gemein.«

»Ich hol ihm heute Wasser.«

Er nickte. »Wir haben ein bisschen geholt, aber die Pumpe geht wirklich nicht leicht.«

Das brachte mich auf etwas, das mich beschäftigte. »Cody, wie kommt er nur zurecht, wenn wir fort sind?«

»Ich weiß nicht. Ich hab auch schon darüber nachgedacht.« Er runzelte die Stirn. »Bevor wir gekommen sind, hat er es ja auch gepackt.«

»Wenn seine Krankheit kommt und geht wie Arthritis, dann bessert sie sich vielleicht wieder, aber wie es jetzt aussieht, kommt er ja nicht einmal zu seinem Auto, um Lebensmittel zu kaufen. Und ein Telefon hat er auch nicht. Sonst könnte er ja anrufen, wenn er Hilfe braucht.«

Cody stützte das Kinn auf beide Fäuste. »Ich glaube nicht, dass es Arthritis ist. Erstens ist seine Schwäche nur auf einer Körperhälfte, nämlich auf der linken. Da stolpert er und er klebt auch seine linke Hand am Paddel fest. Weißt du noch, wie du im Juni gesagt hast, sein Gesicht sähe schief aus?«

Ich nickte.

»Ich glaube, er hatte einen Schlaganfall. Ich hab in einem Buch in der Bücherei nachgesehen und das schiefe Gesicht ist ein Anzeichen dafür. Seitdem ist er immer schwächer geworden. Nach allem, was ich weiß, kann sich ein Schlaganfall aber jederzeit wiederholen.«

»Er will ja nicht zum Arzt gehen. Als ich davon angefangen habe, hat er sich mächtig aufgeregt.«

»Es gibt vieles, was ihn aufregt. Aber das heißt ja nicht, dass er sich nicht ändern kann. Denk nur mal daran, wie er uns angeschrien hat, als er uns das erste Mal gesehen hat.«

»Das ist wahr.«

»Wir könnten vielleicht Mrs. Burns bitten ihm zu helfen.«

Ich verzog das Gesicht. »Sie ist selber ziemlich alt.«

»Aber sonst ist doch hier kein Mensch«, sagte Cody.

Am Abend brachte Mama unsere Abreise zur Sprache.

»Ich habe mit Mike telefoniert und er kommt und holt Cody und seine Sachen ab«, sagte sie. »Und dich auch Shana, wenn du es willst.«

»Wann?«

»Noch nicht an diesem Sonntag, aber am nächsten. Die Schule fängt in Warrensburg am Mittwoch an, sodass ihr ein paar Tage habt, um euch einzurichten.«

»Und was wird aus meinen Sachen in Laglade?«

»Die kann ich in meinem Wagen mitbringen.«

Cody nickte, als wäre weiter nichts mehr zu sagen.

Mama sah mich an. »Hast du dich entschlossen, was du tun möchtest?«

»Noch nicht.«

»Aber allmählich musst du dich entscheiden.«

»Ich weiß.« Aber ich hoffte noch immer, dass ich gar nichts entscheiden müsste, wenn ich es lange genug hinauszögerte.

Jetzt, da Mama vom Aufbruch gesprochen hatte, wurde jeder Tag am Fluss etwas Besonderes. Verborgene Blumen, die in einer Kuhle hinter einem Felsen blühten; eine Reihe kleiner orangefarbener Pilze; ein Kolibri; das Murmeln des Wassers in der Nähe der Höhle; die ersten Wildgänse, die südwärts flogen; sogar die kalte Luft, die mich morgens weckte und dazu brachte, mich tiefer in meine Decke zu hüllen – alles Bestandteile eines Sommers, der niemals wiederkehren würde. Ich unternahm lange

Spaziergänge und fischte an flachen Stellen und auch an den tiefen. Das Wasser war kälter geworden, und wenn sich eine Angelschnur verfangen hatte, dann schnitt man sie jetzt durch, anstatt ins Wasser zu waten, um sie zu bergen. Ich fing ein paar kleine Fische, aber nichts, womit man prahlen konnte.

Cody kam mit einer seltsamen Nachricht vom Ranger zurück. »Er spricht dauernd von dem Canyon. Er will, dass ich ihn dort hinpaddele und dann allein umkehre.«

»Und was hast du gesagt?«

»Dass es nicht in Frage kommt.« Er schob mit dem Schuh abgefallene Tannennadeln zu einem Muster zurecht. »Ich habe ihm gesagt, dass wir abreisen, und auch, dass wir Mrs. Burns bitten werden, ihm zu helfen, aber da hat er gleich zu schimpfen angefangen: ›Ich will keine Hilfe! Ich will nur die Schlucht runter!‹« Er sah mich unsicher an. »Was sollen wir bloß mit ihm machen, Sha?«

»Wir werden auf jeden Fall mit ihr reden. Und wenn sie nicht helfen will, dann müssen wir es Mama sagen.«

Cody wurde rot. »Sollen wir zugeben, dass wir sie den ganzen Sommer angelogen haben?«

»Ich weiß nicht. Ich weiß überhaupt nicht mehr, was ich tun soll.«

Ich ging selbst noch einmal zum Ranger und hoffte, ich könnte ihn wenigstens etwas zur Vernunft bringen. Er gab mir eine kurze Paddelstunde und zeigte mir, wie er sich um die Setzlinge kümmerte. Er hatte lange Listen von Wassertemperaturen und Tabellen über Ablagerungen, die nachwiesen, wie verschmutzt der Fluss sei. »Je trüber das Wasser, desto schwieriger ist es für die Forellen sich anzupassen. Sie brauchen klares kaltes Wasser.« Er schrieb etwas auf. »Jedes Mal, wenn in der Nähe des Flusses Land gerodet wird, besonders wenn darauf etwas angebaut wird, bedeutet das den Tod für die Forellen. Der Regen spült Dreck und Kunstdünger in das Wasser und für die Forellen ist das Gift.«

»Ich dachte, der Fluss ist Schutzgebiet?«

»Er sollte es sein. Aber ich kann ja nicht überall sein. Und die Regeln sind leicht zu brechen. Die Leute glauben, wenn ihnen das Land gehört, können sie damit tun, was sie wollen.«

»Die Indianer wussten das aber besser.«

»Das kann man wohl sagen.« Er brummte verärgert vor sich hin. Ich wollte ihm helfen sich aufzurichten, aber er schob mich beiseite. Danach wirkte er ganz erschöpft. »Da ist noch etwas, was ich dir zeigen will«, sagte er. »Dir und Cody gemeinsam.«

»Was denn?«

»Es ist eine Überraschung. Kommt morgen her, dann führe ich euch hin.«

»Ist es in der Nähe der Schlucht?«

»Nein!« Er klang so kurz angebunden, dass ich nicht den Mut hatte nach Mrs. Burns zu fragen. Ich fand, das könnten Cody und ich ja am nächsten Tag auch gemeinsam tun.

Cody machte sich Gedanken wegen der Überraschung. »Er hat mir aufgetragen die Stromschnellen Klasse drei weiter zu üben. Glaubst du, dass er uns dazu bringen will, ihn dort in die Schlucht hinunterzubringen?«

»Ich dachte, der Canyon wäre Klasse vier.«

»Drei und vier. Eine Stelle hat sogar den Schwierigkeitsgrad fünf. Der Wasserfall. Im vergangenen Jahr ist dort ein Mann umgekommen. Sein Helmriemen ist an einem Stein unter Wasser zerrissen und er hat sich den Kopf eingeschlagen.«

»Das ist ja entsetzlich!«

»Aber den Wasserfall kann man mit dem Kanu umgehen, wenn man rechtzeitig genug an Land geht. Das macht selbst der Ranger so.«

»Woher weißt du das?«

»Er hat mir alles ganz genau beschrieben. Ich weiß sogar, wo der Fluss einen Bogen macht und auf welche Seite man sich lehnen muss.«

Ich stöhnte. »Der weiß wirklich, wie man erreicht, was man will«, sagte ich.

Am nächsten Tag gingen wir zu seiner Hütte. Er saß auf der Bank auf der vorderen Veranda und schlief fest. Ich traute mich nicht ihn zu wecken, aber Cody nahm seinen Arm und rüttelte ihn kräftig. »Wir sind da, Henry!« Der alte Mann fuhr zusammen, sah uns an und schüttelte den Kopf. »Wir sind's, Cody und Shana!«

»Ihr ...«, murmelte er. Aber er wusste, wer wir waren. »Wir müssen das Boot nehmen.«

Cody und ich sahen einander an. »Welche Richtung?«

»Stromaufwärts«, sagte er und darum waren wir einverstanden.

Sie nahmen mich in die Mitte zwischen die Ruderbänke. Ich fragte mich, wie schwer es wohl sein würde, gegen die

Strömung anzupaddeln, wenn wir zu dritt in einem Boot saßen, aber der Ranger fing kräftig an und auch Codys Paddelschläge waren tief und lang. Wir blieben dicht an den Ufern und durchquerten die flachen Wasserwirbel, wo die Strömung schwächer war. Ich war noch niemals weiter gekommen als zu der Klamm oberhalb der Hütte des Rangers. Jetzt trugen wir das Kanu daran vorbei. Die Bänke gruben sich in unsere Schultern. Der Ranger trug die Paddel und stützte sich darauf wie auf Krücken, während er mühsam auf dem steinigen Boden vorankam. Sobald wir an dem Wasserfall vorbei waren, ließen wir das Kanu an einer schilfbewachsenen Stelle wieder zu Wasser. Wilde Astern und orangefarbene Dotterblumen wuchsen bis an den Wasserrand. Wir suchten weiter unseren Weg stromaufwärts, kamen an bewaldeten Ufern, an Lorbeerbäumen und Schierlingstannen vorüber. Meisen zwitscherten in den Zweigen und ein Eisvogel flog über unseren Köpfen über das Wasser hinweg und warnte andere Flussbewohner mit seinem schrillen Schrei vor unserer Ankunft.

»Nach rechts«, murmelte der Ranger. Cody veränderte seinen Schlag. Wir glitten an einem steilen Ufer entlang, das von dicken Wurzeln durchzogen war. »Hier«, sagte der alte Mann. Aber er glitt aus, als er aus dem Boot stieg; beide Füße wurden nass und das machte ihn ärgerlich. Er tat so, als wäre es unsere Schuld. »Zum Teufel mit euch beiden«, knurrte er.

»Was wollen Sie uns zeigen?«

»Ich hab meine Meinung geändert.« Er ging ein Stück weiter und stand allein da. Aber später wandte er sich stromaufwärts durch das Dickicht. Ein Bachzufluss teilte das Ufer und dahinter stieg fast senkrecht eine Felswand auf. Dorthin ging der alte Mann und wir folgten ihm in einiger Entfernung. Wir sahen, dass er an der Wand herumtastete und Schlingpflanzen beiseite schob. Dann fuhr er mit der Hand über den Stein und schien irgendetwas zu suchen. »Ihr müsst versprechen nichts zu sagen«, erinnerte er uns und sah uns herausfordernd an.

»Okay.«

»Gebt mir eure Hand!« Er nahm Codys Hand zuerst und legte sie auf den Stein. Cody ertastete etwas mit den Fingern.

»Das ist ein Fisch«, sagte er zu mir. »Fühl mal!«

Ich kam näher. Das Bild war auf der dunklen Fläche der steinernen Wand deutlich zu erkennen. Es erinnerte mich an die Indianeraxt und ich sagte das auch. Der Ranger nickte. »Es ist auch von den Algonkinindianern«, sagte er. »Das ist ein Zeichen für gutes Fischen. Sie haben es für alle hinterlassen, die hier einmal entlangkommen würden.«

Ich erinnerte mich an den Becher, den Großvater neben unseren Brunnen gehängt hatte, damit Vorüberkommende wüssten, dass das Wasser trinkbar war. Aber der alte Mann war noch nicht fertig. »Kommt mit.«

Er führte uns am Bachbett entlang. Plötzlich verschwand der Bach unter Felsbrocken dicht vor der Klippe. Wir zwängten uns durch eine Lücke zwischen den Steinen und standen über einem Wasserbecken, das ungefähr zwei Meter im Durchmesser maß. Seine steinerne Schüssel war glatt und glänzte seidig, fast weiß, und das Wasser darin war blassgrün.

»Eine Kalksteinquelle.« Der Ranger sprach so leise, dass seine Worte fast wie ein Gebet klangen. Er zog sich wieder durch die Öffnung zwischen den Steinen zurück, aber Cody und ich blieben noch. Ich tauchte eine Hand in das eiskalte Wasser.

»Woher kommt es?«

»Von irgendwo unter dem Grat dort oben«, sagte Cody. Über uns wehte ein Windstoß Blätter über die Klippe. Ein wahrer Laubwirbel fiel in die Quelle und legte einen gelben Rand um das grüne Wasser. »Ich glaube, wir gehen ihm lieber nach«, sagte Cody.

Er stand mit ausgestreckten Armen an der Stelle, wo der Bach und der Fluss zusammenflossen. Sein Gesicht war hart, aber inzwischen wusste ich, wie schwach er tatsächlich war: so schwach, dass er umfallen würde, wenn man ihn unabsichtlich anstieß. Ich erinnerte mich an das, was er zuvor gesagt hatte: *Ich halte durch* . . . Ich dachte an Herbstblätter, die sich mit ihren dürren Stängeln störrisch an schwärzlichen Ästen festhalten. Der Ranger starrte über den Fluss hinweg.

»Dieser Fleck hier ist heilig«, sagte er. »Die Algonkinindianer haben ihn verehrt, weil das Wasser ihre Ernten verbessert hat und große Fische gedeihen ließ. Das liegt an dem Kalkstein. Das beste Fischgebiet am ganzen Fluss liegt gleich unterhalb von diesem Bachbett.«

»Liegt an dem Kalkstein?«

»Der neutralisiert den Säuregehalt von Wasser und Boden.« Seine Augen waren wie verschleiert, als wären seine Gedanken in eine andere Zeit gewandert. »Ich habe hier einen Fisch von siebzig Zentimetern aus dem Wasser gezogen, gar nicht weit von hier . . .« Er deutete auf eine kleine Bucht bei einer Birkengruppe. »Ich weiß nicht mehr, in welchem Jahr das war, aber ich habe damals mit Fliegen gefischt. Ich war gar nicht sicher, dass ich ihn jemals an Land bringen würde, aber ich habe mir Zeit gelassen und er hat sich allmählich müde gezappelt. Ich habe ihn über Hickoryholz gebraten . . .« Er befeuchtete sich die Lippen, ohne den Blick vom Fluss zu wenden. Mir war nicht ganz klar, ob er sich noch daran erinnerte, dass Cody und ich bei ihm waren.

»Ihre Wildheit macht sich in dir breit, wenn du sie isst«, sagte er. »Sie bringen dir den Fluss unter die Haut und in alle Knochen.«

»Und wie fängt man sie?«, fragte Cody.

Ich glaubte, er würde böse werden, aber ich irrte mich. »Mit Würmern, mit kleinen Elritzen, mit allem, was hier vorkommt. Im Frühling beißen sie auch auf Würmer oder Maden an.«

»Ich dachte, hier dürfte überhaupt niemand fischen«, sagte ich unsicher. »Hat die Regierung es nicht verboten?«

»Ich gebe euch die Erlaubnis«, sagte er. »Nicht dauernd, aber ein- oder zweimal im Jahr.«

Ich stand mit offenem Munde da, aber Cody sagte: »Danke!«

Auf dem Rückweg paddelte ich und der Ranger saß jetzt in der Mitte. Er gab mir meine zweite Lehrstunde und nach seinen Maßstäben machte ich meine Sache nicht allzu gut. Er nörgelte an mir herum, bis er genug davon hatte und kein Wort mehr sagte. Als wir an die Klamm kamen, stiegen der Ranger und ich aus, sodass Cody das Kanu allein steuern konnte. Er fuhr mitten durch die Stromschnelle hindurch, ohne einen Augenblick zu zögern. Und als er die stille Bucht unterhalb des Wasserfalls erreichte, landete er das Boot so leicht und selbstverständlich wie ein Tänzer.

»Der ist gut«, sagte der alte Mann. »Eines Tages wird er auch durch den Canyon fahren.«

»Warum haben Sie gewollt, dass er Sie dort hinbringt?«

Aber darauf wollte der Ranger nicht antworten.

ZWANZIG

Heute glaube ich, er wollte uns so etwas wie den Zauber mitgeben. Er wollte uns an die Leanna binden. Wo immer wir auch sein würden – in Laglade oder in Warrensburg, zu Hause beim Fernsehen, wenn wir ein Buch lasen, wenn wir in der Klasse saßen und einem Lehrer zuhörten, der unaufhörlich redete und redete – unsere Gedanken und unsere Herzen sollten uns immer zuflüstern: *Der Fluss! Der Fluss!* Er wollte dafür sorgen, dass wir wiederkämen. Nicht nur einmal, sondern immer wieder und wieder, weil diejenigen, die zum Fluss zurückkommen, auch dafür sorgen, dass er richtig behandelt wird: behütet und bewacht, so sorgsam wie die Jungfische, so behutsam und zart wie eine Katzenmutter sich um ihre Kätzchen kümmert oder die Menschenmutter um ihr Neugeborenes.

Aber er hatte eines nicht bedacht. Er begriff nicht – konnte es vielleicht auch gar nicht –, dass wir auch andere Dinge liebten und uns von ihnen angezogen fühlten: unser Zuhause und Mama und Daddy und das Lernen von neuen Dingen und Schreiben und Kanu fahren. Und er belog uns. Nicht nur einmal, sondern oft. Vielleicht könnte man sagen, er lebte eine Lüge. Wir sagten auch nicht die Wahrheit über das, was wir den ganzen Sommer über getan hatten, doch später rückten wir alles wieder zurecht, weil es sein musste. Ihn konnte jedoch niemand dazu zwingen reinen Tisch zu machen.

»Er sagt, wenn ich ihn nicht zum Canyon bringe, macht er sich allein auf den Weg«, erzählte Cody. Wir waren unterwegs zum Haus von Mrs. Burns, um mit ihr über den Ranger zu reden. »Er ist wild entschlossen noch einmal allein durch den Canyon zu fahren.«

»Das ist doch verrückt – das schafft er nie!«

»Als ich ihm das gesagt habe, ist er fast in die Luft gegangen. Er hat gesagt, ich solle mich gefälligst nicht um seine Angelegenheiten kümmern.«

»Ach, der Ton ändert sich schnell genug«, sagte ich. »Warte nur ab, bis ihm die Lebensmittel ausgehen.«

»Kann sein ...« Cody sah wirklich besorgt aus. »Glaubst du, dass Mrs. Burns helfen wird?«

»Wir müssen sie fragen und abwarten, ob sie ja sagt. Und dann müssen wir ihn dazu überreden, ihre Hilfe anzunehmen.«

»Unsere hat er angenommen ...«

»Ich bin immer wieder zu ihm gegangen«, erinnerte ich Cody. »Und er konnte noch immer ganz genau so grob werden wie am Anfang.«

Mrs. Burns schien sich zu freuen, als wir zu ihr kamen, und mir wurde klar, dass sie wahrscheinlich auch einsam war, wie sie hier ganz allein am Ende dieses zerfurchten Feldweges hauste. Sie machte uns eine Schokoladenmilch. Ich versuchte, nicht zum Telefon zu schauen, während wir warteten. War Paula einfach so als Freundin bei Daddy gewesen, bevor sie aufbrechen musste, um ihr Flugzeug zu erreichen? Oder war vielleicht mehr dabei? Liebte er sie, eine Zeit lang wenigstens? Ich zitterte, als ich dort saß, aber Mrs. Burns kam wieder und Cody warf mir einen Blick zu, der sagte: Nun fang schon an!

»Ein paar Meilen den Fluss hinauf haust ein Ranger in einer Hütte ohne Telefon und ohne fließendes Wasser«, sagte ich stockend. »Er arbeitet für die Bundesregierung und züchtet Forellen. Im Sommer ist er krank geworden. Und jetzt ist er zu schwach, um zu seinem Wagen zu kommen oder sogar um Wasser zu pumpen.«

Mrs. Burns nickte und ich dachte, sie wollte, dass ich weiterredete, aber stattdessen sagte sie: »Vielleicht hätte ich euch gleich vor Henry warnen sollen. Aber er belästigt die Menschen nicht mehr so oft wie früher und ich habe gehofft, dass er sich fernhalten würde.«

Cody und ich sahen sie verständnislos an.

»Er ist kein Ranger«, erklärte sie. »Das ist eine Geschichte, die er nur erfunden hat. Seine Uniformen kommen von der Fischzuchtanstalt, in der er früher gearbeitet hat. Sie haben ihn gefeuert, weil er mit keinem Menschen auskommen konnte. Alles musste nach seinem Kopf gehen oder es ging eben überhaupt nicht.« Sie schüttelte den Kopf. »Vor drei Jahren hat der Sheriff gedroht ihn zu verhaften, weil er Angler drangsaliert hat. Danach hat er geschworen, er würde damit aufhören. Er gibt an, er sei beauftragt den Fluss zu beaufsichtigen, aber ihm gehört nur die kleine Hütte und das Land auf dem sie steht.« Mrs. Burns seufzte. »Ich habe seine Frau gekannt«, sagte sie.

»Sie war ein nettes Mädchen und sie war ihm auch zugetan. Aber hier draußen ganz allein wurde es ihr allmählich zu einsam. Und sie konnte noch nicht einmal fernsehen.«

»Sind Sie sicher, dass er kein Ranger ist?«, fragte Cody.

Daran merkte Mrs. Burns, dass wir getäuscht worden waren. »Ich hätte euch warnen sollen«, wiederholte sie.

»Aber er ist wirklich krank«, sagte Cody. Ich bewunderte ihn, weil er nicht aufgab.

»Ich rufe den Sheriff an und dann holen sie ihn«, sagte Mrs. Burns. »Sie haben ihn schon im vergangenen Jahr in ein Pflegeheim bringen wollen. Sie glauben, dass er senil wird. Ich habe gelacht, als der Sheriff mir das erzählt hat. ›Sie kennen Henry nicht‹, habe ich ihm gesagt. ›Der ist schon seit vierzig Jahren verrückt. Nicht nur verrückt, sondern auch hinterhältig.‹«

Cody und ich saßen nur stumm da.

»Ihr seid nicht die Ersten, die ihm zu helfen versuchen«, fügte sie hinzu. »Eine Sozialarbeiterin ist im April bei ihm gewesen und er hat sie mit einer Waffe bedroht.«

Ich stand auf. »Sie brauchen nicht anzurufen«, sagte ich. »Vielen Dank jedenfalls!«

»Aber er hat euch doch nicht etwa bedroht?«

»Nein, nein, ganz und gar nicht.«

»Hattet ihr einen schönen Sommer?«

Ich musste antworten, weil Cody die Hand schon auf dem Türgriff hatte und ich wusste, dass er sich nicht noch einmal umschauen würde.

»Einen sehr schönen«, sagte ich. »Noch einmal vielen Dank.«

Am nächsten Morgen hatte Mama Neuigkeiten für mich, bevor sie zur Arbeit ging. »Ich habe einen alten Mann in einem Kanu gesehen, als ich aufstand. Er fuhr so ungefähr im Tempo von einer Meile in der Minute flussabwärts.«

Sobald sie hinter der Anhöhe verschwunden war, weckte ich Cody und erzählte es ihm. Er warf die Decke zur Seite und griff nach seiner Hose. »Er ist unterwegs zum Canyon.«

»Ich dachte, du solltest ihn dorthin bringen.«

»Er weiß, dass ich das nicht mache.«

»Das ist doch verrückt. So schwach wie er ist, kommt er da niemals durch!«

»Ich weiß.« Cody schnürte seine Schuhe zu. Dann steckte er ein Messer und ein Stück Schnur in die Hosentasche. »Ich laufe ihm nach.«

Ich stand einen Augenblick da und war nicht sicher, was ich tun oder sagen sollte. »Er hat uns belogen, Cody. Das meiste von dem, was er gesagt hat, waren lauter Lügen.«

»Sobald ich ihn aufgehalten habe, sag ich ihm, was wir herausgefunden haben.«

»Ich komme mit.« Wir griffen uns ein paar Orangen und ein Stück Käse und liefen flussabwärts.

Der erste Teil war leicht. Wir wussten, wo die Pfade verliefen und wo sie aufhörten, wie wir über die Felsen klettern mussten, ohne in eine Sackgasse zu geraten. Auf diese Weise legten wir einige Meilen zurück, obwohl wir nur langsam vorankamen, weil wir immer am selben Flussufer bleiben mussten. Das Wasser war frisch und wir wollten nicht auf die andere Seite wechseln, wenn es nicht unbedingt nötig war.

Von ihm war keine Spur zu entdecken, obwohl ich nicht genau weiß, wonach wir Ausschau hielten. Wir zwängten uns eilig zwischen dem Dickicht hindurch. Dornen rissen an meinem Hemd und an meine Socken hatten sich allerlei Kletten festgesetzt.

Einmal musste ich anhalten und ausruhen. »Warum sagen wir eigentlich nicht, zur Hölle mit ihm?«, fragte ich Cody.

»Würdest du das tun?«

Ich schwankte. »Ich weiß nicht genau.«

»Wir würden nicht herausfinden, was geschehen ist oder warum er losgezogen ist«, sagte Cody. »Und wir haben viel von ihm gelernt. Er hat uns die Steinzeichnung der Indianer gezeigt und die Quelle.«

»Aber warum hat er uns belogen?«

»Shana, sieh mal!« Cody deutete mit der Hand nach vorn. Ein roter Fuchs verschwand kaum fünfzehn Meter von uns entfernt hinter einem Baum.

»Vielleicht hat er Welpen!«

»Wir haben keine Zeit, um nachzusehen«, warnte Cody.

Nach einiger Zeit wurde es auf der Südseite des Flusses zu unwegsam, um weiter voranzukommen. Cody meinte, am Nordufer sähe es besser aus, und ich war derselben Ansicht. Wir fanden eine flache Stelle, zogen unsere Schuhe und Socken aus, rollten die Hosen hoch und wateten hinüber. Das kalte Wasser war ein Schock, aber wenigstens hatten wir trockene Socken, als wir auf der anderen Seite waren. »Hypothermie«, murmelte Cody, als wir sie wieder anzogen.

»Was ist denn das?«

»Wenn du deinen Körper kalter Luft oder kaltem Wasser aussetzt, dann sinkt deine Körpertemperatur. Und wenn sie so tief bleibt, dann stirbst du.«

»So kalt ist es nun auch wieder nicht.«

»Ich spreche auch nicht von dir.«

Der Gedanke an den Ranger im Wasser trieb uns weiter. Wir zwängten uns zwischen hohen Pflanzen hindurch, bis die alte Eisenbahnlinie vom Norden hereinschwenkte, der wir nun folgen konnten. Das machte das Vorankommen leichter, obwohl Bäume zwischen Wasser und Gleis Teile des Flusses vor uns versteckten. Alle paar Minuten kletterten wir ans Ufer hinunter, auf irgendwelche Steine, und schauten uns um. Aber da war nur der Fluss, still, an einigen Stellen schnell, schäumend an anderen. Meine Beine fühlten sich wie Stöcke an, die gleich brechen würden. »Und wenn er nun schon im Canyon ist?«, fragte ich.

»Dann haben wir wenigstens versucht ihn aufzuhalten.« Cody schälte eine Orange und verschlang ein Stück davon.

»Und wenn er ...« Meine Stimme stockte, bevor ich die Frage vollendet hatte.

»Komm weiter!«, sagte Cody.

Diesmal behielten wir die Schuhe an und wateten stromabwärts nach links hinüber, wo das Flussbett sehr flach war. Wir brauchten nur wenige Minuten, um ihn zu finden. Er musste aus dem Fluss gekrochen sein, denn er lag auf einem kiesbedeckten Uferstück. Die Füße hingen noch im Wasser und sein Kopf war von Blut bedeckt. Fliegen umsurrten ihn, als wäre er tot. Einen Augenblick lang glaubte ich das auch. Dann zog ich ihm die Schwimmweste aus und sah, dass seine Brust sich bewegte. Ich legte meine Finger an die Innenseite seines Handgelenks, während Cody seine Füße aus dem Wasser zog. Seine Haut war ganz klamm und der Puls ging so schnell und schwach, dass ich glaubte, er könnte jeden Augenblick ganz aussetzen. Ich wollte seinen Kopf nicht anschauen, aber nach einiger Zeit drehte ich ihn zu mir her. Seine Augen waren geschlossen und die linke Seite seines Gesichts war dick mit Blut verklebt. Eine tiefe Wunde lief von der Schläfe zur Augenbraue und blutete noch. Ich nahm mein Taschentuch und drückte es auf die Wunde. Nach einer halben Minute war es von Blut durchweicht.

»Er hat sich den Kopf an einem Stein gestoßen«, murmelte Cody. »Er muss die Kontrolle über das Kanu verloren haben – vielleicht dort.« Er deutete ein Stück zurück. »Das Boot ist gekentert, aber er hat es geschafft, noch bis ans Ufer zu kommen.«

»Er hat eine Menge Blut verloren.«

Cody war auch ganz blass. Plötzlich wandte er sich um und musste sich übergeben. Als wir noch klein waren, hatte er den Kopf immer unter einer Decke versteckt, wenn jemand im Fernsehen erschossen wurde. Ich fühlte, dass auch mein Magen revoltierte, aber ich schloss die Augen und unterdrückte den Impuls.

Einen Augenblick saßen wir da. Ich konnte nicht anders, ich musste daran denken, wie lächerlich es war, dass wir zwei hier saßen und zusahen, wie das Blut aus ihm herausgepumpt wurde. Aber es war sinnlos nach Hilfe zu rufen. Hier war niemand, der uns hören würde. Cody musste dasselbe gedacht haben.

»An der Mündung zu Tom's Creek stehen Hütten«, sagte er. »Die hab ich auf der Karte gesehen.«

»Aber wir kommen doch nicht an dem Canyon vorbei.« Das wussten wir beide. Das Herz hämmerte mir an die Rippen.

Cody sagte: »Er hat behauptet, ich wäre gut.«

»Wir können uns auf nichts verlassen, was er gesagt hat.«

»Shana . . .« Cody war jetzt ganz ruhig, als hätte er alles durchdacht. »Zurück bis zur Hütte sind es drei Stunden. Und dann müssen wir noch zu Mrs. Burns. Der Weg stromabwärts dauert höchstens eine halbe Stunde. Es gibt dort Telefone und eine gepflasterte Straße. In vierzig Minuten könnte ich mit einem Arzt reden.«

»Hierher können sie sowieso nicht kommen.«

»Aber sie können einen Hubschrauber schicken – dann lassen sie eine Trage herunter und einen Arzt, wie im Fernsehen.«

»Das schaffst du niemals allein.« Ich starrte Cody an. »Ich bin älter und ich sage dir, du kannst das nicht tun.«

Er mied meinen Blick. »Ich sitze jedenfalls nicht hier und sehe zu, wie er stirbt.«

»Du fährst auf keinen Fall allein diesen Fluss hinunter.«

»Shana . . .« Er bettelte mich förmlich an.

Und dann entstand allmählich mein Plan. Vielleicht fürchtete ich mich davor, jemand sterben zu sehen, vielleicht wollte ich auch Cody beschützen; obwohl – wenn ich es genau bedenke, war das sinnlos. »Ich komme mit dir«, sagte ich.

»Du?«

Ich nickte. Ich las die Gedanken, die ihm durch den Kopf schossen. Ich wusste, dass er sie nicht aussprechen würde, denn wenn er das tat, dann würden wir nicht gehen. Endlich sagte er: »Aber diesmal musst du paddeln.«

»Das werde ich auch.«

»Wenn du paddelst, dann können wir es vielleicht schaffen.« Seine Stimme klang nachdenklich, er überlegte.

»Ich fürchte mich nicht.« Dabei zitterte meine Stimme.

Er sah mich an und schüttelte den Kopf. »Ich muss erst das Kanu finden«, sagte er. »Wahrscheinlich ist es irgendwo ein Stück weiter unten angeschwemmt.« Er lief zum Fluss hinunter.

Ich saß neben dem Ranger, während ich auf Cody wartete. Immer noch drückte ich das Tuch auf seine Wunde. Hin und wieder spülte ich es, wrang es aus und legte es wieder auf die Wunde. Nach einiger Zeit ließ die Blutung nach, sein Herz schlug aber immer noch wie rasend. Mir kam es vor, als ginge sein Atem von Minute zu Minute hastiger und flacher. Ich versuchte ihm zu sagen, dass alles gut würde, aber er schien mich nicht zu hören. Dann fiel mir wieder ein, dass er uns angelogen hatte und wie wütend und verletzt wir deswegen gewesen waren. In diesem Augenblick beschloss ich ihm die Wahrheit zu sagen.

»Sie sterben vielleicht«, sagte ich und musste die Worte eines nach dem anderen aus mir hervorzwingen. »Sie haben viel Blut verloren, und wer weiß, ob wir es schaffen, durch den Canyon zu kommen und Hilfe zu holen.« Fliegen surrten ihm um die Augen und ich schlug sie weg. »Hören Sie zu: Cody und ich haben herausgefunden, dass Sie gar kein Ranger sind. Sie haben uns belogen, und das den ganzen Sommer über. Das hätten Sie nicht tun sollen. Wir hätten uns angehört, was Sie zu sagen hatten, ob Sie nun ein Ranger waren oder nicht. Wir wären interessiert gewesen, aber jetzt wissen wir nicht mehr, was wir glauben sollen, außer einem, und das ist, dass Sie ein Schwindler sind.« Es war entsetzlich, wie der Ranger sich rührte. Wie ein Geist in der Haut eines Toten. Ich dachte, er könnte mich nicht hören, aber ich redete weiter. »Sie haben uns in Gefahr gebracht«, sagte ich. »Sie wussten genau, wenn Sie hier herunterfahren, dann wird Cody Ihnen folgen. Er sucht Ihr Boot. Wenn er wiederkommt, fahren wir durch den Canyon und holen Hilfe. Sie haben gesagt, man sollte sich nie auf Menschen verlassen. Das mag schon sein. Aber wenn ich durchkomme und Cody stirbt, dann werde ich Ihnen das immer für alle Zeiten vorwerfen!«

Ein leichter Wind kam auf und wehte den Fluss herunter, weich wie der Atem eines kleinen Kindes. Ich war froh, dass niemand jemals erfahren würde, wie ich den verletzten Ranger beschimpft hatte. Ich dachte an meinen Großvater, wie er in einem fremden Bett lag, krebskrank, getrennt von den Menschen und den Orten, die er geliebt hatte.

Das stimmte mich milder, glaube ich, aber vielleicht hatte ich auch das Gefühl, alles gesagt zu haben, was zu sagen war. Ich fühlte wieder seinen Puls und berührte seine Hand. Sie war nur ganz schwach warm. Unten am Fluss kreiste langsam ein Bussard, so hoch oben, dass seine Flügel kleiner schienen als eine Briefmarke. Ich hatte schon manchmal welche gesehen, wie sie so kreisten: Sie lauerten auf ein krankes Eichhörnchen oder auf eine Ratte, die bald den Geist aufgeben würde. Der Ranger keuchte und atmete dann weiter. Hinter ihm rauschte und murmelte die Leanna. Ich wischte das Blut weg und führte meinen Mund dicht an sein Ohr. »Was Sie uns angetan haben, war gemein. Und Sie hätten Felix auch nicht in einen Käfig sperren dürfen«, sagte ich. »Aber das haben Sie ja für den Fluss getan und der ist hier bei Ihnen. Wenn Sie ein bisschen lauschen, dann können Sie ihn hören.«

Er nickte. Ich fing an zu weinen. Ich dachte: Erst Großvater, dann Daddy und jetzt Henry!

»Menschen gehen fort«, murmelte ich. »Ich hasse das.«

Ich schaute genau hin, ob er noch einmal nickte, aber er tat es nicht.

EINUNDZWANZIG

Cody kam um die Biegung des Flusses und zog das Kanu hinter sich her. Er hatte fast bis zu der Stelle gehen müssen, an der sich die Leanna in den Canyon stürzt, um es zurückzuholen. Gut war nur, dass sich im Gepäcksack des Rangers noch eine Schwimmweste und auch ein Helm befanden. Wir wussten, dass an der Innenwand des Kanus Ersatzpaddel mit Klebeband befestigt waren. Cody mühte sich mit dem Helmriemen ab und murmelte: »Warum hat er den nicht aufgesetzt?«

»Weil er ein starrköpfiger alter Narr ist!« Ich weinte immer noch. Ich legte die Schwimmweste an und zurrte sie fest. Wir stritten über den Helm, aber Cody sagte, da ich im Bug sitzen würde, sollte ich ihn tragen. Meine Hände zitterten so sehr, dass er mir den Kinnriemen anlegen musste. Dann zog er das Kanu vom Ufer und schaute mich an. »Bist du wirklich sicher, dass du mitkommen willst?«

Ich nickte. Er klopfte dem Ranger auf die Schulter und stieg in das Boot. Ich beugte mich über den alten Mann.

»Ich komme zurück« , flüsterte ich. »Warten Sie auf mich!«

Ich stieg in das Kanu und stieß ab. Nur einmal blickte

ich zurück. Ich konnte seine Beine und die braunen Gummistiefel sehen, die hinter der Biegung der Kiesbank hervorragten. Ich fühlte mich so benommen, als würde ich ohnmächtig werden, aber Cody starrte mich fest an. »Jetzt darfst du aber nicht in Panik geraten wie schon mal.«

»Bestimmt nicht!«

»Dann paddel, was du kannst!«

Ich kniete nieder und setzte das Blatt tief ein, schaufelte das Wasser zurück wie Erde im Garten. Zu meiner Überraschung machte das Boot einen Satz vorwärts.

»Da fängt es an.« Cody deutete mit einer Kopfbewegung auf eine Stelle vor uns zu, an der die Felswände hoch aufstiegen und der Fluss enger wurde. Es war nur eine kleine Lücke, durch die man hindurchmusste wie durch eine Tür. Mein Herz fing an, heftig gegen meine Rippen zu klopfen. Ein dunkles Dröhnen drang aus der Schlucht. Es klang fast wie der Motor von Onkel Mikes altem Lastwagen. »Fertig! Los!«

Ich paddelte mit aller Kraft. Wir schossen durch die schmale Öffnung in weiß schäumendes Wasser, erwischten die Abwärtsbewegung einer Welle und das Boot jagte voran, als hätte es Flügel.

»Rechts!«, schrie Cody. Ich setzte alle Kraft ein. Der Lärm war ohrenbetäubend. Blasse Wasserzungen griffen gierig nach dem Kanu. Ein Felsbrocken glitt vorüber, dann noch einer, beide nahe genug, dass wir sie hätten berühren können. Die Strömung führte im Bogen nach links und wir wurden mitgerissen über einen schmalen Wasserfall, hinunter in ruhigeres Wasser.

»Wir haben es geschafft!«

Da Cody hinter mir war, konnte ich sein Gesicht nicht sehen, aber seine Stimme klang verhalten. »Jetzt sind es noch vier, Shana!«

»Noch vier!«, gab ich wie ein Echo zurück, aber ich konnte nicht umhin stolz zu sein. Ich wünschte, der Ranger hätte mich paddeln sehen können! Für ein paar Augenblicke setzte ich mich zurück auf den Sitz. Meine Knie waren nass und kalt. Wasser schwappte auf dem Boden des Kanus hin und her, aber wir hatten nichts, womit wir es ausschöpfen konnten. Cody benutzte sein Paddelblatt, um wenigstens etwas von dem Wasser über Bord zu schaufeln.

»Jetzt kommt Dog's Breath«, sagte er. »Da werden die Wellen fast senkrecht vor uns stehen, sobald wir in die Nähe kommen. Aber wenn wir gerade in sie hineinfahren, dann können sie uns nicht umschmeißen.«

Ich schaute nach vorn. Die hohen Wände der Schlucht warfen ihre Schatten fast über den ganzen Fluss, aber ich sah die Wellenberge auf uns zukommen – die senkrechten Wellen, wie ich annahm – und dahinter eine ganze Reihe von Felsen, die aus dem Wasser ragten.

»Welche Richtung nehmen wir?«

»Rechts. Halt Ausschau nach einem kleinen Wasserstrudel bei den Felsen dort. Vielleicht können wir da einen Augenblick halten und uns einen Überblick verschaffen. Der Ranger hat gesagt, dass da eine deutliche diagonale Bahn durch die Strömung sein soll, aber das möchte ich erst selber sehen, ehe wir anfangen unsere Strecke zu planen.«

»Und wenn wir den Wasserstrudel nicht erwischen

oder wenn es gar keinen gibt?« Ich schaute mich nach ihm um.

Er hob die schmalen Schultern. »Wir müssen unser Bestes tun.«

Ich ging wieder auf die Knie. Wir paddelten wie wild, kurz bevor wir in die aufragenden Wellen vorstießen, und obwohl sie wirklich riesig aussahen, schossen wir ohne Schwierigkeiten durch sie hindurch. Der Lärm nahm zu. Eine Verständigung war kaum noch möglich. Es sah aus, als käme der Wasserfall auf uns zugerast. Ich versuchte zu erraten, welchen Kurs Cody einschlagen wollte.

»Nach rechts!«, schrie er und ich entdeckte dort eine ruhige Stelle. Aber die Strömung trug uns in die andere Richtung. Ich stieß mein Paddel ein und holte weit aus. Der Bug landete zwar in dem Wirbel, aber das Heck, in dem Cody kniete, brach aus. »Los, schaufeln!«, schrie er und ich paddelte los wie so eine Cartoon-Figur, wie Donald Duck oder der Kater Tom aus Tom & Jerry, so schnell und heftig, dass meine Arme wie Windmühlenflügel kreisten. Ganz, ganz langsam glitt das Kanu in die flache Stelle. Unter uns lagen dicht an dicht Felsbrocken, so groß wie die Kabine von Daddys Lastwagen. Wasser sprühte von ihnen auf.

»Ich habe solche Angst«, sagte ich, aber Cody konnte das nicht hören.

Er kreischte über den Lärm hinweg: »Weißt du noch, was ich gesagt habe?«

Mein Kopf war ganz leer. »Was denn?«

»Wir paddeln auf einer diagonalen Linie von hier nach dort.« Er zeigte es mir mit einem Arm. »Du paddelst links, bis ich dir sage, dass du wechseln sollst.« Er atmete tief und sagte dann: »Auf los geht's los!«

Ich schloss für ein paar Sekunden die Augen.

»Fertig, los!«

Ich öffnete sie wieder und stieß das Paddel ein. Wie ein Pfeil schossen wir durch die Strömung. Unter uns standen die Felsen wie eine Mauer, und als ich schon glaubte, wir würden gegen die gischtumsprühten Felsen geworfen, riss Cody das Boot herum und wir schossen vorbei. Eine Welle schlug über den Bug und durchnässte mich.

»Noch zwei!«, rief Cody.

Ich konnte nicht aufhören zu zittern. Nach ein paar Augenblicken bemerkte er es. »Ist dir kalt, Sha?«

Nicht bloß kalt, dachte ich. Aber ich nickte.

»Wir haben noch eine halbe Meile bis Deerfoot. Wenn wir die andere Seite nehmen, können wir in der Sonne paddeln.«

Links spielte ein schmales Band aus Sonnenlicht auf den Wellen. Der Fluss hatte sich beruhigt und wiegte uns sanft. Mein Herz klopfte nicht mehr ganz so stürmisch und ich hatte Zeit mich umzusehen. Knorrige Bäume wuchsen zu beiden Seiten der Schlucht und die dunklen Umrisse von Hirschen bewegten sich langsam auf dem Grat einer hohen Klippe entlang.

Cody überlegte, was vor uns lag. »Deerfoot gehört zur Klasse vier, aber der Ranger hat gesagt, für einen Vierer sei es gar nicht besonders schlimm. Aber dann kommt Bildman's Fall«.

»Wie ist Deerfoot?« Ich versuchte meine Stimme ganz ruhig klingen zu lassen.

»Zwei lange Fälle zu beiden Seiten einer Felseninsel. Man sagt, von oben soll das aussehen wie ein gespaltener Huf. Schwierig ist nur, dass die Strömung genau auf den Felsen zuhält. Man kann entweder knapp rechts am Felsen entlang oder man muss hinüber zu einem Wirbel knapp über der Insel, und dann links vorbeischießen.«

»Und was willst du machen?«

»Dicht an der rechten Wand vorbei.« Cody musste schreien, da der Canyon jetzt den Lärm des Wildwassers als Echo zurückwarf. Vor uns hing die Gischt wie dichter Nebel über der Leanna. »Erinnerst du dich an den Hebelschlag?«

Ich zeigte es ihm, indem ich das Paddel senkrecht an der linken Seite des Bootes ins Wasser steckte und heftig nach außen abstieß. Das Kanu glitt nach rechts.

»Ein bisschen kräftiger musst du das aber wirklich machen.«

»Du klingst schon beinahe wie Henry«, murmelte ich, doch das konnte Cody selbstverständlich nicht hören.

Wir näherten uns der Stromschnelle. Deerfoot schien nicht schwieriger zu sein als die anderen beiden, aber der Fluss sah dunkel und brodelnd aus wie die Oberfläche eines Hexenkessels. Ich bemerkte, wie schwer es war, in der wirbelnden Strömung das Paddel festzuhalten. Wir blieben ganz weit rechts, aber wie schon vorhin versuchte die Strömung uns zur Mitte zu ziehen.

Fünf Meter vor der Insel schrie Cody: »Hebeln!« Ich ruderte, so kräftig ich konnte, trotzdem bewirkte das gar nichts. »Hebeln!«, schrie er noch einmal, aber ich war vor Entsetzen gelähmt und konnte mich nicht mehr rühren.

Wir glitten von der rechten Felswand ab. Dann hatte Cody wohl aufgegeben, denn ich hörte seine Stimme schwach durch das Brüllen der Stromschnelle dringen: »In die Mitte vom Wirbel, Shana. Los, paddele, so fest du kannst!«

Links oder rechts?, überlegte ich unsicher. Das Wasser schlug über mir zusammen. Ich entschied mich für links und paddelte, so sehr ich konnte. Die Insel kam auf uns zu wie ein Omnibus auf der falschen Fahrspur. Vorhin hatte Cody uns im letzten Augenblick vorbeigesteuert. Ich atmete tief und hörte nicht auf zu paddeln. Und dann wurden wir von einer riesigen Welle ergriffen. Ich hoffte, sie würde uns in den Wirbel spülen, doch sie warf uns krachend mitten auf die Insel.

»Halt dein Paddel fest!«, schrie Cody. Wir krachten mit einem schrecklich schürfenden Geräusch auf den Felsen. Das Boot kippte nach rechts. Für einen Augenblick hingen wir in der Luft, dann griff der Fluss nach uns und das Kanu legte sich auf die Seite wie ein sterbender Wal. Ich wurde von der Strömung hinuntergezogen, überschlug mich im Wasser, kam wieder hoch. Das Wasser war kalt und dunkel. Mir ging die Luft aus. Ich kämpfte mich an die Oberfläche, versuchte es noch einmal. Bilder schossen mir durch den Kopf. Ein Vogel, ein Buch, die braunen Stiefel des Rangers. Ich strampelte wie wild und bekam plötzlich Luft, aber der Boden sackte unter mir weg und ich wurde wie ein Fisch ins Helle geworfen. Als ich hinabblickte, sah ich, dass ich genau über einem Wasserfall war. Ich schlug klatschend auf die reißenden Wellen, ging unter, tauchte wieder auf, zog die Füße an und streckte sie vor mir aus, wie Cody es mir gesagt hatte. *Cody!* Wo war Cody? Dann sah ich ihn. Er hielt sich an einem Felsen dicht am rechten Ufer fest. Ich spürte eine unbeschreibliche Erleichterung.

»Cody, hier bin ich! Alles in Ordnung!« Er sah herüber. Sein Gesicht war weiß. Er sagte etwas, das ich nicht verstehen konnte.

»Ich halte die Füße oben, wie du es mir gesagt hast«, schrie ich ihm zu.

Er deutete auf das rechte Ufer und rief wieder.

Ich versuchte zu ihm zu paddeln, aber es ging nicht. Als ich vorübertrieb, hörte ich endlich, was er schrie. »Raus, Shana! Der Wasserfall! Der Wasserfall!«

Wer jemals einen Alptraum durchlebt hat, der weiß, dass er noch längst nicht vorüber ist, wenn der eigentliche Vorgang lange beendet ist. Er bleibt in den Gedanken haften, er taucht auf, wenn man ihn am wenigsten erwartet. Wenn man an einen ganz gewöhnlichen Ort kommt, fürchtet man sich plötzlich und man muss allen Mut zusammennehmen, um weiterzugehen. Wenn ich mich an Codys Schrei erinnere, zittere ich noch heute. Das Wasser trieb mich vor sich her wie einen Zweig. Das rechte Ufer war ganz nah und blieb für mich doch unerreichbar.

»Versuch es weiter, Shana!«, hörte ich ihn hinter mir rufen und ich schlug mit Händen und Füßen um mich. Dann schien das Paddel in meiner rechten Hand an etwas hängen zu bleiben und ich drückte es nach unten und fühlte das Flussbett. Ich stieß mich nach rechts ab, dann noch einmal. Cody war jetzt dicht bei mir und streckte mir den Arm entgegen: »Das Paddel! Hierher!« Es gelang mir, das Paddel in seine Richtung zu halten. Er packte das Blatt und zog. »Halt dich fest!« Meine Beine berührten Stein. Cody zog mich ins flache Wasser und hockte neben mir, als fürchtete er noch immer, ich könnte fortgespült werden. Ich zitterte am ganzen Leib.

»Alles in Ordnung, Sha?«

Ich konnte nicht ja sagen, nicht in diesem Augenblick. Aber nach fast einer Minute sagte ich: »Danke.«

Cody nickte. »Kannst du aufstehen?«

Ich versuchte es. Zu meiner Überraschung trugen mich meine Beine.

»Der Ranger«, murmelte Cody. Wir sahen das umgestürzte Kanu ungefähr zehn Meter unterhalb von uns. »Komm«, sagte Cody, »gehen wir!«

Es zeigte sich, dass sich Cody im Wasser das Handgelenk verrenkt hatte, und ich musste die meiste Arbeit tun, musste das Boot aufrichten, musste es ausleeren, musste es über den Pfad ziehen. Links hörte ich das laute Getöse von Blindman's Fall. Cody schaute hinüber, aber ich schaffte es nicht. Später sagte er mir, dass der Wasserfall ziemlich grauenhaft ausgesehen hätte.

Diesmal saß ich im Heck, denn Cody konnte kaum noch paddeln. Aus irgendeinem Grunde beunruhigte mich das nicht weiter. Wir stießen ab. Hinter uns toste der Wasserfall.

»Nur noch einer«, sagte Cody. Die Felswände des Canyons weiteten sich allmählich. Ich hatte wohl meinen toten Punkt überwunden, denn mein Paddel ließ uns förmlich vorwärts schießen. Cody bemerkte es auch.

»Henry würde gar nicht glauben, dass du das bist«, sagte er.

Dann waren wir an der letzten Stromschnelle, einer Gruppe von großen Felsbrocken mit einem Wasserfall genau in der Mitte. Cody steuerte von seiner Seite her, indem er das Paddel mit der gesunden Hand beim Blatt packte. Ich ruderte heftig und wir schossen über die Kante und mitten durch den Wasserfall hindurch. Ein großer blauer Reiher, der hinter einem Felsen fischte, wandte sich um und erhob sich mit Flügeln, deren Spannweite größer war als ich. Irgendwo in der Ferne rollte ein Lastwagen über Pflaster. Nach einiger Zeit sahen wir drei Häuser, dicht am Ufer, wie wohl tuende alte Freunde.

»Das schreibe ich auf«, sagte ich zu Cody. »Den ganzen Sommer, aber mit heute fange ich an.«

»Keiner wird es dir glauben.« Dann hob er plötzlich die Hand. »Schau mal, Telefonleitungen! Und da ist ein Mann, der Holz hackt!«

Wir zogen das Kanu an Land und gingen auf den Mann zu. Meine Beine zitterten furchtbar. Ich konnte kaum noch laufen.

»Oben am Fluss liegt ein Verletzter. Können wir bei Ihnen telefonieren, um Hilfe zu rufen?«

Er streckte die Hand aus. »Kommt herein.«

Er rief im Hospital in Harrisburg an. Dort sagte man ihm, der Hubschrauber würde mich abholen, damit ich ihn zu dem Verletzten führen könnte. Der Mann versprach, Cody nach Hause zu fahren.

Der Flug mit dem Hubschrauber war laut und schnell.

Ich saß vorn neben dem Piloten. Er starrte in die Schlucht, fragte mich, wie wir da durchgekommen seien, aber ich war so besorgt um Henry, dass ich kaum sprechen konnte. Henry sah dort unten auf dem Stückchen Kiesstrand ganz winzig und leblos aus und ich hielt ihn für tot. Man ließ mich in einem Geschirr gemeinsam mit einer Ärztin hinunter und gleich darauf kam noch eine Trage.

»Er lebt«, rief sie über den Lärm des Hubschraubers hinweg. »Wie heißt er?«

»Henry Luck.«

»Hast du gesehen, wie es passiert ist?«

Ich schüttelte den Kopf.

»Woher kennst du ihn?«

»Er lebt weiter oben am Fluss.«

Inzwischen hatte sie seinen Puls gefühlt und ihm eine Spritze gegeben. Dann verband sie schnell seine Kopfwunde. »Er hat sehr viel Blut verloren. Sag seinen Leuten, dass sie schnell kommen sollen ...« Sie zögerte, dann sah sie sich ein wenig verängstigt um, als hätte sie einen solchen Ort noch nie gesehen. »Kommst du von hier nach Hause?«

»Ja.«

Sie band ihn an der Trage fest. »Ist er ein Freund von dir?«

Ich weiß nicht recht, warum ich nickte.

»Sehr viel Blut hat er verloren«, wiederholte sie und schaute mich fragend an, ob ich begriffen hätte.

Für ein paar Sekunden hielt ich seine Hand. »Wir haben es durch die Schlucht geschafft«, sagte ich. Dann wollte ich loslassen, aber er hielt meine Hand fest und ich wusste, dass er Angst hatte.

»Henry«, sagte ich. »Leb wohl!« Trotzdem hielt er mich weiter fest.

Die Ärztin wurde ungeduldig. »Wir müssen los!«

»Henry . . .«

Er presste meine Hand, als könnte ich ihn retten. Sein Mund bewegte sich, aber es kam kein Laut hervor. Plötzlich wusste ich, was er wollte. Im ersten Augenblick wurde ich zornig. »Ich kann das nicht!«, sagte ich.

Die Ärztin sah uns verständnislos an.

»Ich gehe wieder zur Schule«, versuchte ich zu erklären. »Ich werde gar nicht hier sein, von ein paar Wochenenden vielleicht abgesehen.«

Henry hielt mich noch immer fest. Ich erinnerte mich, was ich einmal zu Cody gesagt hatte: der Ranger habe eine ganz seltsame Art immer seinen Willen durchzusetzen. Ich schüttelte den Kopf, aber er sah verängstigt aus. Ich brachte es nicht über mich, ihn so zurückzulassen.

»Also gut, ich will versuchen mich darum zu kümmern«, sagte ich.

Da ließ er mich endlich los.

ZWEIUNDZWANZIG

Wir erfuhren, dass der Ranger gestorben war. Die Ärztin hatte es Mama gesagt. Nicht einmal bis zum Krankenhaus hatte er es noch geschafft. Er starb im Hubschrauber, mitten in all dem Lärm. Ob er wohl die Augen noch einmal geöffnet und hinabgeschaut hatte auf den Fleckenteppich aus Felsen, Bäumen und Flussbett? Vielleicht sah er, was die Wildgänse sehen, wenn sie zu fernen, fremden Orten unterwegs sind und dicht über die Felsenhöhlen hinwegstreichen.

Cody und ich trauerten um ihn. Zusammen saßen wir unter den Schierlingstannen und sagten, dass er uns fehlte, was Mama auch davon halten mochte. Ich zeigte Cody ein neues Gedicht, das ich geschrieben hatte:

Ich träume von Henry,
wie er am Ufer des Flusses steht,
aufrecht und stark;
Er sieht nicht,
wie die Schwarzbärin sich am Wasser labt,
wie die Berglöwin mit vollem Bauch
im Schatten der Schierlingstannen
ihre Jungen säugt;

aber Vögel mit bunt leuchtendem Gefieder
umflattern ihn,
und alle Blumen –
Phlox, Veilchen und Rühr-mich-nicht-an –
haben diesen Tag zum Blühen gewählt.
Die Fische stehen dicht an dicht im Wasser,
die Schnur rollt zurück,
wölbt sich zu einem vollkommenen Bogen,
und die größte aller Forellen
im tiefen, klaren Gewässer
macht sich bereit, ins Helle zu springen.

Cody hatte seine eigene Art an Henry zu denken. Er hatte sich in den Kopf gesetzt, so lange mit dem Kanu zu üben, bis er jede Stromschnelle der vierten Kategorie meistern könne. Sobald er achtzehn sein würde, wolle er die großen Flüsse fahren: Cheat, Gauley und Tygart. »Und außerdem lerne ich Saxophon spielen«, sagte er.

»Was hat das denn mit den Flüssen zu tun?«

»Nichts. Aber ich hab es auch in diesem Sommer gehört, und es klingt einfach cool, Shana – wie ein Wasserfall, nur dass es Musik ist.«

»Glaubst du, dass du zu Hause einen Saxophonlehrer findest?«

Er zuckte die Achseln. »Wenn ich Onkel Mike darum bitte, fährt er mich bestimmt nach Oldtown. Da wird es ja wohl einen geben.«

Beinahe hätte ich gesagt: In Laglade bestimmt auch. Da werde ich nämlich mit der Highschool anfangen.

Als Mama herausfand, wie sehr ich sie den ganzen

Sommer über angelogen hatte, sagte sie, dass sie mir nicht mehr vertrauen könnte, so ganz allein. Cody stand dabei und hörte genau, was sie sagte, aber er verteidigte mich nicht. Wahrscheinlich hatte er Angst, sie würde ihre Meinung auch in seinem Fall ändern. Mama wusste genau, was wir dachten. Sie sagte, ich sei verantwortlich gewesen. Und als ich ihr erklären wollte, was wirklich geschehen war, schüttelte sie nur den Kopf und sagte, sie wolle jetzt nichts mehr davon hören.

An dem Tag, an dem Codys Verband von seinem Handgelenk abgenommen wurde, ging er angeln. Er war gerade fort, als jemand an unsere Tür klopfte. Ich dachte, es sei vielleicht Onkel Mike, der früher angekommen sei, aber als ich hinausschaute, standen dort zwei Männer in Uniform. Der ältere von ihnen, ein Dicker mit Bart, tippte an seinen breitkrempigen Hut. »Ich bin Sheriff Cooper und suche Mrs. Allen.«

Ich rief nach Mama, und als sie zur Tür ging, sagte ihr Gesicht ganz deutlich: Was denn nun schon wieder?

Der Sheriff stellte sich und seinen Deputy vor. »Wir sind gestern bei Henry Lucks Hütte gewesen. Wir wussten, dass er einen Revolver hatte, und wollten nicht, dass jemand käme und sich die Waffe aneignen könnte. Es hat sich herausgestellt, dass er keine Munition hatte, aber wir haben den Revolver mitgenommen, die alten Lebensmittel beseitigt und den Abfall und die schmutzigen Kleider verbrannt.«

Er räusperte sich und sah Mama irgendwie komisch an. »Es war das zweite Mal. Im vergangenen Monat sind wir schon einmal bei ihm gewesen. Ein paar Angler hatten sich über ihn beschwert und vor zwei Wochen bin ich dann vorbeigegangen und habe Luck gesagt, er sollte mit dem Unsinn aufhören. Dabei ist mir aufgefallen, wie schlecht er aussah. Darum habe ich ihn gefragt, ob er nicht einmal das Seniorenheim in der Stadt besuchen wollte, nur um zu sehen, wie es da so ist. Diesmal ist er nicht gleich aus der Haut gefahren, sondern er hat ein Schriftstück von seinem Tisch genommen und mich gebeten es zu beglaubigen. Das habe ich dann auch getan. Ich habe ihm gesagt, ich würde am Dienstag wiederkommen und ihn in die Stadt fahren. Zu meiner Überraschung war er einverstanden, er müsse nur vorher noch ein paar wichtige Dinge erledigen. Und dann hörten wir auf einmal, dass er tot ist. Das hier habe ich auf seinem Tisch gefunden.«

Der Sheriff streckte Mama ein Stück Papier entgegen. »Sie sind doch Shana Allen, nicht wahr?«

Sie zuckte zurück, als hätten ihr seine Worte einen Stich versetzt. »Nein, das ist meine Tochter.«

Mein Herz fing an zu klopfen, aber der Sheriff gab mir das Papier nicht.

Er gab es Mama und sie las es laut vor:

»Testament.
Ich, Henry Luck, bin bei gesundem Verstand und erkläre hiermit meinen letzten Willen: Ich vermache mein Land, mein Haus und alles, was darin ist, Shana Allen und ihrem Bruder Cody.«

»Es ist vergangene Woche datiert und unterschrieben

worden.« Mama starrte auf das Papier. »Ist das denn rechtsgültig?«

Der Sheriff räusperte sich.

»Ich denke schon. Sie haben hoffentlich nichts dagegen, aber ich habe mir die Freiheit genommen, seiner Exfrau und seiner Tochter davon zu erzählen, die ja hier aus der Gegend stammen. Von ihrer Seite wird es keinen Einspruch geben.«

»Shana ist doch erst dreizehn.«

»Ich denke, darüber wird sich keiner aufregen. Die Hütte besteht aus einem einzigen Zimmer, es gibt keinen Straßenzugang, keine sanitären Einrichtungen, keinen Strom. Herd und Kühlschrank werden mit Propangas betrieben. Ich habe mich nach den Steuern erkundigt: Sie betragen achtzig Dollar und sind vergangenes Frühjahr bezahlt worden.«

»Shana?« Meine Mutter wandte sich an mich. »Hast du davon etwas gewusst?«

Ich nahm das Papier in die Hand. Seine alte, krakelige Handschrift erinnerte mich an ihn: wacklig und störrisch. Ich überlegte, wann er das aufgesetzt hatte. War es das, was er mir am Flussufer zu sagen versuchte, ehe sie ihn fortschafften?

Ich schluckte. »Nein.«

»Aber warum sollte er gerade euch etwas hinterlassen?«, fragte Mama.

»Er hat sich gewünscht, dass wir uns um bestimmte Dinge kümmern«, versuchte ich zu erklären. »Um den Fluss und die Forellen. Vielleicht hat er gemeint, wir brauchten eine Unterkunft, von der aus wir das machen könnten. Mit unserer Hütte hier war er nicht einverstanden, wegen dem Außenklo.«

»Ihr seid Kinder«, sagte Mama. »Wie solltet ihr euch um einen Fluss kümmern?«

Ich antwortete nicht.

Der Sheriff lächelte. »Er war nicht ganz richtig im Kopf, Madam. Aber Ada Burns sagt, dass die Kinder ihm geholfen haben. Vielleicht hat ihn das dazu bewogen. Er hat nie etwas nach den gewohnten Regeln getan. Dafür war er nicht der Mensch. Er war der dickköpfigste Mann, der mir je begegnet ist.«

Ich sah den Sheriff an. Er lächelte und mir war klar, dass er Henry gekannt hatte. Vielleicht hatte er ihn sogar ein wenig gemocht. Er nickte mir zu.

»Nicht viele in deinem Alter haben schon einen eigenen Besitz, junge Lady. Vielleicht bekommst du das als Dank für deine Freundlichkeit.«

Meine Augen wurden nass und er sah verlegen aus.

»Legen Sie das Papier beim Nachlassgericht vor«, sagte er zu Mama. »In ein, zwei Monaten werden sie es abstempeln und dann gehört es amtlich ihr. Inzwischen habe ich die Hütte erst einmal abgeschlossen. Aber da drin herrscht ein furchtbares Durcheinander.« Er gab mir den Schlüssel.

DREIUNDZWANZIG

Das einzig Gute an Codys Abreise war, dass ich Onkel Mike wiedersah. Er hatte noch nichts von der Ranger-Geschichte gehört, also umarmte er mich und fragte: »Kommst du nach Hause, Sha?«

»Ich kann nicht.« Er muss mir vom Gesicht abgelesen haben, dass etwas nicht stimmte.

»Wieso nicht?«

Ich wollte es ihm nicht erzählen, also ging ich hinaus und ließ Mama alles erklären. Als ich wieder hereinkam, sah er noch immer ganz verdutzt aus, aber er hatte sich wohl entschieden, Mamas Beschluss nicht in Frage zu stellen, denn er umarmte mich und sagte: »Am Thanksgiving-Tag sehen wir uns ja wieder – wenn nicht noch früher.«

Wir zeigten ihm den Fluss und die Wälder. Er wollte auch gern die Hütte des Rangers sehen, aber Mama sagte, dazu sei nicht mehr genug Zeit. Sie selbst hatte sie noch nicht einmal angesehen, obgleich ich sie dazu aufgefordert hatte. Vielleicht konnte sie sich einfach nicht eingestehen, dass diese ganze Sache auch etwas Gutes mit sich gebracht hatte.

Wir aßen gemeinsam, grillten Hamburger über der Feuerstelle, die Cody und ich draußen angelegt hatten. Ich erinnerte mich daran, wie wir die Salamander gefunden und mit ihnen gespielt hatten. Dann fiel uns ein, dass Onkel Mike Felix gar nicht kennen gelernt hatte. Cody lief draußen herum und suchte ihn. Wir waren uns einig, dass er mit nach Warrensburg musste, weil man einem frei lebenden Kater keine Stadtwohnung in Laglade zumuten konnte.

Aber Felix kam nicht oder wollte nicht. Er konnte ziemlich widerspenstig sein, besonders wenn man etwas von ihm wollte. Wir suchten auf dem obersten Regalbrett in der Speisekammer, in einem Loch im Fundament der Hütte, bei den Schierlingstannen, wo Eichelhäher und Grasmücken um ihn herumgeschossen waren und ihn verjagt hatten. Cody war ganz unglücklich. Mit Felix zusammen konnte er sich wohl von uns trennen, ohne Felix konnte er jedoch nicht gehen.

»Verdammter Kater!«, sagte er. Seine Stimme klang ganz gepresst.

»Ich fang schon mal an, das Gepäck zum Wagen zu bringen«, sagte Onkel Mike. »Wenn der Schurke sieht, dass du tatsächlich fortwillst, kommt er vielleicht doch noch.«

Mama ging mit Mike. Ich nehme an, sie wollte ihm noch genauer erzählen, was ich angestellt hatte und warum man sich auf mich nicht verlassen konnte.

Cody versuchte, nicht zu weinen.

»Du bist durch alle Stromschnellen gekommen«, sagte ich, »und jetzt brichst du wegen einer Katze fast zusammen!«

Er schüttelte den Kopf und wandte das Gesicht ab.

»Wir bringen ihn dann eben an einem Wochenende mit«, versuchte ich ihn zu trösten.

Cody antwortete nicht. Ich hatte das Gefühl, dass es außer Felix noch andere Dinge gab, über die gesprochen werden musste.

»Ich wäre nicht mit dir nach Warrensburg gekommen, auch wenn ich die Wahl gehabt hätte«, sagte ich. »Ich habe lange darüber nachgedacht und möchte lieber in Laglade zur Schule gehen. Da kümmert man sich darum, was die Schüler denken, nicht nur, ob die Antworten richtig sind. Und die meisten Kids gehen später aufs College. Sie haben sogar eine Stelle, die sich um Stipendien kümmert.«

»Aber wird dir denn die Natur nicht fehlen?«

»An den Wochenenden kann ich ja herkommen oder sogar nach der Schule. Und es ist ja nicht für immer – Mama hat gesagt, dass sie nur noch eine Weile länger bleiben möchte.«

Cody sah mich nicht an. Vielleicht glaubte er mir nicht oder er war gekränkt, weil ich nicht mit ihm gehen wollte. »Sie hätte dir nicht allein die Schuld geben dürfen«, murmelte er.

»Du hast mir doch abgeraten, wieder zum Ranger zu gehen.«

»Zuerst, ja. Aber dann bin ich selber zu ihm gegangen, als er das mit dem Kanufahren angeboten hat.«

Ich zuckte die Achseln.

»Aber jedenfalls hat Mama Unrecht«, sagte Cody störrisch. »Und ich damals auch. Wenn du nämlich nicht hingegangen wärst, hätten wir ihn gar nicht kennen gelernt. Da können ruhig alle sagen, dass er verrückt war, vielleicht stimmt das ja auch. Aber er hat genau gewusst, was für ein Leben er wollte und wann es richtig war, damit Schluss zu machen. In einem Altersheim hätte er es doch gar nicht ausgehalten.«

Ich nickte. Am liebsten hätte ich Cody umarmt, als er das sagte, aber ich wusste, dass er dann nur böse geworden wäre.

»Aber sie wissen eben nicht alles«, sagte Cody. »Sie haben keine Ahnung von dem Fisch, der in den Fels gemeißelt ist, von der Quelle im Kalksteinfelsen.«

»Das sind unsere Geheimnisse«, sagte ich und wir hakten unsere kleinen Finger ineinander, wie wir es als kleine Kinder getan hatten.

Als wir miteinander sprachen, tauchte Felix auf. Wenn es jemals ein Tier gegeben hat, das sich für Geheimnisse interessierte, dann war das dieser Kater. Wir packten ihn schnell. Er spürte, dass etwas nicht ganz geheuer war, aber sosehr er auch fauchte und zischte, wir hielten ihn fest, als ginge es um unser Leben.

»Wenn du das nächste Mal nach Hause kommst, bringst du das Kanu mit«, sagte Cody, als er schließlich im Auto saß.

Mama sah ihn an und schüttelte den Kopf. Ich brauchte sie nur anzuschauen, um zu erkennen, dass sie von Stromschnellen und Wasserfällen nichts mehr hören wollte.

»Und kümmer dich gut um unsere Hütte«, sagte Cody noch. Er hob Felix in die Höhe und ließ ihn aus dem Fenster gucken. »Auf Wiedersehen!«

Am liebsten wäre ich neben dem Wagen hergelaufen und hätte mich daran festgeklammert, aber ich hielt mich zurück und schaute den Davonfahrenden nur nach, solange ich sie sehen konnte.

Wir blieben noch fünf Tage an der Leanna. Ich zählte rückwärts: die verbleibenden Tage und übrig gebliebenen Familienmitglieder – vier, drei, zwei. Mama hatte für die letzte Woche Urlaub genommen und hielt mich am kurzen Zügel. Sie wollte immer genau wissen, wohin ich ging und woher ich kam. Ich wollte gern zur Hütte des Rangers gehen, aber sie fand immer einen Grund, um nein zu sagen. Vielleicht glaubte sie, wenn sie mich von der Hütte fern hielt, würde alles, was in den letzten Wochen geschehen war, ein wenig verblassen. Aber nach den Monaten der Freiheit mit Cody fühlte ich mich wie angekettet.

Wir kamen nicht gut miteinander aus. Sie war sehr abweisend wegen meines Verhaltens und ich war wütend, weil sie sich meine Erklärungen nicht anhören wollte. Sobald ich den Ranger erwähnte, zog sie ein Gesicht, als ob er ein Hackebeilmörder gewesen sei. Nach einiger Zeit gab ich auf. Mir fehlte Cody so sehr wie noch nie. Wenn ich mir vorstellte, wie er zu Hause auf der Veranda saß oder durch das Feld zum Fluss ging, dann zitterte ich vor Sehnsucht und Kummer.

Zweimal stieg ich nachts aus dem Fenster und schlich zu meiner Höhle. Dann legte ich die Taschenlampe auf den Sims und schrieb all die Erklärungen in mein Tagebuch, die Mama sich nicht anhören wollte. Ein Gedicht schrieb ich auch wieder und ich fing die Geschichte dieses

Sommers an, eine Geschichte, an der ich jahrelang arbeiten würde, bis sie fertig wäre.

Ich war so einsam, dass ich fast verzweifelte. Einmal nahm Mama mich mit zum Einkaufen. Ich sagte, ich wolle im Wagen sitzen bleiben und lesen, aber die Wahrheit war, dass ich an der Ecke des Parkplatzes eine Telefonzelle entdeckt hatte. Sobald Mama in den Laden gegangen war, lief ich zum Telefon und rief Daddy in New York an. Diesmal war ich vorbereitet. Falls eine Frau am Apparat sein sollte, wollte ich fragen, ob ich ihn sprechen könnte – als wäre sie überhaupt nicht da. Das Telefon fing an zu läuten und ich legte mir noch einmal zurecht, was ich alles wollte: Ich wollte ihm vom Ranger erzählen, wollte, dass er mit mir traurig über seinen Tod war. Daddy konnte um eine Maus und sogar um eine Blume trauern. Er hat uns früher immer geholfen tote Tauben zu beerdigen und für sie an ihren Gräbern zu beten. Das Telefon läutete viermal. Dann sagte eine Stimme: »Der gewählte Anschluss besteht nicht mehr.« Ich bat die Vermittlung, es noch einmal zu überprüfen. Sie konnte keinen anderen Eintrag für Daddy finden. Ich ließ nicht locker und sie schien froh zu sein, als ich endlich aufgab.

Mama erzählte ich nichts von dem Anruf. Was hätte das auch für einen Sinn gehabt? Mama war nämlich auch unglücklich. Abends, wenn sie glaubte, dass ich schlief, hörte ich sie weinen. Es war ein so einsames Geräusch in dieser einsamen Hütte und ich musste daliegen und es mit anhören. Manchmal hielt ich mir die Ohren zu, um es nicht mehr hören zu müssen. Aber später wehte der Wind über die Felsen, die Bäume ächzten und es war, als ob die ganze Welt trauerte.

Sternenlicht, Sternenglanz
bring mich nach Haus ...
Heb mich wie Nebel über die Berge
und trag mich zum Farmhaus am Feld;
Trag mich wie Gischt über dunkles Wasser
bis hin zu dem Ort, an dem ich geboren bin;

Lass mich schweben zum Ufer des Flusses,
wo Geißblatt die Luft mit Süße erfüllt
und Grillen meinen Namen singen
und wo schwaches Licht aus dem Fenster dringt;
sanft lockend –
glänzt es
für mich.

Am vierten Tag fing ich an zu packen. Ich nahm meinen Matchbeutel und stopfte alles hinein: Shorts und T-Shirts, Socken und Unterwäsche, die löchrigen Turnschuhe, die ich beim Fischen benutzt hatte, und zwei abgewetzte Jeans. Aus der Höhle holte ich mein Tagebuch und die Naturführer, die ich dort aufbewahrt hatte. Mein Angelzeug kam in die Obstkiste, die neben meinem Bett gestanden hatte, dazu Landkarte, Messer, Taschenlampe und ein paar hübsche Steine, die ich am Fluss gefunden hatte. Ganz obenauf legte ich Daddys Briefe.

Ich machte auch gründlich sauber, fegte die Blätter aus dem Raum und die Borkenstückchen von Codys Schnitzarbeiten. Hatte ich ihm nicht oft genug gesagt, dass er lieber draußen arbeiten sollte? Dabei stieß der Besen an etwas Hartes unter dem Bett. Ich ging auf die Knie und sah den Schuhkarton mit den Fotos. Hatte Cody den für mich zurückgelassen? Ich zog ihn hervor und öffnete ihn. Cody hatte sich die Bilder nach mir angesehen, denn die Fotos, die ganz obenauf lagen, waren seine Lieblingsbilder: unsere Familie am Thanksgiving-Tag am Tisch sitzend oder auf dem Trittbrett von Daddys Truck.

Hier standen wir am Fluss und hielten auf eine Schnur gereihte Fische in die Kamera. Die hatten wir bei einem Ausflug gefangen. Das war ein Foto vom Weihnachtsbaum mit Großvater in seinem neuen Nachthemd und mit einer Nikolausmütze auf dem Kopf. Dann kam ein Foto, das ich längst vergessen hatte: eine alte Frau, die auf ein kleines Kind hinunterschaute, ihr Gesicht vom Lächeln in unzählige Falten und Runzeln gelegt. Das Baby schaute mit ernsthaften Augen zurück. Das waren meine Augen und Großmutter hielt mich auf dem Arm. Ich glaubte mich an ihre Stimme zu erinnern, wenn sie uns etwas vorgelesen hatte, und man hatte mir erzählt, wie ich in dem Jahr, bevor sie starb und als sie schon zu schwach zum Gehen war, immer versucht hatte ihr auf den Schoß zu klettern. Dann legte sie rasch ihre Patchworkarbeit beiseite, damit ich mich nicht an den Nadeln stechen konnte. Mit den Fingern zeichnete ich die Nähte der Flickendecke auf meinem Bett nach. Großmutter hatte meistens dunkle Farbtöne verwendet: Grün, Blau und Braun und dazwischen ein paar Muster und Streifen. Mama hat mir erzählt, dass Großmutter alle Decken aus

Stoffresten gemacht hat. Eine Flickendecke mit den purpurroten Blumen bestand aus den Krabbelanzügen, die ich getragen hatte, als ich laufen lernte. Sie waren so durchlöchert gewesen, dass Daddy sie zum Abfall geworfen hatte, aber Großmutter hatte ihn dazu gebracht, sie wieder herauszufischen. Sie hatte gesucht und gesucht, bis sie ein Stück gefunden hatte, das noch zu retten war. »Sie hat Dinge aus Sachen gemacht, die andere Leute weggeworfen haben«, hat Großvater mir einmal erzählt. »Schöne Sachen: Decken, Teppiche und Federkissen; Apfelgelee aus den Schalen, die ich weggeworfen hätte ...«

Ich packte den Bilderkarton in meine Kiste und ging ins große Zimmer hinüber. Mama saß am Tisch und las irgendwelche Papiere. Als ich kam, legte sie sie beiseite.

»Bist du fertig mit Packen?«

»Fast.«

»Die meisten Töpfe und Teller habe ich verstaut.« Sie deutete auf einen großen Pappkarton. »Wir werden ziemlich oft zwischen der Hütte und dem Auto hin- und herlaufen müssen.«

»Dann gehe ich jetzt schon mal.« Ich erwartete schon, dass sie mitkommen würde, aber sie sagte nichts. Als ich den Pfad entlangging, fühlte ich mich ein wenig besser. Aus einiger Entfernung und von oben betrachtet, sah die Hütte ganz proper aus. Wir hatten die Fenster mit Folie und Klebeband abgedichtet; das Dach war geflickt und geteert; gehacktes Brennholz war an einer Wand aufgestapelt. Wir hatten diese Behausung ein ganzes Stück verbessert und sie hatte uns Obdach geboten.

Als ich zurückkam, saß Mutter wieder über Papiere

gebeugt – es waren wohl dieselben, die sie vorhin beiseite geschoben hatte.

»Sind das die Ergebnisse von deiner Buchhaltungsprüfung?«

Sie schüttelte den Kopf und zum ersten Mal seit Tagen lächelte sie. »Nein, aber ich habe die Prüfung bestanden. Sogar recht gut. Philip meint, dass meine Beförderung sicher ist.«

»Das ist gut.« Ich versuchte begeistert zu klingen. Mama nützte das aus.

»Ich weiß, dass es zwischen uns in letzter Zeit nicht gut gelaufen ist, Sha, aber das wird wieder besser. Was hier alles geschehen ist, war einfach ein Schock für mich und am meisten hat mich betroffen gemacht, dass ich nichts von alledem gewusst habe. Ich habe darüber nachgedacht und verstehe, wie das alles gekommen ist. Ihr müsst gefürchtet haben, ich würde euch sofort wieder nach Laglade holen, wenn ich etwas von dem Ranger erfahren hätte. Damit hattet ihr ja auch nicht ganz Unrecht ...« Sie nickte, als hätte ich das gesagt und sie wolle mir nur zustimmen. »Ich bin nicht mit dem einverstanden, was ihr getan habt, aber ich mache mir selber auch Vorwürfe. Ich war so sehr damit beschäftigt, mich um mein eigenes Leben zu kümmern, dass ich nicht genug auf Cody und dich eingegangen bin.«

»Der Ranger war seltsam, das schon, aber er war auch ein interessanter Mann«, erklärte ich Mama.

»Interessant?« Sie sah mich an, als wären wir vom Kurs abgekommen.

Aber ich blieb dabei. »Cody hat ihn gemocht, als er ihn

ein bisschen kennen gelernt hat. Er konnte richtig kindisch sein, aber für den Fluss hat er immer nur das Beste gewollt. Und er wollte, dass wir den Fluss genauso lieben sollten wie er.«

»Aha!« Mamas Gesicht verriet mir, dass ihr nicht ganz klar war, wie man einen Fluss lieben konnte, vielleicht fand sie es auch schon schwierig genug, Menschen zu lieben. Sie wechselte das Thema, fragte nach der Schulkleidung und danach, was ich meiner Meinung nach Neues brauchte. Aber ich war noch nicht bereit ihr zu folgen. Noch nicht.

»Im Sommer habe ich ein Tagebuch geschrieben«, erzählte ich ihr. »Und drei Gedichte. Außerdem habe ich eine Geschichte angefangen.«

»Die musst du mir vorlesen.« Sie lächelte wieder.

Warum ich den nächsten Satz gesagt habe, weiß ich nicht, es war so dumm. Und vielleicht hätte dieser Sommer nur halb so schlecht geendet, wenn ich ihn nicht ausgesprochen hätte. Aber das bezweifle ich. »Ein Gedicht habe ich dem Ranger vorgelesen und es dann auch an Daddy geschickt. Er hat gesagt, er habe dabei an sich selbst denken müssen.«

Mamas Gesicht musste sich wohl verändert haben, aber das fiel mir nicht sofort auf, weil ich blindlings weiterredete und meine Hoffnungen flattern ließ wie bunte Wäschestücke auf einer Leine. »Wenn er wiederkommt, dann sitzen wir abends am Ofen und lesen zusammen Gedichte«, sagte ich. »Wir essen Popcorn. Cody sucht sich vielleicht irgendeinen dummen Comic aus, Daddy liest etwas über die Renaissance und du einen deiner Lieblingsromane. Und ich lese die Gedichte vor, die ich selber geschrieben habe. Ihr sollt die Allerersten sein, die sie zu hören kriegen.«

Dann schwieg ich plötzlich, denn jetzt war mir Mamas Gesicht aufgefallen. Es war so traurig, dass sie fast fremd aussah.

»So wird es nicht sein«, sagte sie. »Wenn Charlie wirklich wiederkommt, werden wir nicht mehr zusammenleben.«

Ich dachte, sie meinte damit, dass er nach Warrensburg gehen würde und sie und ich noch in Laglade wären. »Er kann doch nach Laglade kommen«, sagte ich und ließ meiner Zunge freien Lauf. »Er wird sich daran gewöhnen. Und Cody auch, wenn wir erst wieder zusammen sind. Für Cody ist das die Hauptsache.«

»Nein, es ist die Hauptsache für *dich,* Shana.« Mama schüttelte langsam den Kopf. »Cody akzeptiert die Tatsachen. Ich habe ihm nichts erzählt. Er ist von selber darauf zu sprechen gekommen.«

»Worauf?«

Sie reichte mir eines der Papiere, die ich für Testergebnisse gehalten hatte. Ich wollte es gar nicht ansehen, aber sie saß mir gegenüber und beobachtete mich, also blieb mir nichts anderes übrig. Ganz oben stand: *»Allen gegen Allen«.*

»Was ist das?«

»Wir lassen uns scheiden.« Sie sagte es einfach nur so.

»Wieso?«

»Weil ich nicht zu ihm zurückkann. Ich dachte, ich könnte es, und ich habe auch versucht es mir einzureden, aber ich kann es nicht.«

»Er wird hierher kommen«, wiederholte ich.

»Ich liebe Charlie mehr als jeden anderen Menschen, aber wir kommen nicht miteinander aus.«

»Das müsst ihr aber! Ihr habt Cody und mich! Ihr könnt nicht einfach alles für uns kaputtmachen.«

»Ihr werdet euch damit abfinden müssen«, sagte sie ruhig.

»Das werde ich nicht!« Ich starrte sie so heftig an, dass sie zurückschreckte, und ich war überzeugt, dass dieser Teil der Sache – die Scheidung – allein ihre Schuld war.

»Hast du es Daddy schon gesagt?«

»Ich habe mit ihm gesprochen, bevor er nach Italien abgereist ist.«

Sie muss mir angesehen haben, dass ich davon nichts wusste. »Vergangene Woche ist er abgeflogen.«

Ich konnte es nicht glauben. Mein Gesicht wurde rot. »Er hat doch aber gesagt, wir würden alle nach Italien reisen«, murmelte ich. »Das hat er mir geschrieben.«

Mama hörte kaum zu. »Es ist nicht nur wegen der Kellnerin«, sagte sie, ohne mich anzusehen. »Das glaube ich jedenfalls. Er hat gesagt, er müsse unbedingt die Sixtinische Kapelle sehen.« Ihre Stimme versagte. Mir war, als flögen lauter winzige Glassplitter um mich her. Wenn ich mich jetzt rührte, wenn ich den Mund aufmachte, würden sie mich schneiden.

Eine Weile saß ich steif da. Sie weinte, aber ich war schon so verletzt, dass nichts es noch schlimmer machen konnte. Sie hatten uns verraten. Beide! Und wir konnten nichts dagegen tun.

VIERUNDZWANZIG

An diesem Abend wartete ich, bis Mama zu Bett gegangen war, dann kletterte ich aus dem Fenster und nahm die Decke, eine Taschenlampe und die Kiste mit meinen Sachen mit. Der Vollmond leuchtete mir auf dem Weg zur Hütte des Rangers. Ich fühlte mich ausgelaugt und leer wie ein Geisterwesen. Bisher hatte ich geglaubt die Menschen zu kennen, die ich am meisten liebte, aber bei einem nach dem anderen – Großvater, Daddy, Mama – hatte ich Dinge festgestellt, die sie mir zu Fremden machten. Sogar bei Cody. *Er hat die Tatsachen akzeptiert,* hatte Mama gesagt. Ich wollte mir einbilden, dass sie log, aber ich wusste zugleich, dass sie in dieser Sache nicht lügen würde.

Das Vorhängeschloss glänzte an der Hüttentür. Ich schloss es auf und trat ein. Im Raum war es kalt, aber es lagen Späne in der Holzkiste, also zündete ich in dem gusseisernen Ofen ein Feuer an. Dann ging ich hinaus, um Holzscheite zu holen. Das Mondlicht ließ die Umrisse des Schuppens, der Pumpe, des Gartens klar hervortreten. Eine Eule rief schrill und ich dachte an den kleinen Hüttensänger, der so tapfer zu überleben versuchte. Ob er in seinem Vogelhaus in Sicherheit war? Oder hatte er gerade diese Nacht, diesen Vollmond ausgewählt, um davonzufliegen?

Uhuuu! ... Der Eulenruf hallte von den Klippen wider, als ich das Holz ins Haus trug. Dunkelheit ballte sich in den Ecken des Raumes und verwischte die Umrisse von Tisch und Stuhl, von Schreibtisch und Bett. Ich schob zwei Scheite in den Ofen und ließ die Metallklappe geöffnet, damit sie besser anbrennen konnten. Die Flammen zeichneten Schatten an die Hüttenwände. Mein Fuß berührte die Obstkiste. Ich setzte mich, nahm den Karton mit den Bildern heraus und stellte ihn mir auf den Schoß. Im flackernden Licht sortierte ich die Fotos. Codys Lieblingsbilder kamen in die obere Schublade des Schreibtischs; meine hielt ich an mich gepresst, als wären sie lebendig. Mit dem Finger strich ich über Gesichter und Erinnerungen. Ich zerriss die Bilder, eines nach dem anderen, und warf sie ins Feuer.

Dann weinte ich, weil ich wusste, dass es unsere Familie nicht mehr gab und nichts sie mehr zurückbringen konnte. Daddy wünschte sich etwas, das wir nicht hatten, wünschte es sich so sehr, dass er den Ozean überquert hatte, um es zu finden. Mama war es müde, auf einen Mann zu warten, auf den sie sich nicht verlassen konnte. Mein Traum war es gewesen, gemeinsam nach Hause zurückzukehren, aber er hatte nichts bewirkt. Geburtstagswünsche, Münzen im Brunnen, der Wunschknochen beim Hühnchenessen am Sonntag – kein Zauber reichte aus, um uns zu heilen.

Großmutter hatte mir oft einen alten Kinderreim vorgelesen, in dem ein gewisser Humpty Dumpty auf einer

Mauer sitzt und herunterfällt, sodass alle Pferde und alle Soldaten des Königs ihn nicht wieder zusammensetzen können.

»Auch nicht mit Heftpflaster?«, soll ich damals gefragt haben. »Oder mit Klebstoff?«

»Shana will immer, dass alles gut ausgeht«, hat Daddy gesagt. »Genau wie ich.« Aber Großmutter schüttelte den Kopf. Sie und Großvater hatten auch schwierige Zeiten durchlebt. Wahrscheinlich wusste sie, wie zerbrechlich manche Dinge sind, wie Liebe, Versprechen und Hoffnungen.

Die Flickendecke um mich gewickelt, ging ich zu Bett. Die Matratze hatte den Altmänner-Geruch des Rangers: Schweiß, Holzfeuerrauch und schmutzige Kleider, und ich sog ihn ein, denn ich wusste, dass er nicht ewig anhalten würde. Als ich wach wurde, war die Dämmerung im Süden angebrochen. Graues Licht hing zaghaft vor dem Fenster wie ein Fremder, der nicht anzuklopfen wagt. Ich dachte an Mama, die aufstehen und feststellen würde, dass mein Bett leer war. Sie würde erraten, wo ich war. Aber sie würde sich erst bei Mrs. Burns nach dem Weg erkundigen müssen. Das bedeutete, dass ich noch ein paar Stunden für mich allein hatte.

Ich zündete das Feuer an und setzte Wasser für Tee auf. Dann räumte ich meine Sachen ein. Die Naturführer kamen aufrecht auf den Schreibtisch, Messer und Taschenlampe auf das Küchenregal. Ich schrieb meine Gedichte ab und heftete sie an die Wand neben die Landkarten des Rangers. Mein Angelzeug stellte ich neben die Hintertür, die Obstkiste mit den schönen Steinen obenauf kam neben das Bett. Ich strich die Decke glatt, dann putzte ich das große Fenster, das nach vorn rausging, bis man den Fluss so deutlich sehen konnte, als wäre man draußen.

Nach alldem beschloss ich angeln zu gehen. Mit der alten Angelrute des Rangers unter dem Arm ging ich flussaufwärts. Sein Netz hatte ich an einem Nagel gefunden und ich nahm noch eine Köderbüchse und ein paar zusätzliche Angelhaken mit. Daddy hatte vor Jahren auch eine Flugangel für künstliche Fliegen besessen und mir am Castle River gezeigt, wie man damit umgehen muss. Mir gefiel es, wie die dicke gelbe Schnur mitten in der Luft hing, wenn man sie auswarf, und die Rute war so schlank und geschmeidig, dass selbst Blaufische sich dagegen riesig ausnahmen. Ich kam an einem verrotteten Baumstamm vorbei und drehte ihn um. Auf der Unterseite in der weichen, dicken Borke waren ein paar Würmer und ein schwarzer Käfer. Ich tat sie alle in meine Köderbüchse. Nebel lag dicht über dem Fluss. Ich kam an der Klamm mit dem Wasserfall vorbei und zwängte mich durch ein Dickicht aus Lorbeerbüschen und Rhododendron. Nach einiger Zeit fand ich das kleine Becken unterhalb der Kalksteinquelle.

Weiße Birken neigten sich dort über das Wasser und ein kleiner Felsvorsprung bot genug Platz, um sicher zu stehen und die Angel auszuwerfen. Ich befestigte einen Köder, wickelte mir ein Stück der Angelschnur um eine Hand und holte mit der Rute weit und hoch aus. Ich brauchte wohl ein Dutzend Versuche, um den Köder dorthin zu bekommen, wo die Strömung auf das stille

Wasser stieß. Nichts. Ich rollte die Schnur auf und versuchte es nochmals.

Fast hatte ich schon das Gefühl dafür verloren, wie lange ich dort fischte; aber allmählich hob sich der Nebel, und als ich flussaufwärts schaute, sah ich, dass Sonnenlicht durch Bäume und Buschwerk sickerte. Von einem der Felsen ließ ein Baum rötliche Blätter auf das Wasser fallen. Irgendetwas raschelte im Dickicht am Ufer. Ich wartete nervös, ob da vielleicht jemand käme. Aber nur eine Weißfußmaus huschte vorüber; Blätter trieben im Wind; das Wasser rauschte durch die Klamm.

Ich wechselte den Köder und beschloss noch einen Versuch zu machen. Die Schnur hing träge in der Luft. Ich hielt den Atem an, als der kleine Käfer leicht und anmutig bei einem Stamm dicht unter der Wasseroberfläche landete. Wie in Zeitlupe näherte sich ein Fisch dem Köder. Zieh an, damit sich der Haken festsetzt, mahnten mich meine Gedanken, aber ich stand nur da und schaute dem Vorgang zu. Der Ranger hatte gesagt, Wildforellen könne man an ihren Farben erkennen. Diese hier schimmerte grün und braun und hatte hellorangefarbene Flecke. Sie warf den Kopf hin und her und ich wurde wieder lebendig, riss die Rute aufwärts und zur Seite. Die Forelle sprang noch einmal und hatte genug Schnur, um sich bewegen zu können. Auf dem Schwanz tanzte sie über das Wasser. »Warte!«, sagte ich laut, packte die Schnur und riss daran, aber es war nichts mehr übrig als Wasserblasen, ein Kreis sich ausweitender Ringe und ein Schwimmer mit einem leeren Haken.

Großvater hatte einmal gesagt, manche Augenblicke

kämen wie Geschenke zu uns. Ich erinnere mich, dass ich mit ihm auf dem Feld jenseits der Quelle spazieren gegangen war und ein Spinnennetz entdeckt hatte, das so sehr vom Tau benetzt war, dass die feinen Fäden wie silberne Ketten aussahen. Ich wollte sie mit nach Hause nehmen und für den Weihnachtsbaum aufbewahren, aber Großvater sagte, sie würden zerreißen, und so ließ ich das Netz an hohen Grashalmen schwingen. Das Bild von der Forelle war frischer, lebendiger, doch sie war ebenfalls etwas ganz Besonderes: Ein bewahrenswerter Augenblick, den man aus diesem schrecklichen Sommer hinüberretten konnte. Während ich dort stand, dachte ich auch an andere Augenblicke: an die Zeit mit dem Ranger; an den Tag, an dem ich auf dem Rücken mit Cody den Fluss hinabgetrieben war; an Felix; an meine Höhle; an ein Baby, das Milch nuckelte. Ich dachte an mein Tagebuch. Großmutter hatte alles, was aufzuheben sich lohnte, mit dicken Fäden zu Decken zusammengenäht. Ich hatte ja Worte dafür. Mein Flickenteppich sollte aufgeschrieben werden: gesprochen, gereimt, gesungen, geflüstert, aber auch geschrien, denn der Zorn war ja auch ein Teil von allem.

Ich ging zurück, kämpfte mich durch das Unterholz am Ufer. Mama würde mir böse sein, das wusste ich. Ich hätte ihr gern versichert, dass mein nächtlicher Ausstieg meine letzte Missetat bleiben würde; aber alles war verdreht und verkehrt. Wahrscheinlich würden wir uns wieder streiten. Wir waren die beiden letzten Würfel auf dem Tisch, dachte ich und stellte mir vor, wie ein riesiger Arm uns in verschiedene Richtungen wischte.

Vielleicht wurde ja auch alles besser, wie sie gesagt hatte. Ich stellte mir vor, wie Mama den Fluss heraufkam, vorbei an der Tannenreihe, bis sie plötzlich die Hütte des Rangers sah, wie Cody und ich sie entdeckt hatten. Vielleicht lächelte sie dann und dachte: Das ist also Shanas Haus. Wenn die Stimmung freundlich war, dann würde ich sie hineinbitten, ihr meine Gedichte zeigen, mehr Holz auf das Feuer legen, damit sie sich nach dem langen Weg wärmen konnte.

Und Daddy? Würde er jemals die Hütte des Rangers sehen? Er war so weit fort. Sein Gesicht wurde in meiner Erinnerung klein und unscharf, aber ich sprach trotzdem zu ihm. *»Du hast uns verlassen«,* flüsterte ich. *»Nicht einmal verabschiedet hast du dich!«* Er versuchte bestimmt zu antworten, doch seine Worte waren so leise, dass ich sie nicht hören konnte.

Dann piekte mich etwas am Knöchel. Ich erwachte aus meinem Tagtraum und schaute hinunter. Meine Socken hingen voller Kletten. Mit dem Fuß scharrte ich einen Fleck auf dem Boden frei und kniete nieder, um sie zu lösen. Sie klammerten sich erst an den Socken, dann an meinen Händen fest. Ein winziger Blutstropfen quoll aus einem Finger. Er ließ mich an Menschen denken, die ich verloren hatte: Großvater, Daddy, Großmutter, Henry. Aus irgendeinem Grund dachte ich auch an den Jungen aus dem Schulbus, Richie Bird. Ich hob die Hände und betrachtete die beharrlichen Kletten. Wenn ich einmal eine Familie habe – meine eigene Familie –, dann will ich genauso an ihr festhalten, dachte ich. Ich werde mich an ihr festklammern und sie niemals loslassen.